[illegible]

[illegible] a travaillé [illegible]
[illegible]
[illegible]

L'EMPEREUR BLANC

Née en 1975, Armelle Carbonel travaille pour le ministère des Armées. Surnommée la « Nécromancière », elle a écrit plusieurs thrillers, dont *Criminal Loft*, *Majestic Murder* et *Sinestra*.

ARMELLE CARBONEL

L'Empereur Blanc

THRILLER

MAZARINE

ISBN : 978-2-253-10771-2 – 1re publication LGF

PREMIÈRE PARTIE

Inside

« Quod semper, quod ubique,
quod ab omnibus[1] ! »

Devise du Ku Klux Klan.

1. « Ce qui est admis par tous, partout et toujours ! »

1

Arkansas, 12 juin 1965.

L'obscurité s'asphyxie derrière les volets clos. Les huis grippés de rouille emprisonnent la lumière, leurs lames grossières matérialisent les ombres sur les cloisons tapissées de moisissures. Le parquet craque, les portes gémissent dans le brouillard de mes angoisses, les particules d'air s'étouffent dans un nuage de poussière nourri par les saisons et glissent le long des fenêtres condamnées.

Je ne survivrai probablement pas à la traque engagée contre la négritude. Il suffit de considérer le sort réservé à ce jeune militant badigeonné de goudron bouillant, recouvert de plumes, puis exposé au bout d'une corde devant une foule exaltée.

Comme lui, je fais partie des êtres inférieurs, ceux de nature sombre et vicieuse. C'est ce qu'*ils* prétendent. Je suis l'ennemi de la suprématie blanche incarnée par des hordes de fous encapuchonnés. Les sabots de leurs montures foulent la terre qui m'a vu naître et piétinent une race tout entière. L'écho de l'abolition s'éloigne à mesure qu'ils progressent. Ils viennent pour me tuer, espérant par un acte barbare redorer une Nation à jamais marquée au fer de leurs lances.

Je couche mes derniers mots sur le papier. *Coucher des maux sur du papier*, c'est mon métier. Ma vocation. Ma folie. La leur aussi. Celle qui unit les hommes en dépit des différences, partager des frissons au fond d'un lit, un train bondé, une cave immonde.

Ils ont le choix du lieu, j'ai le choix des mots.

Ici s'arrête ma liberté.

Bientôt, la presse locale évoquera ma courte carrière sous forme de rubrique nécrologique. Mes frères relégueront mes livres sur l'étagère basse d'une bibliothèque. Quatre petits opus qui prendront peu de place avant de tomber dans l'oubli.

Mais la mort prend son temps.

Pour le moment, je suis encore la vermine qui croupit dans le coin obscur d'une pièce sans barreaux aux relents de caveau. Le mien. Le leur. Le destin tranchera.

Une douleur lancinante me scie l'abdomen. Ma main libre visite la souffrance en s'enlisant dans le pus vomi par une vilaine blessure. Un éclat d'acier émerge du magma et vient se loger en travers de mon doigt. Je serre les dents à m'en briser la mâchoire, retiens mon souffle dans l'espoir que la horde ne parvienne pas à me localiser. *La maison*. Je me cache en elle comme un enfant recroquevillé sur sa propre terreur. Et je ponds des phrases incohérentes. Pour ne pas sombrer. Pour que le monde se souvienne d'un pseudonyme estampillé sur une couverture de qualité à défaut d'être gravé dans le marbre de l'Histoire. J'écris à l'encre noire pour honorer le devoir de mémoire.

Je m'apprête à mourir, fauché par un empire coulé de sang blanc. Mais avant de partir, il me faut vous parler d'*elle*.

Elle, la maison.

Emportant cahier et crayon, je m'y réfugiais, enfant, les soirs d'été, à l'abri des regards inquisiteurs de mon père. Elle incarnait le berceau de mon inspiration où la poussière et l'encre ouvraient des territoires inexplorés. J'échappais ainsi aux foudres paternelles autant qu'à l'héritage de la soumission. *Écrire n'est pas un métier !* s'obstinait-il, frappant d'un poing calleux toute surface susceptible de lui briser les doigts. Ces mêmes poings étaient entaillés par les sillons du labeur. Tout ce que je voulais, c'était envelopper les miens de velours.

En elle, je pouvais m'étourdir l'esprit et préserver l'innocence de mes mains encore vierges.

Crescent House est une demeure séculaire enclavée au creux d'une montagne surplombant le village d'Eureka Spring. Auparavant, personne ne s'y aventurait sciemment, non par crainte de son apparence glaçante, mais par méconnaissance de son existence.

La maison est posée là, telle une feuille morte sur le lit d'une rivière, une apparition malveillante dans une contrée isolée de l'Arkansas. Sur ses flancs s'inscrit le sceau de l'horreur. L'empreinte écarlate des égarés, des campeurs mal inspirés dont les ossements pourrissent sous terre comme des racines indélogeables. Les forêts et les lacs environnants ont avalé tout le reste. Peau, chair, tissus, viscères. *Tout.* Je me surprends à croire que Crescent House a toujours dissimulé son adhésion au Klan avec la complicité d'une nature carnivore.

J'imagine déjà les manchettes en première page des journaux : *Escapade meurtrière. Un écrivain noir fait l'objet d'un massacre sans précédent.* Du pain bénit pour les tabloïds bénéficiant d'une couverture nationale. De quoi booster les ventes, gonfler mes droits d'auteur mort et assurer la propagande nationaliste.

J'entends approcher la cavalerie…

Des hommes de tous âges descendent au fond du gouffre où la nature foisonnante émerge derrière leurs croix enflammées. L'étroitesse des sentiers ralentit leur course, mais les vents charrient la puanteur d'une haine solennelle. La Bannière étoilée flotte près d'une croix embrasée. Nous avons cru le Klan de l'intolérance anéanti à jamais, mais, tant qu'il y aura des sympathisants, les maquisards de l'extrême droite piétineront les ruines fumantes de nos libertés.

Je suis le témoin de trois décennies de carnages et, pendant que j'écris ces lignes, un frisson d'épouvante parcourt ma peau comme un parasite qui démange, une *chose* que je ne parviens plus à déloger.

Je meurs donc j'écris. Et les cris des miens n'y changeront rien.

Crescent House grignote ma raison.

Elle entre en phase de digestion.

Demain, elle recrachera ce qu'il reste de nous.

2
Dan

Arkansas, de nos jours...

Le soleil nimbait encore le paysage d'une lumière pâle quand la voiture de Dan déboîta pour emprunter la bretelle d'accès en direction de Little Rock. Vingt-quatre kilomètres plus au sud, les vitrines aux rideaux baissés attestaient le déclin économique frappant une partie du comté de Saline. Aux abords de la route, un *bookstore* affichait portes closes. La culture reculait pour délaisser définitivement les zones rurales. Plus loin, une pompe à essence abandonnée narguait les jauges assoiffées, et un panneau planté de guingois indiquait que l'épicerie locale était à vendre. *Inutile d'être devin pour prédire qu'elle le restera longtemps*, songea Dan en avisant l'état de délabrement avancé des façades. Il traversait une ville morte avec la sensation de s'enfoncer au cœur d'une banlieue rayée de la carte, quand l'enseigne clignotante du Rony's Bar balaya ses a priori. Son voyage interminable depuis le Missouri lui avait creusé l'estomac et, bien qu'il ait déjà englouti un copieux déjeuner en chemin, il jugea qu'une collation n'aggraverait pas outre mesure son embonpoint. Selon les mérites vantés par l'accroche lumineuse, ici, on servait *Non Stop*. L'endroit parfait pour les voraces de son espèce, soucieux de ne jamais bouder leurs plaisirs culinaires.

Dan se gara sur le parking désert. L'environnement n'avait d'engageant que la promesse d'un bon gueuleton arrosé de quelques bières. Il déploya son corps massif, éprouvé par des heures de conduite, puis se dirigea vers l'entrée de l'établissement. Un fond musical montait derrière les portes en bois pourvues d'une lucarne grillagée. Un mélange de jazz et de soul destiné à adoucir la solitude des buveurs de passage.

Il frappa. La targette émit un cri plaintif. L'ouverture encadra un regard suspicieux censé intimider les clients potentiellement difficiles. De toute évidence, Dan ne présentait aucun danger, car la porte s'ouvrit aussitôt. Il remercia d'un vague signe de tête le balaise aux avant-bras tatoués et se dirigea vers le comptoir. Le juke-box diffusait un vieux titre d'Aretha Franklin. Dans un coin de la salle, un homme cuvait en reprenant les paroles de *Spirit in the Dark*.

Dan cala son imposant postérieur sur une chaise haute et s'accouda au zinc rutilant. Un gringalet mal rasé s'approcha, son torchon sale jeté sur l'épaule. Le badge épinglé à sa chemisette arborait fièrement le statut de « Patron ». Dan en déduisit que Rony faisait également office de serveur et certainement de cuistot en période de faible affluence – ce qui n'avait rien d'insolite un jour de semaine. L'homme aux multiples casquettes prit sa commande – la carte proposait un plat unique à base de viande – et Dan jugea pertinent d'arroser le tout d'une pinte de bière fraîche.

« Vous avez l'air paumé…, lança machinalement le bonhomme en déposant une assiette tiède devant lui.

— Paumé ? On peut dire ça, éluda Dan, peu enclin à s'épancher sur les raisons de ses airs désœuvrés.

— Hum… Z'êtes pas d'ici, pas vrai ?

— C'est si flagrant ?

— Disons qu'on sert généralement des habitués. Voyez le genre…, ajouta-t-il en pointant du doigt le client écroulé sur sa chaise. Hein, Larry ? Y a pas beaucoup d'étrangers par ici ! »

Dan mastiqua un morceau de carne et fit glisser le tout avec une gorgée de Lone Star. Le Larry en question répondit par un grognement d'approbation.

« D'où vous venez, alors ? insista le patron.

— De Maryville. Au nord du Missouri.

— Connais pas. Vous êtes là pour affaires ? À moins qu'il y ait une coquine là-dessous…, dit-il avec un clin d'œil appuyé. Y a pas beaucoup de raisons de venir se perdre dans ce trou paumé…

— Pour le boulot. En quelque sorte », répondit Dan, évasif.

Il planta sa fourchette dans un gros morceau de bœuf épicé. Son estomac présenta les premiers signes de rébellion. Dan se demanda si ses reflux gastriques venaient de la nourriture ou de l'interminable conversation qui, pour une raison obscure, commençait sévèrement à l'indisposer. Il épongea son front avec une serviette en papier et déboutonna son col trop serré.

Rony-le-bavard le fixait, perplexe.

« On loue des chambres à l'étage, l'informa-t-il. Trente-cinq dollars la nuit. Vous aurez droit à une ristourne, vu que vous avez commandé une formule complète. Ce serait pas prudent de conduire avec un verre dans le nez… Les lois du comté de Saline ne sont pas tendres pour ce genre d'infraction et, croyez-moi, la cellule de dégrisement du poste de Shannon Hills n'a rien à envier aux chiottes publiques. »

Il évoquait manifestement une longue et pénible expérience personnelle. Dan s'empressa de le rassurer :

« Merci. Je suis quasiment arrivé à destination.

— Et vous allez où ? Sans vouloir être indiscret… »

Les aigreurs s'intensifièrent. Dan sourit poliment et reposa calmement ses couverts.

« Chez un ami. Pour le boulot, crut-il bon de préciser à nouveau.

— Votre pote est du coin ? s'étonna l'employé en essuyant mollement la surface du comptoir. Si c'est le cas, je le connais sûrement…

— J'en doute, répliqua Dan. Il vient de s'installer à Devil Town. »

Le freluquet se renfrogna.

« Bizarre. Y a pas grand-chose là-bas. À part des bois et une bicoque abandonnée. Remarquez, ça a son charme. Surtout pour les gus friands de vieilles histoires de revenants. Moi, j'y crois pas, mais ça appâte les touristes et ça fait tourner le commerce.

— Je suppose que la bicoque dont vous parlez est Crescent House, souffla Dan, alerté sur les rumeurs circulant à propos de la propriété.

— Ouais… Une véritable attraction dans la région. C'est là que vous allez ?

— On dirait bien. »

L'employé stoppa son geste comme si Dan venait de lui annoncer qu'il se rendait au cimetière le plus proche pour déterrer les morts et les faire danser au clair de lune. Puis, haussant les épaules, Rony reprit ses tâches superflues.

« Je savais pas qu'elle était habitée… Tu le savais, toi, Larry ? » lança-t-il depuis le comptoir.

Une voix gutturale monta du fond de la salle.

« Y a rien de bon là-bas… C'est pas un endroit pour les vivants…

— Argh… L'écoutez pas, coupa Rony. Il a perdu sa femme l'an dernier. Un cancer foudroyant. Depuis, le vieux débloque, murmura-t-il en tapotant sa tempe d'un doigt rachitique. Le vrai fléau à la campagne, c'est le temps. Les gens n'ont rien d'autre à faire que ragoter. »

Le juke-box cessa de jouer. Dan fut tenté d'insérer une pièce dans la bécane. Sans la voix divine d'Aretha Franklin, sa vision du Rony's Bar se craquelait en révélant un repaire isolé teinté de solitude et de chagrins que les rares clients noyaient au fond d'un verre. Il lâcha ses couverts, vida sa chope et régla l'addition en espèces.

« Hé ! Je vous offre un café ?

— Non, merci. C'est mauvais pour mon cœur », lâcha Dan sans se retourner.

Il frôla le baraqué planté à l'entrée et le salua d'un signe de la main. Au-dehors, un vent léger soulevait les bourgeons printaniers et rapportait le hurlement lointain d'une sirène de police.

Le jour déclinait doucement lorsque Dan reprit la route. Son véhicule s'engagea sur un long ruban de bitume. De part et d'autre, la forêt se déployait comme des griffes prêtes à déchiqueter la carrosserie flambant neuve de la berline. *Un parfait décor de thriller*, songea Dan, médusé par les teintes sombres de ce désert boisé. Il baissa légèrement la fenêtre côté conducteur pour dissiper la fumée qui se répandait en volutes sous l'habitacle et consulta la carte routière dépliée sur le tableau de bord. D'après les indications d'Anton, Crescent House ne figurait sur aucune carte – le GPS de son portable avait confirmé ses dires en affichant *Unknown road* en caractères gras. Il avait suivi les recommandations à la lettre : rouler sur dix kilomètres au sud de Shannon Hills, dévaler les entrelacs montagneux, emprunter les courbes sinueuses sans autre issue que le vide et, tout au fond du gouffre, déboucher sur un embranchement peu fréquenté, délimité par deux croix plantées en bordure de la route où le panneau d'entrée de Devil Town s'érigeait au milieu d'herbes folles. L'information morbide s'incrémentait parfaitement dans le paysage, à l'instar des motivations qui l'avaient conduit dans le *sacrum* de l'Arkansas. *Une pendaison de crémaillère entre amis*, avait proposé Anton, fier d'exhiber sa dernière acquisition. Leur retraite programmée à l'arrache promettait des nuits anxiogènes propices à la créativité. C'est exactement ce que leur petit cercle d'auteurs venait chercher : une synergie de l'imaginaire à travers l'histoire tragique d'une haine ancestrale relayée par la psychose collective qui jurait l'endroit hanté.

Pour le boulot. En quelque sorte, avait-il dit à Rony-le-curieux en évoquant les raisons de sa présence en Arkansas. Il n'avait pas menti. Il attendait beaucoup de ce séjour. Ces dernières semaines s'étaient révélées effroyablement improductives, et une sourde crainte commençait à le ronger tranquillement. Son air paumé en témoignait.

consistance intellectuelle, cependant celui-ci en crevait d'envie comme un gamin exposé en plein cagnard salivant devant un cornet de glace. Si son compère décidait toutefois de sauter le pas, Dan serait aux premières loges pour assister à la chute qui le précipiterait au centre d'une vindicte générale. Non par méchanceté. Uniquement par charité. Pour lui rappeler le caractère éphémère du succès.

Surpris par le contraste saisissant de l'aménagement cossu dissimulé à l'intérieur d'une baraque visiblement encore en chantier, il songea aux montants des travaux de rénovation engagés par Anton et ne put s'empêcher d'émettre un long sifflement admiratif. Le ravalement de façade lui coûterait bien davantage qu'un abonnement à l'année chez un chirurgien-dentiste réputé.

Un craquement au plafond lui fit lever les yeux vers un lustre conçu de breloques imitant une pluie de cristaux. Le chuintement du vent couvrait à peine les bruits de pas, indiquant une présence à l'étage.

« Hé ho ! Anton ? Y a quelqu'un ? » s'enquit Dan.

Un silence pesant retomba. L'écrivain frissonna, soumis à l'intuition qui lui soufflait de rebrousser chemin vers le Missouri. Balayant d'un revers de main son appréhension infondée, il alluma une cigarette et consulta son portable. Le réseau se révélait médiocre mais suffisant pour capter les conversations insipides de ses followers. Untel exultait en posant fièrement au côté d'un souverain des fictions horrifiques. Un autre méprisait le dernier best-seller en vogue et plus encore son auteur. Par principe ou par jalousie. Pour se distinguer du troupeau ou s'inscrire en lecteur plus rebelle qu'exigeant. Chacun tentait d'émerger dans le maelström de la virtualité. La guerre des likes était en marche.

Un point rouge signalait un message. Il cliqua. Par habitude plus que par envie. *J'ai pris du retard en raison d'une audioconférence avec notre éditeur. Ne m'attends pas. Tu devrais trouver ton bonheur en débit de boissons…* Signé ce bon vieil Anton.

Dan reporta son attention sur les véritables raisons de sa venue. Crescent House servirait magnifiquement de décor à son inspiration. Les rumeurs à propos de ce lieu réputé hanté offraient des champs d'angoisse inespérés.

Il referma doucement la porte d'entrée. Une bibliothèque en bois patiné tapissait un pan de mur entier, apportant une touche de chaleur à la décoration minimaliste. Dan compulsa une série d'ouvrages. L'odeur d'encre s'échappait des pages à l'instar d'une fragrance délicieuse. Parmi les rangées de livres poussiéreux trônaient principalement les œuvres de James Ellroy, Peter James et Edgar Allan Poe. La plus haute étagère était exclusivement réservée aux fictions françaises. Dan se promit de découvrir ces auteurs du Vieux Continent auxquels Anton semblait vouer une admiration particulière. Mais pas avant d'avoir achevé son propre roman. Délaissant l'attrait exotique de milliers de pages traduites, il déposa son maigre bagage près du canapé d'angle et se dirigea vers le bar généreusement approvisionné. Anton avait tout anticipé. À commencer par la soif insatiable qui favoriserait leur créativité. Une dose de bourbon. Sec. Et les rouages s'actionnaient.

Dan vida son verre d'un trait. Déposa son ordinateur portable sur la table basse pourvue d'une plaque en verre et pianota sur le clavier avec la dextérité d'un pianiste en récital. Mot de passe validé. En dépit des quatre cents pages vierges qu'il lui faudrait noircir de cruauté, le titre provisoire de son prochain roman s'afficha à l'écran, en caractères gras, pour lui donner vie, l'affubler d'une identité.

« *Madness Street*[1] »

L'histoire d'une folie.

La sienne. Celle d'autrui.

Qu'importe. Le concept était vendeur. Pour conquérir le public, il fallait servir le cauchemar à toutes les sauces, l'agrémenter d'amputations, l'assaisonner d'un zeste de pédophilie, le garnir de plaies sanguinolentes, arroser le tout d'essence et y foutre le feu. C'était ça, la recette du succès. Retranscrire la pourriture du monde.

Dan s'enquilla un deuxième élixir d'inspiration. En vain. Le curseur pointait inlassablement sa médiocrité et, en rivales acharnées, les vingt-six lettres de l'alphabet refusaient de coopérer.

Il consulta sa montre de gousset. 18 h 27. Le début de soirée aurait déjà dû accueillir leurs accolades, le tintement des verres s'entrechoquant tandis qu'ils portaient un toast à leurs retrouvailles, mais en lieu et place de l'effervescence planait un sinistre silence. Pas de crissements de pneus dans l'allée. Aucune présence physique pour occulter son improductivité et minorer le drame de

1. « Rue de la Folie ».

la page blanche. Rien que le cri du vent soufflant dans les cimes, rien que les arbres au-delà de la grille, leurs branches tordues comme des doigts crochus.

Piqué par l'impatience, Dan se mit à tourner en rond comme une toupie emportée dans un tourbillon d'impuissance. Il lui fallait explorer des sensations. Se mouvoir plutôt que s'abrutir dans la frustration d'un talent sans cesse remis en question.

Il délaissa temporairement l'ordinateur pour entamer une ascension laborieuse vers le premier étage. Les marches résistaient péniblement à la pesanteur de ses cent dix kilos. Leurs couinements poussifs en devenaient insultants.

L'étage se révéla désert. Ce qu'il avait perçu comme des bruits de pas s'apparentait à la cavalcade des rats. D'infimes piétinements amplifiés par la vétusté de la maison dont les moulures s'écorchaient sur des tapis coûteux.

Le couloir s'ouvrait sur l'opacité d'un monde sans fenêtres. Un microcosme de portes closes. Un décor de roman d'épouvante parfaitement adapté à la réalité.

Malaise viral au plus haut degré lui paraissait un titre acceptable pour un prochain livre. Pourtant, il arbora un sourire en demi-teinte, incapable d'éprouver la moindre satisfaction. Il avait fait de sa carrière une priorité. Le résultat était inversement proportionnel à ses attentes. Il finirait certainement seul, haïssant ce pour quoi il s'était moralement épuisé, engraissé par des années d'inactivité autre que celle qui l'amarrait à son clavier. Au mieux, l'écriture vous frappait d'une forme aiguë de paranoïa pouvant conduire à la démence. Au pire, elle vous brisait l'âme.

Dan soupira.

L'étage se divisait en six pièces : cinq chambres mitoyennes et une salle de bains rudimentaire. Il s'enfonça dans le couloir au fond duquel une grande bâche plastique occultait l'extrémité est. D'un geste prudent, il l'écarta. De toute évidence, les ouvriers avaient abandonné leur outillage en l'état. Une forte odeur de térébenthine attestait l'arrêt récent des travaux. En dépit d'un éventuel danger, Dan s'engouffra sous la bâche. Une septième pièce se dissimulait derrière, et sa porte condamnée définissait les limites de ce boyau obscur. Constat étrange, mais pas de quoi s'enflammer. Toutes les vieilles baraques renfermaient des secrets. Crescent House ne dérogeait pas à la règle. Au contraire, la maison s'en nourrissait. Sa sinistre réputation en faisait un monument aux arcanes impénétrables depuis le massacre d'un écrivain noir né du mauvais côté de l'opposition.

« Qu'est-ce que… », commença Dan en avisant la photo coincée dans la traverse supérieure.

Il se hissa pour atteindre le cliché. Un petit groupe d'auteurs fixaient l'objectif et leurs mines défaites trahissaient le caractère excessif de la soirée littéraire à laquelle on les avait conviés. La photo datait de l'automne précédent, lors de la remise du prestigieux prix American Book Award raflé par Anton. Celui-ci posait en compagnie de Sue, Rachel, Steven, sous le regard débonnaire de Dan, brandissant une bouteille de champagne comme on porte le glaive.

Quelqu'un s'était acharné à leur coudre les lèvres au feutre rouge. Cinq bouches souillées, des sourires massacrés. Une blague de mauvais goût en guise d'accueil était forcément l'œuvre d'un esprit retors.

« Anton… », grogna Dan en examinant leurs visages.

Au dos du tirage figurait une inscription : « Séparés mais égaux. Accès interdit. »

Compte tenu de la sinistre histoire de ce lieu isolé, les mots revêtaient un caractère inapproprié, aux frontières de l'indécence morale.

L'auteur du message ne craignait rien. Dan n'avait nullement l'intention de s'aventurer au-delà du linteau ni de prendre part à la mise en scène orchestrée dans le seul but de les conditionner au séjour de leurs angoisses. Il s'apprêtait à replacer l'objet de la farce à sa place quand un craquement sec monta dans son dos.

Dan pivota sur cent dix kilos de chair, peau, tissus, viscères.

Le cliché lui tomba des mains. Feuille morte échouée sur un lit de poussière.

Les yeux écarquillés, il observa la lame courbe fendre l'air, ressentant la douleur avant même qu'elle ne le foudroie. Une scène d'épouvante défila sur ses pupilles dilatées. Il connaissait déjà l'issue fatale de cette séquence réécrite des dizaines de fois sous la contrainte de son agent.

Pour cause, il en était l'auteur.

3
Rachel

La nuit enveloppait déjà les forêts de pins lorsqu'ils dépassèrent le panneau de Devil Town. Rachel n'avait pas prononcé un mot depuis l'embranchement délimité par deux étranges croix vieillissantes. Ils avaient pris du retard sur leur itinéraire initial en raison du ralentissement engendré par une déviation à la sortie de Bowling Green, puis d'un poids lourd renversé à hauteur de Memphis et, pour couronner le tout, par la présence d'un bovin indélogeable sur Sam Cooper Boulevard. Le covoiturage depuis le Kentucky avait occasionné quelques tranches de rires avant de virer à l'exaspération. Elle n'avait désormais qu'une hâte : se poser devant un bon verre de vin français et grignoter un morceau.

Agacée par l'absence de réseau qui la cantonnait à l'écart du monde virtuel, Rachel s'affairait à griffonner les idées fugaces captées dans la contemplation du paysage lunaire. Elle chassa les pensées parasites qui la ramenaient à sa dispute avec Jerry. Une de trop, sans doute. Son compagnon ne tolérait plus ses absences, ni les heures indécentes qu'elle partageait avec son clavier, dans un isolement total, la plupart du temps. Les reproches pleuvaient avant chaque déplacement professionnel, suggérant qu'elle avait le choix entre poursuivre sa carrière ou y renoncer. Elle faisait mine d'y réfléchir, promettait de ralentir, mais la passion était devenue le poison de leur amour. À moins qu'il n'y ait jamais eu entre eux qu'une compatibilité sexuelle indéniable, excluant toute autre forme d'engagement. L'amour était inconditionnel. Il ne vous privait pas de votre essence propre. En l'état actuel de leur relation, son départ pour l'Arkansas sonnait le glas de quatre ans de vie langoureuse. Étrangement, Rachel ne ressentait ni tristesse ni délivrance. Elle n'était plus qu'une coquille vide, posée sur le siège passager d'un véhicule banal, un feutre à la main et la cervelle pleine de *riens*. L'encre bavait comme si les mots eux-mêmes s'épanchaient devant tant de pathétisme. Peut-être trouverait-elle matière à puiser dans sa vie privée pour son prochain roman ? Une banale histoire d'amour teintée de larmes et de sang. Restait à définir qui, entre elle et Jerry, incarnerait le rôle du tortionnaire. L'intrigue conduirait fatalement au meurtre. Car, inutile de mentir aux lecteurs, l'amour était un leurre.

Rachel replaça une mèche blonde derrière son oreille et en suçota la pointe sans se soucier du sourire gourmand du conducteur. Une voix rocailleuse brisa soudain le silence, fauchant au passage les prémices de l'inspiration.

« On prétend qu'il a tué sa femme. »

Rachel releva la tête. Ses grands yeux azurés conféraient à son visage poupin un air candide. Le regard de son interlocuteur restait vissé à la route. Les ombres glissaient sur ses traits masculins parfaitement symétriques, créant l'illusion d'une alternance entre un masque tantôt comique, tantôt tragique.

« Qui ? demanda-t-elle, hébétée.

— Bill Ellison, un écrivain présumé assassiné par le Ku Klux Klan dans Crescent House… En vérité, il l'aurait abattue à la hache. »

Steven avait le don de vous mettre à l'aise. Particulièrement sur une langue de bitume slalomant au milieu d'un bled paumé. L'horreur était son terrain de jeu. Son gagne-pain. Il en sortait toujours vainqueur auprès des lecteurs, anormalement fascinés par la perversion dont faisaient preuve leurs semblables. Pour couronner son manège, le vent sifflait une effrayante litanie capable de créer les pires scénarios dans les esprits. Les éléments jouaient un rôle clef dans la mise en abyme. Steven le savait. Et il en abusait.

« C'est affreux, lâcha Rachel d'une voix blanche.

— Anton ne t'a rien dit à ce sujet ? »

La jeune femme haussa les épaules. Anton s'était maintes fois vanté de sa récente acquisition. Elle se rappelait qu'il avait brièvement évoqué la légende de Crescent House en mentionnant le nom de l'auteur décédé, mais l'intérêt de Rachel s'était limité aux considérations logistiques liées au séjour – Quand ? Avec qui ? Combien de temps ? Réseau ou pas ? Et sur ce point précis, Anton semblait l'avoir embobinée avec succès.

« Il a dû comprendre que les ragots ne prenaient pas avec moi », se défendit Rachel avec un air taquin.

Le ton glaçant de Steven la surprit.

« Des ragots ? Seigneur, quelle étroitesse d'esprit ! On n'y enfoncerait pas même une aiguille ! Les deux croix à l'entrée de Devil Town ont été érigées en mémoire de la famille Ellison. Tu les as vues aussi, n'est-ce pas ? »

Elle hocha la tête sans un mot.

« Les événements se sont produits dans les années soixante, reprit-il. La version officielle rapporte que Bill Ellison occupait illégalement Crescent House. Des hommes encapuchonnés auraient encerclé la maison avant d'y mettre le feu. Pauvres prisonniers, ils étaient condamnés de toute façon. S'ils tentaient de s'échapper, les tireurs pointaient portes et fenêtres.

— Tu tiens une intrigue captivante… Charmant préambule. Vraiment. »

La subite mauvaise humeur de Steven se révéla contagieuse.

Il ne l'écoutait plus.

« La seconde hypothèse avance que Bill Ellison aurait séquestré sa femme dans le grenier pendant que lui-même rédigeait ses Mémoires au sous-sol. La maison l'aurait rendu fou. Malgré les investigations menées à l'époque, on n'a jamais retrouvé l'intégralité de ses carnets. Sans doute ont-ils brûlé dans l'incendie…

— Tu devrais te concentrer sur la route », conseilla Rachel.

Cramponné au volant, Steven se mordilla les lèvres en signe d'agacement. Jerry adoptait la même attitude grincheuse lorsqu'un événement le contrariait – ce qui se produisait fréquemment ces derniers temps. Une boule se forma dans la gorge de Rachel. Peut-être la séparation l'affectait-elle plus qu'elle ne voulait l'admettre ? Et si, finalement, elle décidait de bousculer les codes du crime passionnel en inversant les rôles ? La potentielle victime – *elle* – se transformerait en psychopathe sanguinaire piégeant son bourreau – *lui*. Elle stocka l'idée dans un coin de sa cervelle « étroite » et réintégra la réalité.

« Laisse-moi deviner, dit-elle. Crescent House serait le théâtre de phénomènes paranormaux ? Les hurlements de la famille Ellison se manifesteraient-ils à la nuit tombée ? Des stylos traverseraient-ils les pièces pour se planter dans le cœur de pauvres écrivains en vadrouille ? »

Après une courte pause, elle ajouta :

« Non, Steven, je n'adhère décidément pas à ce genre d'inepties. Mais rassure-toi, Sue sera la candidate idéale pour avaler ta version édulcorée des faits. Tu la connais, à ses yeux, tout édifice bâti dans la pierre libère l'énergie accumulée depuis sa construction. La semaine promet d'être chargée ! » plaisanta-t-elle dans une tentative désespérée de détendre l'atmosphère.

Le pied sur l'accélérateur, Steven demanda froidement :

« Pourquoi es-tu venue, Rachel ? »

Elle s'étonna de la question. Ou plutôt de la manière dont Steven l'avait formulée. Comme un reproche. La jeune femme fit son possible pour ne rien laisser paraître de son trouble. L'ambiance bon enfant qui avait ponctué la majeure partie du trajet s'était brusquement dégradée depuis leur arrivée à Devil Town. La fatigue du voyage depuis le Kentucky les rendait irritables. Indéniablement.

Rachel pivota sur son siège et répondit d'un ton posé :

« Dans le but de bosser sur mon projet, de partager quelques soirées au coin du feu avec mes potes d'écriture et de m'offrir de franches parties de rigolade. Apparemment, je peux rayer ces dernières de ma liste d'envies… »

Je veux surtout prendre du recul. Ma vie personnelle est un désastre qui dépasse de loin tes élucubrations romanesques, Steven.

« Tu as tort de considérer cet épisode de l'histoire à la légère. Des gens sont morts dans cette maison.

— Tu essaies de me faire peur ?

— C'est le cas ? As-tu peur, Rachel ?

— Arrête, tu veux ? Tu es crevé. Moi aussi. Et j'ai vraiment besoin de me détendre. À ce propos, je ne te remercierai jamais assez de m'avoir épargné mille kilomètres à dos d'âne… Cependant, j'ai passé l'âge de trembler à l'évocation d'un lieu *dit* hanté. »

Steven lui adressa un curieux sourire. Le genre belle gueule taillée à la serpe tout en étant inquiétante.

« Je n'en suis pas si sûr… »

Une pluie diluvienne s'écrasa subitement sur le pare-brise. La couleur du ciel virait à l'anthracite, tout comme l'humeur de Rachel.

« Quel temps de chien.

— Crescent House ne devrait plus être loin, assura Steven. Je…

— Bordel ! Freine ! » hurla soudain la jeune femme.

La voiture fit une embardée. Elle n'entendit que le crissement du caoutchouc sur la chaussée glissante et un bruit de métal. Projetée vers l'avant, Rachel plaqua ses mains sur le tableau de bord. La ceinture de sécurité lui écrasa la poitrine, la privant momentanément d'oxygène. Son corps, traumatisé par la brutalité du choc, refusa de se mouvoir autrement qu'en enchaînant les spasmes. À ses côtés, Steven fixait l'accotement boueux dans lequel les pneus s'enlisaient.

« Merde, lâcha-t-il, pris de panique. Tu vas bien ? »

Elle acquiesça. En silence. Plus d'air.

Il ouvrit la portière et s'extirpa du véhicule. Une silhouette se tenait immobile dans le faisceau des phares arrière. La femme avait surgi de nulle part. Ses bras tendus pour éviter l'impact semblaient repousser un assaillant invisible. Ses longs cheveux humides s'accrochaient à ses épaules comme des filaments noirs et l'arrondi grotesque de ses lèvres accentuait la terreur de ce tableau tout droit sorti d'une série Z.

« Sue ? »

Ce n'était pas une question. Juste une constatation impossible.

Rachel se dégagea de la tôle froissée et rejoignit la route. Les yeux gris de la rescapée la sondaient dans un halo écarlate. Choquée, Sue semblait incapable de prononcer un mot. Son regard balayait leurs visages affolés comme si elle ne parvenait pas à les identifier.

« Va chercher une couverture, ordonna Steven. Dans le coffre. Vite ! »

Rachel s'exécuta. En dépit d'une douleur au thorax, elle dégagea les bagages et fouilla parmi l'outillage composé de clefs à molette et autres armes potentielles dont elle n'aurait pu définir l'utilité.

« Je l'ai ! » cria-t-elle comme si la survie de Sue en dépendait.

Elle enveloppa ses épaules du carré de laine jaunâtre et rêche que Steven qualifiait de couverture. Sue tremblait comme une feuille. Sa maigreur caractéristique était accentuée par les bretelles fines de sa robe détrempée. Un courant d'air aurait pu l'emporter. Une collision, la mettre en pièces.

« Occupe-toi d'elle, je vais tenter de bouger la caisse. »

Rachel enlaça la rescapée tout en jetant des regards inquiets en direction de Steven qui se fondait avec la masse impénétrable des bois.

« Sue ? C'est moi, Rachel… »

Une lueur s'alluma dans son regard inexpressif tandis qu'un râle s'échappait de ses lèvres entrouvertes.

« Je ne suis pas aveugle… »

Stupéfaite, Rachel opéra un léger mouvement de recul.

« Merde ! Tu nous as fichu une de ces trouilles ! Qu'est-ce que tu faisais au milieu de la route ?

— De l'auto-stop…

— De… Quoi ? Sérieux, Sue ! Depuis la Louisiane ? Tu plaisantes ? »

Un borborygme répugnant coupa court à la discussion. Pliée en deux, Sue rendit l'intégralité de ce que contenait son estomac sur cette route ignorée du reste du monde.

« Seigneur ! Tu es blessée ? » s'inquiéta Rachel.

Sue se redressa, une main plaquée au creux de son ventre noué par la panique.

« Non…

— Il te faut un médecin…

— Pas la peine. Je vais bien. »

Sa pâleur assurait le contraire. Pourtant, Rachel n'insista pas. Sue était connue pour son obstination autant que sa propension à devenir imbuvable quand l'envie lui en prenait.

Une ombre se profila sur le bitume. Les mains encrassées d'huile, Steven affichait grise mine.

« Le moteur a lâché. On va devoir continuer à pied. J'appellerai une dépanneuse demain matin. On ne capte rien dans ce foutu bled, grommela-t-il en consultant l'écran de son portable.

— Sue n'est pas en état de marcher.

— Ça va…, affirma celle-ci.

— D'après les indications d'Anton, Crescent House est au bout de la route, plaida Steven.

— OK. Mais tu te charges des bagages.

— C'est si gentiment demandé… Où sont les tiens, Sue ? »

La jeune femme sonda la muraille végétale que l'obscurité nidifiait.

« Quelque part… là-bas. »

Le baluchon en toile avait valsé dans le décor opaque d'une forêt dense. À deux secondes près, c'était elle qui y passait. En un sens, une grande partie de son existence venait de voler en éclats. Dix mille pages d'écriture, au bas mot.

« Tu m'en dois une, la taquina Rachel.

— Une quoi ?

— Une vie, pardi !

— Je tâcherai de m'en souvenir. »

Sue manqua de s'effondrer. Ses jambes cotonneuses tremblaient sous le contrecoup de la peur. Son imprudence aurait pu leur être fatale. *À tous*. En dépit de sa conscience coupable, elle puisa les ressources nécessaires pour avancer. L'averse s'était transformée en crachin lorsqu'ils parvinrent à la grille en fer forgée sertie d'un lourd cadenas qui pendait sur le côté. Un panneau « Chien méchant » aurait eu le même effet dissuasif – juste avant qu'on l'entende aboyer. À l'arrière-plan,

Crescent House émergeait de la terre comme un squelette coulé dans la pierre. Une ruine depuis longtemps oubliée.

« C'est la voiture de Dan, constata Steven en remontant l'allée. Flambant neuve et en un seul morceau… », ajouta-t-il, amer.

Les muscles bandés sous une saharienne couleur sable, il traînait les valises à la manière d'un forçat désabusé par son sort. Les deux jeunes femmes lui lancèrent des regards réprobateurs. Indifférent, Steven se détourna et cogna à la porte.

« La vache, elle a morflé… »

Il avait formulé sa pensée à voix haute. Difficile de savoir s'il parlait de la maison, de sa voiture ou de Sue. Le perron était faiblement éclairé par le chatoiement projeté depuis l'intérieur à travers une fenêtre partiellement condamnée. L'angle d'un canapé de bonne facture flottait dans cette étrange luminosité comme l'antithèse d'une désolation annoncée.

Après une attente qui lui parut interminable, Steven continua sur sa lancée :

« Anton et Dan doivent déjà cuver.

— T'es vraiment con parfois…, souffla Rachel.

— Je plaisantais.

— Moi pas. »

Malgré la façade de légèreté qu'elle s'était forgée depuis des semaines, ses nerfs lâchaient. Elle aurait dû s'en prendre à Jerry au lieu de focaliser sa rancœur sur Steven, mais son compagnon demeurait cruellement absent. À en croire leurs derniers échanges, il le resterait encore longtemps. Dommage pour son confrère, mais le chagrin exigeait d'elle un bouc émissaire. Rachel retint les larmes qui affleuraient à ses cils en brouillant sa vision du monde. Tout semblait plus sombre qu'à l'accoutumée. Plus dangereux. La noirceur régnait en eux et autour d'eux. Elle constituait pourtant l'un des fondements de leur métier : perpétrer des crimes entre les pages d'un livre. En toute impunité. Se défouler sans être condamnables à défaut d'être inévitablement jugés. Steven et sa personnalité d'ours mal léché le conditionnaient au rang tout désigné de victime dans son prochain roman. Elle l'imagina en bourreau persécuté et, finalement, cette idée lui procura un soupçon de gaieté.

« Hé, les gars ! C'est plus drôle maintenant ! Ouvrez la porte ! » insista Steven.

Le vent sifflait au-delà des cimes tordues comme des articulations déformées par l'arthrite. Le brouillard avalait les recoins d'un jardin que l'on devinait garni de fleurs par endroits et totalement nu à d'autres. Entre les massifs bordant l'arrière de la maison, les contours d'une grange flirtaient avec l'obscurité. Rachel sentit soudain une tête s'enfoncer au creux de son épaule. Sue avait également perçu un changement dans l'air, une sorte de bulle étouffante englobant Crescent House et ses dépendances. La rescapée, encore tremblante, se blottit avec plus d'insistance contre son torse douloureux. *Fragile et frêle comme un oisillon tombé du nid*, remarqua Rachel, troublée par l'image paradoxale d'une personnalité réputée combative et mystérieuse. Sue se préservait toujours en faisant preuve de discrétion sur sa vie privée, quand d'autres étalaient sans pudeur les moindres maux sur les réseaux sociaux – du décès de l'animal familier à l'exposé d'une journée sans grand intérêt. Un détail en rapport avec l'accident la perturbait, mais Rachel ne parvenait pas à l'isoler. Le choix de Sue d'effectuer le déplacement en auto-stop depuis la Louisiane était à lui seul déconcertant, mais pourquoi Rachel en aurait-elle douté ? Ils se connaissaient tous. Depuis des années. Ils avaient applaudi leurs notoriétés respectives, échangé sur leurs projets, mais qui était réellement en mesure de cerner un confrère avec succès quand on échouait à connaître ses proches ?

Son trouble n'était pas lié à Sue. Elle en était persuadée. Un élément capté sur cette route la mettait mal à l'aise, mais Rachel ne parvenait pas à s'en souvenir.

« J'en ai ma claque de poireauter ! fulmina Steven. Anton, ouvre la porte ! On se les pèle, mon grand ! »

Le carillon suspendu au-dessus de l'entrée joua l'étrange mélodie d'une nuit battue par les rafales impétueuses.

Puis une clef tourna lentement dans la serrure. Le grincement plaintif évoquait les clichés éculés des fictions d'épouvante.

Le battant en bois dur s'ouvrit à la volée.

Essoufflé, Anton les accueillit avec un sourire amusé.

« Bienvenue à Devil Town ! »

4
Anton

Anton s'écarta pour les laisser entrer. Ses prunelles d'un bleu profond narguaient les premiers signes de maturité par leur pétillement. Les paupières s'affaissaient timidement sans nuire au charme britannique hérité d'un père absent depuis toujours, et ses tempes grisonnantes envoûtaient toutes les tranches d'âge, lesquelles s'amourachaient autant de l'homme que de sa prose affûtée. La malice semblait constamment s'emparer de ses mimiques, si bien qu'on finissait par ne plus savoir exactement si Anton se jouait de lui-même. Ou des autres.

« Quelles têtes d'enterrement ! On vous croirait tout droit sortis d'un volet de *The Human Centipede*[1] », s'étonna-t-il en refermant la porte.

Pour illustrer son propos, sa gorge cracha un son rauque apparenté au grognement d'une bête. Sa manie de caricaturer l'emportait souvent sur les bonnes manières.

---

1. Film d'horreur néerlandais produit et réalisé par Tom Six (2009).

« Merci, mec. C'est toujours un plaisir de te revoir », répondit Steven en balayant du regard la nouvelle fierté de son comparse.

Talonnée par Sue, Rachel pénétra prudemment dans la pièce à vivre comme si on l'introduisait dans un cabinet de curiosités. Elle pivota légèrement vers Anton et dit d'une voix lasse :

« Pour une fois, range tes railleries au placard et sers-nous un verre.

— Histoire de trinquer à la survie miraculeuse de Sue et à la mémoire de feu ma bagnole », renchérit sombrement Steven.

En dépit des ouvertures barricadées, une atmosphère paisible régnait dans le salon. Les luminaires diffusaient un halo rassurant autour du mobilier limité aux usages fonctionnels de la vie quotidienne.

Sue s'écroula sur le faux cuir du canapé d'angle encore empreint d'une odeur d'emballage plastique. Absorbée par des pensées insondables, elle fixait l'écran plat dernière génération diffusant silencieusement un show d'Oprah Winfray.

Anton leva un sourcil interrogateur à l'intention de Rachel.

« On a failli la percuter sur la route. Plus de peur que de mal. Elle accuse le choc. Et nous aussi », ajouta-t-elle pour justifier la nécessité d'un nectar bien corsé.

Au fond de la pièce, suffisamment vaste pour recevoir un auditoire, un bar aux éléments chromés semblait soutenir un escalier désuet. Disséminés dans les coins, quelques sièges arboraient fièrement des coussins dodus à qui voulait s'affaler. Cependant, l'absence de bibelots et de compositions florales rendait l'ensemble impersonnel, épuré à la manière d'une maison-témoin. Les murs froids, écaillés par endroits, classaient Crescent House au rang de demeure hybride. Un croisement entre le luxe et le délabrement.

« Sympa, ta baraque. Bizarre… mais sympa », avoua Steven en laissant glisser son imper sur le dossier d'une chaise.

Anton les invita à s'asseoir. Il agrémenta l'apéritif d'amuse-bouches aux arômes artificiels mais convenables au palais. Rachel en engloutit une pleine poignée sous leurs regards médusés. Entre deux bouchées, elle aborda les conditions de leur périple jusqu'à Devil Town – elle fit l'impasse sur ses déboires sentimentaux – en évoquant les impondérables d'un long trajet et les conditions climatiques défavorables. La pluie, évincée par un rayon de soleil. Le soleil, chassé par les trombes d'eau. Le cercle vicieux des éléments contraires. Puis, dans le tumulte, la vision inopinée d'une silhouette. Le hurlement des pneus pour l'éviter. Tout ça pour atterrir dans un fossé.

« Sue ? Pourquoi t'es-tu plantée au milieu de la route ? » interrogea Anton en se rinçant le gosier d'un whisky pur malt.

La jeune femme pencha la tête de côté. Elle n'était pas particulièrement jolie. Se maquillait rarement, désireuse de cultiver le charme naturel inhérent à ses traits fins encadrés d'une longue chevelure d'un noir de jais. Mais, ce soir, ses joues exsangues rappelaient celles d'une malade en phase terminale.

« J'ai pris trois bus différents pour arriver à Little Rock. Je comptais terminer le trajet en auto-stop… Une voiture m'a déposée à un croisement et j'ai continué à pied en espérant en croiser une autre. La nuit est tombée si vite que j'ai dû m'avancer sur la chaussée pour avoir une chance d'être vue. Steven roulait bien trop vite, ajouta-t-elle sans méchanceté.

— Je te rappelle que j'ai bousillé ma caisse pour t'épargner !

— Ainsi que mon ordinateur », fit-elle, endeuillée de milliers de pages écrasées dans les débris d'un disque dur.

Rachel manqua de s'étouffer avec une gorgée de vin français. Sue semblait porter plus d'intérêt à sa machine qu'à sa propre vie.

C'est alors qu'elle se rappela le détail qui l'avait inconsciemment perturbée lors du choc. Un objet était fixé à un poteau électrique. Elle l'avait d'abord pris pour un œil orienté dans leur direction avant de comprendre sa véritable utilité : une caméra de surveillance routière avait filmé l'accident. Et, pour une raison obscure, ce voyeurisme réglementaire la dérangeait.

Toute à ses pensées, Rachel croisa brièvement le regard d'Anton. L'intensité dans ses yeux incitait parfois à leur échapper au lieu de s'y attacher.

« Vous auriez dû me téléphoner, dit-il. Mais je suppose que le réseau est médiocre sur cette portion… On appellera un dépanneur demain à la première heure. »

Steven acquiesça, anesthésié par les bulles euphorisantes d'un mousseux californien.

Le silence s'imposa au milieu des convives comme une présence indésirable. Une étrange sensation de vide flottait entre eux sans qu'ils parviennent à en définir la cause. Les images de l'accident avaient évincé l'évidence. Le cercle était incomplet. Quelqu'un manquait à l'appel.

Sue émergea soudain de sa torpeur :

« Où est Dan ? »

Dans ce décor hétéroclite, sa voix intriguait. Forte et chevrotante, comme le couinement d'un cochon mené à l'abattoir.

« Bonne question…, souffla Anton.

— Sa voiture est dans l'allée, rappela Rachel.

— C'est ma faute, plaida leur hôte. J'étais en retard en raison d'une audioconférence avec notre éditeur. Je l'ai prévenu via Messenger en l'invitant à prendre ses aises, mais, quand je suis arrivé, il n'était plus là. Je présume qu'il est allé chercher l'inspiration en s'oxygénant dans la forêt…

— Sûrement ! Les sentiers sont si engageants… Des bois à perte de vue, ça donne vraiment envie de se promener, particulièrement à la nuit tombée ! railla Steven.

— Ou de s'y perdre. »

Sue venait de jeter un froid.

« Elle a raison. Il aura pu s'égarer ? » s'inquiéta Rachel en pianotant sur son smartphone qui affichait miraculeusement trois barres en portée.

Espoir déçu. Elle secoua la tête.

« Je tombe directement sur sa messagerie. Il a peut-être éteint son portable ?

— S'il s'est trop éloigné, probable que le réseau ne borne plus. »

Le cri du vent s'infiltra par une fissure en propageant un sentiment de malaise. L'isolement accentuait les symptômes paranoïdes. Un classique du genre. Un cliché littéraire. Mais, contrairement à la fiction confectionnée avec de l'encre et du papier, l'oppressante réalité gonflait leurs cœurs frénétiques.

Après un moment en apnée, la bande de copains éclata de rire. Si le ridicule détenait le pouvoir de tuer, sans doute seraient-ils déjà raides morts.

Subitement, le générique du film *L'Exorciste* envahit l'espace. Les notes cristallines frappées sur un piano les firent sursauter comme si le diable lui-même s'était infiltré dans leur cercle privé. Steven porta son attention vers la source de l'angoissante mélodie.

Trahi par la sonnerie, Anton louchait sur l'écran de son téléphone.

« Visez plutôt… Dan est de retour ! » lança-t-il à ses amis, se promettant mentalement de modifier le thème musical des alertes.

L'appareil passa de main en main. L'étonnement côtoya l'incompréhension. Steven lut le SMS à voix haute pour tenter de donner un sens à son contenu énigmatique.

Je suis là, tout près de vous… Je reste invisible à vos yeux, mais vous percevez ma présence et mon souffle sur vos nuques… Je suis celui qui observe. Celui qui écoute. Le monstre dont vos cauchemars s'inspirent. Je suis celui qui sait… Vos nombrils sont à vif à force d'être récurés. Ils finiront par vous dévorer de l'intérieur… Et croyez-moi, aucun de vous n'y survivra. Personne ne peut survivre à ça.

L'expéditeur du message figurait en lettres capitales :

DAN

« C'est un malade, je le savais ! s'écria Steven. On ne peut décemment pas être aussi brillant et conserver longtemps la lumière à tous les étages !

— C'est curieux, ça ne lui ressemble pas de proférer des menaces…, fit remarquer Rachel.

— En fait, je crois que Dan est un éternel gamin enrobé d'un quintal de graisse et de talent. Quand il se lassera, nous le verrons rappliquer la queue entre les jambes et les bajoues rosies par l'embarras, assura Steven dans un bâillement exagéré.

— Ou alors, c'est un coup monté de toutes pièces. Du genre “Bienvenue dans la maison de l'horreur !”. Allez, Anton, lâche le morceau… Dis-lui de se pointer, votre manège a assez duré.

— Rachel, on se fréquente depuis combien de temps déjà ?

— J'ai arrêté de compter. Ça me fout le bourdon. Pourquoi ?

— Tu devrais le savoir, ce genre de blagues puériles ne m'éclate pas. Et je te répète que je n'ai pas vu Dan…

— OK, te fâche pas !

— On arrête tout ! coupa Steven. Il est déjà presque minuit et, personnellement, je suis vanné. Anton, tu nous montres nos quartiers ?

— Vous ne voulez pas grignoter un morceau ? » s'enquit celui-ci.

Steven considéra les plateaux vides posés sur la table basse avant de se frapper énergiquement le ventre.

« Tu nous as déjà régalés de petits-fours et, crois-moi, la picole nourrit son homme à elle seule ! Je crois qu'on a tous mérité une bonne nuit de sommeil. »

Rachel et Sue approuvèrent en silence. Alors, le propriétaire de Crescent House obtempéra.

Le séjour ne s'annonçait pas sous les meilleurs auspices. Il s'attendait à davantage d'engouement et moins de jérémiades. Il veillerait à y remédier en proposant des activités ludiques entrecoupées de longues plages d'écriture. À eux cinq, ils formaient une grande famille au sein de laquelle chaque membre tenait un rôle prédestiné dans la vie de l'autre.

En tout cas, c'est ainsi qu'il considérait ses convives.

Les marches grincèrent lorsqu'ils gravirent l'escalier. Personne ne s'en effraya. Ils n'étaient pas entre les pages d'un livre, mais prisonniers de leur réalité. Et dans la vraie vie, le bois qui craque n'est rien de plus que *du bois qui craque*. Chacun regagna la chambre qui lui était attribuée. Épuisés, ils se souhaitèrent mutuellement une nuit paisible.

Les portes claquèrent dans la nuit fraîche.

Rachel s'écroula contre l'oreiller pour étouffer le chagrin d'une rupture qu'elle n'acceptait pas.

Steven resta de longues heures à fixer les murs nus comme s'il jaugeait des ennemis potentiels.

Sue sonda craintivement les ombres mouvantes, un livre de Dean Koontz coincé entre ses doigts.

Quant à Anton, il redescendit au salon, les yeux rivés sur la porte d'entrée.

Mais, en dépit de son acharnement à l'affronter, un redoutable démon visita sa nuit.

On le surnommait « l'Empereur Blanc ».

5
Dan

Il existe deux types de cauchemars.

Ceux dont on se réveille. Et ceux dans lesquels on plonge éveillé.

Désorienté, Dan peinait à ouvrir les yeux. L'obscurité écrasait ses paupières à la manière d'une enclume. En dépit de ses efforts, un écran noir envahissait l'espace, au même titre que l'incompréhension d'une situation qui le dépassait. Il se mit à tousser violemment. Des relents de terre et de moisissure saturaient l'air.

Où suis-je ?

Une douleur cuisante matraqua ses tempes. Les souvenirs affluaient en bombardant son crâne d'images isolées. Il se remémora son arrivée à Crescent House à l'occasion de la pendaison de crémaillère organisée par Anton. La sensation d'avoir franchi les frontières d'une dimension parallèle persistait. Cette maison l'avait mis mal à l'aise. C'était le genre d'endroit utilisé comme décor dans la plupart des films d'horreur. On pouvait ne pas croire aux phénomènes de possession, ceux-ci n'en demeuraient pas moins inscrits dans la conscience collective.

Quatre cents pages vierges à noircir de cruauté.

Dan se souvint de l'isolement, balayé par le sentiment d'une présence à l'étage.

Madness Street…

Le couloir désert, les moulures écorchées.

... l'histoire d'une folie. La sienne. Celle d'un autre. Qu'importe…

La bâche. Une photo de leurs sourires massacrés entre ses doigts.

Retranscrire la pourriture du monde, c'était ça, la recette du succès.

Que m'arrive-t-il ?

Visions et perceptions s'embrouillaient à tel point que son cerveau ne parvenait plus à les distinguer. Dan tenta de se mouvoir, mais ses poignets entravés par des bracelets en acier le condamnaient à l'immobilité. Pour compenser l'emprisonnement du corps, sa mémoire accéléra la fréquence et l'intensité des souvenirs.

Je suis seul. Pourtant, mes comparses devraient déjà être là, fêtant dignement nos retrouvailles. Le bois craque dans mon dos. Je fais volte-face. Un éclair aveuglant foudroie mes rétines. Le cliché m'échappe des mains. J'ai peur. Peur de connaître la fin de l'histoire…

Puis c'est le noir absolu. L'annihilation d'un état conscient. La mort psychique.

Pour se réveiller… *Où ?*

Dan concentra son attention sur les stimuli extérieurs. Les sons résonnaient dans un univers ouaté empreint d'humidité. Les odeurs livraient des indices conduisant à l'hypothèse d'un espace totalement clos, sans aération ni fenêtres.

Enterré vivant !

Dan voulut hurler, mais aucun son ne sortit de sa bouche. Ses lèvres semblaient scellées par un bâillon invisible. Crier, supplier, appeler à l'aide lui était refusé par une aphonie inexplicable. Et pour quelles raisons l'avait-on attaché ? Pour l'empêcher de fuir ? Qui aurait l'inepte idée d'agir ainsi après avoir enseveli un corps six pieds sous terre ?

C'est alors qu'il sentit le matelas ployer sous son poids.

Séquestré.

La notion d'enfermement forcé s'imposa à son esprit.

Pour la première fois, Dan fut reconnaissant envers ses cent dix kilos de chair, tissus, viscères. Même avachi sur un lit, tremblant et palpitant, ce corps détesté le faisait se sentir vivant. Il ne pourrait désormais s'accrocher qu'à ses repères sensoriels pour cerner l'environnement dans lequel on le retenait cloîtré. Il lui faudrait comprendre les motivations de son ravisseur pour le dissuader de commettre l'irréparable. C'est ce qu'un auteur aurait exigé de sa victime.

Dissuader qui ?

Il devina une présence évoluant dans la zone d'ombre. Elle se matérialisa par une respiration effleurant sa joue, par des murmures déformés en raison de fonctions cognitives altérées.

« Anton ? C'est toi ? » parvint-il à chuchoter.

Il aurait dû le savoir : poser les mauvaises questions appelait toujours de mauvaises réponses.

Une brûlure irradia subitement le creux de son bras. Dan visualisa mentalement l'aiguille plantée sans ménagement, un filet de sang s'épanchant depuis le point d'entrée. La substance inoculée par intraveineuse entraîna immédiatement une sensation de légèreté comparable à une délivrance.

Une brèche fendit soudain le brouillard d'une logique anesthésiée.

Dan sut alors qu'il avait surpris quelque chose à l'intérieur de la maison…

Un détail qui, à cet instant, lui échappait.

6
Sue

Un drap tiré sur son buste, Sue se redressa lentement et contempla la chambre d'un air absent. Aucun cauchemar ne s'était faufilé pour anéantir sa nuit. Aucune plainte audible n'était sortie inopinément de sa bouche – les revues médicales parlaient de « somniloquie ». Sous l'angle chaleureux du petit matin, les murs blancs lui apparaissaient moins hostiles que la veille.

Son téléphone indiquait la date et l'heure – vendredi 19 avril, 8 h 22 –, deux messages vocaux, trois mails, trente-trois notifications ainsi qu'un baromètre au beau fixe. Elle ferait le tri plus tard et décida d'enfiler un peignoir avant de s'engager dans le couloir. Les rires fusaient déjà au rez-de-chaussée comme la promesse d'une journée radieuse. Sue longea les portes closes, admira chaque détail avec un œil neuf : les moulures sur la rampe d'escalier, les tapis coûteux, les murs dont la peau s'effritait. Le charme des vieilles demeures opérait toujours sur elle. La frayeur ressentie sur cette route mal éclairée s'estompait au contact des boiseries anciennes qu'elle devinait chargées en énergie. Les lieux vivaient. Plus longtemps que les êtres. Plus intensément aussi. Les deux ans de travail détruits dans l'accident n'entameraient pas sa détermination à clore le roman le plus abouti de sa carrière. Un texte qui lui remuait les tripes en laissant une sensation de manque à l'apposition du mot « fin ».

Sue attaqua la première marche et sursauta devant le cadre argenté accroché en haut de l'escalier. L'emplacement semblait incongru pour accueillir un miroir. La jeune femme observa un instant son propre reflet. Il se décomposait en prismes aléatoires renvoyés par le verre brisé. *Sept ans de malheur*… Elle espérait la superstition infondée. Les trente-huit dernières années avaient déjà connu leur lot de déveine.

Une ombre fugace glissa subitement hors champ. Sue recula d'un pas, puis se figea à l'endroit où le couloir formait un coude. Elle sonda l'obscurité. Le passage semblait plus étroit que celui desservant les chambres. Mue par la curiosité, elle se faufila jusqu'à la bâche censée empêcher l'accès à cette partie de la maison. Tandis qu'elle en franchissait les limites, un courant d'air froissa la toile plastique, donnant l'illusion d'un spectre dérangé en plein sommeil. De l'autre côté, une porte basse clôturait la portion asymétrique manifestement dessinée par un architecte fou. Son cadre était comme coincé sous un plafond pentu avec un effet de perspective déroutant. Sue réduisit l'espace la séparant de l'ouverture aux proportions étranges. Une plaque métallique se substituait à l'emplacement habituellement réservé à la serrure. Quelle que soit l'issue, on avait pris soin d'en condamner l'entrée. Quant au mouvement furtif qu'elle avait cru détecter, un simple effet d'optique suffisait à l'expliquer.

Nullement impressionnée, Sue esquissa un sourire *habité* et reprit sa descente dans les entrailles de Crescent House.

« Notre petite marmotte a-t-elle bien dormi ? s'écria Anton en la voyant pénétrer dans le salon.

— Comme un bébé… »

Rachel s'approcha pour la prendre tendrement dans ses bras. Sue lui rendit l'accolade. Sa consœur n'avait pas hésité un instant à déballer l'équivalent d'un dressing afin de remédier à la destruction de ses effets personnels. La générosité de Rachel s'avérait toutefois embarrassante sur un point morphologique, d'une valeur de deux tailles de vêtements. Sue s'écarta pour serrer le peignoir qui bâillait sur toute la longueur.

« Tu te sens comment ?

— Vivante, répondit Sue. Dan n'a pas refait surface ? »

Anton déglutit pour faire descendre une tranche de pancake généreusement arrosée de sirop d'érable.

« J'ai reçu un SMS durant la nuit. Dan nous présente ses excuses pour son message délirant. Apparemment, une urgence l'a rappelé dans le Missouri.

— Et c'est tout ? Il est parti sans autre explication ? » fit Rachel, dubitative.

Sans se départir de son charme irrésistible, Anton afficha un air vaguement contrit.

« Visiblement, le bruit du moteur n'a réveillé personne, dit-il en désignant l'allée déserte.

— Tu lui as foutu la trouille avec tes histoires de revenants… », protesta Steven.

Sue s'attabla. L'odeur du café lui donna la nausée. Elle opta pour un jus d'orange concentré.

« Des revenants ? s'enquit-elle sans chercher à dissimuler son intérêt.

— Crescent House est réputée hantée… Je m'étonne qu'Anton ne t'ait rien dit non plus à ce sujet ! Tu es pourtant considérée comme la reine des meurtres à huis clos… Et si mes sources sont exactes, tu privilégies les lieux les plus morbides au monde pour situer tes histoires, non ?

— Au ton que tu emploies, j'en déduis que mes torche-culs ne sont pas dignes d'un marchand de fables horrifiques ?

— Tu es bien trop susceptible. Je dis simplement que si les ambiances glauques te font triper, les rumeurs locales pourraient bien t'inspirer une magistrale dau…

— Stop ! Je ferme les écoutilles !

— Avoue que tu tends le bâton », ajouta-t-il avec un sourire en coin.

Sue leva la main à la manière d'un bouclier la protégeant des paroles malheureuses.

« Je n'ai pas l'intention de me fâcher avec toi, Steven. Mais sois-en sûr, tu finiras dans l'un de mes bouquins. Tu sais ? Le genre de personnage qu'on retrouve pendu à une corde au sous-sol d'un sanatorium désaffecté… »

Steven fit mine de frissonner.

« Laisse-leur le temps de s'acclimater », lui suggéra Anton, énigmatique.

Son voisin de table acquiesça avant de se lever pour jeter un regard au-dehors. Les barricades obstruaient sa vision du monde extérieur.

La voiture de Dan n'était plus dans l'allée.

Et, à moins d'un kilomètre seulement, la sienne gisait encore dans un fossé.

« Il faut que j'appelle un dépanneur, lâcha-t-il.

— C'est déjà fait, assura Anton. Ils enverront quelqu'un dès qu'un gars sera disponible. Les joies d'emménager dans un bled paumé…

— Tu m'étonnes. Et tes ouvriers ? Ils logent ici à l'année ?

— Compte tenu des rénovations spectaculaires à entreprendre, j'y songerai. Pour le moment, ils profitent d'un congé exceptionnel de quelques jours, aux frais de la princesse ! J'ai préféré vous épargner la cohabitation assommante avec des scies sauteuses et des marteaux-piqueurs.

— Tu as bien fait. J'ai une sainte horreur des outils de destruction. »

Anton pinça les lèvres, visiblement perplexe.

« En tout cas, ça ne transpire pas dans tes livres, se hasarda-t-il.

— Tu fais référence à mon tueur en série surnommé "Le tronçonneur" dans *Le Sang des autres* ?

— Je songeais plutôt à celui qui écrase des mamies avec un vieux tracteur dans… *Eternal* !

Ils éclatèrent de rire comme deux idiots.

Assise sur le canapé, Rachel se raidit. Son portable tremblait entre ses doigts. Elle s'y cramponnait au point d'occulter leur présence.

« Quel salaud ! cracha-t-elle.

— Que se passe-t-il ?

— Jerry s'affiche sur les réseaux sociaux au bras d'une poufiasse assez jeune pour développer une crise d'acné !

— Quel scoop ! s'écria Anton en se mordant aussitôt la langue. Vous deux… ? »

Rachel inspira profondément. La tête lui tournait. Elle tenta d'imaginer sa vie sans lui, mais les larmes brouillaient toute projection.

« C'est terminé, fit-elle. Chapitre clos. Partager la vie d'un écrivain est un calvaire auquel beaucoup renoncent. Je suis vraiment la seule à en faire l'expérience parmi nous ? »

Leurs visages grimaçants exprimaient la désolation. Ils n'avaient jamais eu l'occasion de rencontrer le fameux Jerry autrement qu'en photo. Apparemment, le boy-friend de Rachel vomissait leur milieu au point de s'y soustraire totalement.

« Il ne te méritait pas.

— C'est censé me consoler, Steven ? »

Celui-ci plissa les lèvres. Il affichait un air grave et sincère qui se passait de commentaires.

Anton se racla la gorge. Personne ne bousillerait leur première matinée à Crescent House. Encore moins un mec qu'il n'avait jamais vu et dont il se foutait éperdument.

« Eh bien… en parlant d'écrivains esseulés, peut-être devrions-nous envisager de nous divertir ? Que diriez-vous d'une séance face à nos claviers ?

— J'en dis qu'une rame de papier serait la bienvenue, fit remarquer Sue.

— Tout ce que tu veux, ma jolie. *Mi casa es tu casa.* »

Peu avant dix heures, le cliquetis des touches prit l'ascendant sur la musique d'ambiance qu'Anton jugeait indispensable à l'éveil des sens. Les mélodies jouées au piano par Ludovico Einaudi conjuguaient sérénité et puissance. Des écouteurs vissés aux oreilles, Sue leur préférait la violente escalade des notes d'un *Requiem from Hell*[1]. L'auteure controversée de *True Loft*, *Mortelle Audition* et *Les Sinistres* s'attelait désormais à un tout autre registre. Possédée par la psyché de son personnage, elle raturait les feuilles blanches mises à sa disposition, avec pour unique leitmotiv d'embellir le monde à travers les mots. Ce qui n'était clairement pas l'intention de Rachel. Ses yeux jouaient les pendules en passant de son carnet à l'écran dans le but de retranscrire fidèlement le déferlement de haine que Jerry avait engendré en s'affichant – déjà ! – au bras d'une autre femme. Ses deux dernières publications – *Tue-moi encore* et *Un mari gênant* – s'apparenteraient à des contes pour enfants comparées à son prochain thriller domestique.

Un peu à l'écart, Steven battait frénétiquement le sol du talon tandis que ses doigts s'activaient à la manière d'un virtuose. Il semblait totalement déconnecté de son environnement. Le crâne contaminé par des aspirations solitaires et sordides.

Par souci d'intimité, l'espace entre les emplacements empêchait de visualiser le texte de l'autre comme un voile de pudeur jeté sur leurs écrits.

Comblé, Anton observait la fusion des cerveaux connectés à l'âme de Crescent House. Une terre nourricière qui alimenterait leur talent.

« Un synonyme de “bizarre” ? lança Steven à la cantonade.

— C'est pour ton autobiographie ? plaisanta Rachel.

— Très drôle. »

---

1. *Requiem from Hell*, MONO.

Ils s'esclaffèrent en sondant le regard dépité de l'intéressé. Celui-ci, visiblement trop concentré pour s'en offusquer, héla Anton :

« J'ai un doute. Dans ton dernier roman, *Les Couleurs du crime*, le fils du boucher s'appelait bien Allan ?

— Eh bien…

— S'appelait-il Allan, oui ou non ?

— Oui. »

Steven fit la moue, puis il dit :

« Je vais renommer mon personnage alors… Je ne voudrais pas que tu me traînes en justice en m'accusant de plagiat ! »

Anton baissa les yeux. Un sourire indéfinissable flottait sur ses lèvres. Bien qu'il fût établi que chacun resterait vissé à sa place, Steven enfreignit le règlement et se mit à fureter derrière le bar en quête d'une dose d'inspiration. Pour le commun des mortels, céder à l'Absolut Vodka à cette heure matinale équivalait à braver les interdits, mais ces préceptes ennuyeux auraient mérité quelques remaniements autorisant l'art de s'épancher sans entraves. Un verre à la main, il évolua dans le salon avec une aisance aérienne. Et se planta brusquement derrière Rachel.

« Vraiment ? s'étonna-t-il. Tu zigouilles ton personnage principal dès le chapitre 13 ?

— Crois-moi, certains protagonistes deviennent encombrants au fil des pages.

— Quel intérêt de les créer, dans ce cas ?

— À la dernière page du livre, tu comprendras… », assura-t-elle en l'invitant à regagner sa place.

Anton s'anima telle une poupée à remontoir. Ses mains engourdies s'abattirent brusquement sur le clapet de l'ordinateur lorsqu'il s'exclama :

« Et si nous allions nous dégourdir les jambes en visitant les environs ? »

Ils se levèrent de concert pour rejoindre l'intimité de leurs chambres respectives. Sue suivit le mouvement. Elle éprouvait du chagrin pour Rachel. Perdre l'homme qu'on aimait en raison d'une fibre artistique indépendante de sa volonté relevait tout bonnement de l'injustice. Rachel s'en remettrait. Elle transformerait sa tragédie en créativité. Il n'existait rien de plus efficace que le malheur pour pondre un succès.

Retranchée derrière les hautes fenêtres, Sue retira son chemisier avec la pudeur d'une adolescente confrontée au regard d'un jeune amant. Ses côtes saillaient sous sa peau diaphane, mais moins qu'à l'accoutumée. Ses seins menus pointaient comme deux petites perles gorgées de lait. Elle fit glisser une main sur son ventre. Le creux habituel disparaissait sous une langue de graisse. Indétectables sous les plis d'un pull-over, les premières rondeurs se formaient. Une vie dans une autre. Un corps lové à l'intérieur du sien. Un cœur en formation. Et tant de peurs à offrir que les larmes montaient devant son impuissance à accueillir sereinement le bonheur.

Sue inspira profondément pour évacuer les tensions accumulées depuis la veille. Depuis des jours, des semaines. Depuis toujours.

Pour la première fois en trente-huit ans d'existence, elle décida que le monde tournerait désormais autour de *son* nombril. Il était temps de prendre le contrôle de sa vie. De réagir plutôt que de subir. De cesser d'applaudir l'insuccès comme s'il s'agissait d'une précieuse singularité.

Et dans la continuité de ses résolutions, elle se jura de ne plus jamais recommencer.

Ne plus jamais recommencer à tuer.

7

Arkansas, 12 juin 1965.

Je suis l'ennemi de la suprématie blanche, mais cela n'a pas toujours été le cas. Fut un temps, j'ai cru que les mentalités pourraient changer.

J'ai cru à l'impossible.

Je suis le diable noir d'un pays en quête d'identité raciale. Nul ne peut perpétrer de tels massacres sans douter de sa propre lignée. Tuer l'étranger représente un gage d'appartenance à la communauté, une légitimité à martyriser mon peuple. À mes yeux, ces hordes déguisées ne sont que des lâches armés, de faibles penseurs manipulés par un ambitieux marionnettiste élevé au rang de « Grand Sorcier ».

Je les entends frapper le pavé. Le temps qu'il me reste semble soudain compté.

Les escouades sont en route pour creuser des tombes classées au patrimoine pittoresque d'une Nation. Des ornements confectionnés dans la chair et le sang.

Les murs de Crescent House ne nous protégeront plus longtemps…

Pourtant, avant de vous narrer ma mort, il me faut vous parler de ma vie.

Je suis né à Devil Town le 7 décembre 1935. C'est un détail pour vous, cher lecteur. En revanche, ce n'en est pas un pour mes parents qui ont prié toute la nuit pour ma survie. Ma mère a rencontré de sévères complications. J'avais déjà un cordon enroulé autour du larynx avant même mon premier cri. Certains pourraient évoquer le phénomène prémonitoire d'un destin étouffé par l'oppression. Je préfère considérer ce signe comme un miracle car, en dépit d'une mise bas digne d'un étal de boucher, j'ai survécu.

Ce tragique épisode n'a engendré ni frère ni sœur pour agrandir le cercle familial. J'étais l'enfant privilégié de parents démunis. Les assiettes étaient pleines, mais tristement garnies. À l'époque, seul importait de survivre. *Manger, dormir, travailler* était notre combat quotidien.

Parfois, à la nuit tombée, enveloppé dans la moiteur de mes draps, je percevais la présence d'étrangers dans la maison. Ma mère confectionnait des repas élaborés pour les contenter. Ces offrandes auraient pu nous nourrir durant des jours, mais mon père insistait afin que les invités aient une noble impression de notre famille. L'oreille collée au mur, j'écoutais leurs conversations sans comprendre le sens véritable de l'enjeu qui se profilait. Des voix d'hommes s'élevaient sous notre toit, prêchant l'égalité, la sûreté, la garantie d'une vie libre. Lors de ces réunions nocturnes, il me devenait impossible de dormir. Alors, bercé par leurs promesses, je gribouillais sur les murs ce que j'espérais secrètement ressembler à des lettres. L'alphabet m'était encore inconnu. Pourtant, ces éclaboussures à l'encre rouge persistent dans mon esprit. Peut-être ai-je été châtié pour cet acte de vandalisme domestique, mais je ne retiens que la fierté qui m'habitait alors qu'on me forçait à effacer mes gribouillages.

L'année suivante, j'ai rejoint les bancs de l'école.

Et là, j'ai compris que toutes les tentatives d'échapper aux préjugés et à la haine seraient vaines sans l'intervention des armes.

La mention « Séparés, mais égaux » figurait jusque sur les portes des sanitaires. Notre couleur de peau pointait la direction où pisser et déféquer. À croire que l'odeur de nos déjections différait de la leur.

C'est à cette époque que j'ai *rencontré* Crescent House. Depuis, je ne l'ai plus vraiment quittée…

Un jour, les placards anti-*nigger* sont apparus sur les vitrines des restaurants, des salles de spectacles et des boutiques frappées elles aussi de ségrégation. Les actes à tonalité raciste pullulaient à la vue de tous. Mais le jour de mes vingt ans, c'est à notre porte que la mort a frappé.

J'avais trouvé un emploi sous-payé en qualité de magasinier. La perte de mobilité qui affectait mon père depuis quelques mois avait amenuisé nos ressources. Mon maigre salaire compensait à peine l'infortune engendrée par son inactivité.

C'était une journée ordinaire. Le soleil piquait les flocons et de fines gouttelettes tombaient des branches cristallines. Je longeais la rue lorsque j'entendis le fracas des sabots. Je m'arrêtai, désorienté par la fuite immédiate de nos voisins, courant se réfugier dans la sécurité relative de leur souricière.

Je pourrais citer mille exemples de citoyens noirs assassinés, au grand jour, sans que personne ait simplement osé identifier les meurtriers. Beaucoup de ces crimes sont restés impunis.

Y compris celui de mon père.

Abattu comme un chien sur le perron de sa propre maison.

Décapité sous mes yeux.

J'ai grandi avec cette image gravée au fer rouge.

Mais je suis parvenu à repousser le véritable ennemi : LA HAINE.

L'année suivante, enhardi par mon engagement à défendre nos droits civiques, j'ai bravé toutes les interdictions pour m'engager activement au profit de la NAACP[1].

Et puis un soir, je suis entré dans l'un de ces bouges fréquentés par des Blancs et j'y ai rencontré celle qui demeure désormais recluse dans les combles de Crescent House.

Tandis que j'écris ces mots, ses plaintes me hantent. Elles me déchirent le cœur et le ventre. *Mon amour, ai-je jamais eu le choix ?*

Elle se prénomme Myra.

Et pour son plus grand malheur, je l'ai épousée.

---

1. National Association for the Advancement of Colored People.

8
Steven

En fin de matinée, une légère brise sifflait entre les branches débarrassées des oripeaux de l'hiver. L'immensité des bois donnait le vertige dès lors qu'on levait la tête pour en contempler les cimes bourgeonnantes.

« Et là, c'est quoi, au juste ? » interrogea Rachel en désignant une construction délabrée située à l'arrière de la maison.

Anton, qui s'était improvisé guide touristique, fronça les sourcils comme si la question le dérangeait.

« La grange, marmonna-t-il. Selon les archives officielles, elle a été bâtie cinq ans après l'édifice principal. Je ne m'y suis pas attardé, mais il semblerait que l'ancien propriétaire entreposait ses outils à cet endroit. C'est un bric-à-brac sans intérêt.

— Je te l'accorde, une acquisition inutile en ce qui te concerne. Hormis écrire, tu ne sais rien faire de tes dix doigts…, railla Steven.

— Dommage que ton sens de l'humour ne transpire pas dans tes bouquins, ils se vendraient comme des petits pains ! se défendit Anton. À défaut de décrocher un prix littéraire, tu obtiendrais la palme du discrédit ! »

Amusée par leur joute verbale, Rachel secoua la tête.

« Deux gamins… »

Les deux hommes se sourirent en se frappant les mains comme des ados dans l'attente d'une revanche.

Le groupe s'éloigna de la grange pour s'engager sur le chemin que leur hôte venait d'emprunter. Ils marchèrent un long moment, évoquant les anecdotes croustillantes consécutives à leurs excès plus qu'à leurs succès. « Vous souvenez-vous du jour où Dan a malencontreusement gaffé en félicitant un auteur pour un prix qu'il n'avait pas remporté ? Le pauvre gars était à deux doigts de chialer ! » « Et la fois où Steven a soutenu les propos d'un lecteur bilieux sans imaginer que celui-ci accusait Rachel d'avoir "couché" pour l'obtention d'une mention ! » Avec le recul, la magie noire des réseaux sociaux prêtait à sourire, même si tous s'accordaient sur l'impact que les relations virtuelles provoquaient en matière de promotion. Gloire et déboires s'imbriquaient pour construire des murs illusoires. Le meilleur émergeait parfois, mais le pire l'emportait souvent.

La conversation dériva ensuite sur les raisons de leur présence à Devil Town. Anton soliloqua longuement sur les bienfaits du séjour. Selon lui, explorer ces contrées isolées amorcerait admirablement leurs séances d'écriture. La mise en abyme renforcerait l'inspiration en l'alimentant de sensations inédites. Chacun les retranscrirait à sa manière, par le biais d'un personnage ou d'une situation, comme on expulse de soi une charge trop lourde. Anton leur offrait l'opportunité d'accéder à leur créativité, mais Rachel ne se sentait pas en position de force dans cette course à l'émotion.

Elle consulta discrètement son portable.

No service.

« Génial… », soupira-t-elle.

Le sentier croustillait sous leurs pas. Aux abords, les branches s'étaient mises à craquer, comme piétinées par une faune invisible. Dans ce décor sauvage frappé d'isolement, Rachel eut soudain la sensation d'être observée. Elle sonda les parcelles boisées. N'importe quel cinglé aurait pu s'y planquer.

« Le refuge idéal pour un détraqué, non ? »

Elle sursauta. Steven s'était placé à sa hauteur, fermant la procession des auteurs. Il affichait la même expression que celle arborée juste avant l'accident : l'harmonie subtile d'un large sourire plaqué sur un masque lugubre.

« Décidément, tu ne renonces pas facilement, hein ? Tu comptes me servir une théorie fumeuse sur les bois hantés de Devil Town ?

— Tu ne crois pas au départ inopiné de Dan, avoue-le.

— Je n'ai aucune raison d'en douter. »

Steven embrassa la forêt d'un geste élégant, presque théâtral.

« Après tout, si Dan voulait nous jouer un mauvais tour, il aurait tout l'espace nécessaire pour le mettre à exécution. *Je suis là, tout près de vous… Je reste invisible à vos yeux, mais vous percevez ma présence et mon souffle sur vos nuques… Je suis celui qui observe. Celui qui écoute.* J'ai oublié la suite, mais c'est plutôt inhabituel comme message d'adieu…

— Écoute, Steven, je crois que tu devrais t'enfiler quelques comprimés de Risperdal[1]. Tu es sérieusement flippé. Pourquoi Dan ferait-il une chose pareille ?

— Pourquoi Hannibal Lecter dévorait-il ses victimes ?

1. Neuroleptique.

— Par pitié, épargne-moi tes références psychanalytiques douteuses ou je me ferai un plaisir d'exiger ton placement immédiat en centre spécialisé… »

Sue et Anton se retournèrent d'un même élan.

« Tout va bien derrière ?

— Parfaitement bien ! lança Steven. Nous débattons sur le pourcentage de probabilités qu'un psychopathe nous tombe dessus.

— Rassurez-vous, répondit Anton, les mains placées en porte-voix. Les seuls criminels ici sont ceux que forgent nos esprits ! »

Il avait l'air d'y croire, pourtant, un voile étrange glissa sur son visage lorsqu'il déclara :

« Je prévoyais de vous conduire à Shannon Hills en coupant par la forêt, mais j'ai mal calculé l'itinéraire…

— Et y a quoi d'intéressant à Shannon Hills ? questionna Rachel.

— Le fleuron de l'histoire locale ! La zone est restée sous-développée jusqu'en 1960, lorsque le projet de construire des logements a démarré. Les lacs et les marécages ont vu fleurir des habitations modestes réservées à la population blanche. Mais je crains qu'il ne faille reporter notre visite… Tous ces sentiers se ressemblent. J'aurais peut-être dû les baliser avant de vous embarquer dans ce no man's land.

— En résumé, on est paumés… », lâcha Steven, dépité.

Sue leva les bras au ciel. La voûte au-dessus d'eux s'assombrissait et, dans le sillage des nuages, l'orage grondait comme autant de cavaliers noirs déferlant en territoire ennemi. Une pluie fine tomba soudain des branches squelettiques.

« Effectivement, je propose d'écourter la balade, fit Rachel, le regard rivé aux branchages hostiles qui les encerclaient.

— Je suis de son avis, soutint Steven. Ne négligeons aucun détail sur notre passage ou la journée promet d'être longue. »

Ils tournèrent les talons, accélérant la cadence sous l'horizon menaçant. Un vent frais poussait ce drôle de cortège en s'engouffrant dans leurs vêtements. Anton disait vrai. Tous les chemins se ressemblaient ; l'absence de vie, l'inquiétante similitude des troncs noueux dressés comme des remparts.

« Par ici ! » s'écria Steven, manifestement ragaillardi par cette course d'orientation improvisée.

Il indiqua une piste cabossée semblable à tant d'autres. Dans cet environnement anxiogène, un détail avait attiré son attention. Au flanc d'un tronc fauché à sa base, les mauvaises herbes s'enroulaient autour d'une croix blanche. En dépit des contestations proférées par ses partenaires, Steven s'enfonça dans les broussailles. Soudain, son intérêt dévia de quelques mètres. Hypnotisé par la vision d'une pancarte accrochée à un arbre séculaire et maintenue par un fil en acier courant le long de l'écorce, il foula le sol riche en humus.

« L'arbre des pendaisons », lut-il à voix basse.

Anton l'avait rejoint sans un bruit.

« C'est ici qu'avaient lieu la plupart des exécutions, dit-il. D'après la rumeur, les membres du Ku Klux Klan attachaient leurs victimes de manière qu'elles puissent se maintenir sur la pointe des pieds. Mais l'épuisement les obligeait fatalement à lâcher prise… Leur agonie pouvait durer des heures. Parfois, les animaux sauvages se chargeaient d'abréger leur calvaire…

— On devrait rejoindre les filles. »

À peine s'étaient-ils aventurés sur le sentier qu'un rideau d'eau s'abattit sur eux, noyant les maigres repères sous des trombes tempétueuses. Leurs semelles s'embourbaient dans les langues de terre humide, arrachant des jurons à leur vocabulaire habituellement plus distingué.

« Regardez ! Là-bas ! » s'écria Anton.

Au loin émergeait la toiture singulière de Crescent House. Le Graal se dressait derrière la barrière végétale comme un endroit sécurisant, à mille lieues des légendes dont la rumeur l'accablait.

Rachel peinait à suivre le rythme imposé par ses confrères. Elle jetait constamment des regards par-dessus son épaule, persuadée d'être observée par quelqu'un – *ou quelque chose*. C'était un poids sur sa nuque. C'était le souffle du vent assimilé à un râle humain. Une ombre furtive filant entre les arbres. Une certitude chevillée au corps.

C'était une chape de solitude jetée sur son avenir.

Jerry… Pourquoi ?

Devant elle, Sue semblait courir au ralenti. Le monde tournait ainsi sous les effets de l'angoisse. Au ralenti. Rachel inspira pour évacuer une de ces crises de panique qui l'assaillaient souvent. Elle manqua de perdre l'équilibre. Le décor maussade se brouillait comme si son cerveau tentait de le faire disparaître. Ses paupières se fermèrent pour fuir la réalité.

Une main ferme la rattrapa avant la chute inéluctable. Son regard hagard croisa celui de Steven.

« Tout va bien ? »

Je l'ignore, Steven. Je ne sais plus ce qu'aller bien signifie…

« Oui… C'était juste un vertige », s'entendit-elle répondre.

Steven releva son menton. Rachel en profita pour observer ce visage dont les traits étaient séduisants, pour peu qu'on mette la personnalité du bonhomme de côté.

« Vous voyez, inutile de s'alarmer ! La promenade était vivifiante, non ? » s'écria Anton en déverrouillant la porte.

Ils s'engouffrèrent à l'intérieur de la maison. Frigorifiée, Sue préconisa le seul remède capable de chasser ses frissons. Une douche chaude s'imposait. Rachel, encore fébrile, soutint la proposition d'un vague hochement de tête.

« Parfait, prenez vos aises, mesdames ! Je vais m'atteler aux fourneaux. En espérant rattraper le fiasco de cette épouvantable virée. Steven, tu me secondes ?

— Désolé, mon pote. Je te laisse seul sur ce coup-là, dit-il en se dirigeant vers la sortie.

— Où vas-tu ?

— Récupérer un truc dans ma bagnole avant l'arrivée de la dépanneuse. T'inquiète pas, je serai revenu pour engloutir ton festin. »

Steven claqua la porte derrière lui.

Anton le regarda s'éloigner sous une pluie battante comme s'il assistait à un déchirement doublé d'un sentiment de frustration. Il perdait le contrôle. Rien ne se déroulait comme prévu. Les filles manquaient cruellement d'originalité. Manger. Dormir. Se laver. Se maquiller. Se plaindre. Où planquaient-elles leur soif de frissons ? Dans les frous-frous qu'elles échangeaient ? Leur inventivité se bornait-elle à pleurer sur leur sort alors que sa maison les soumettait à une tension digne d'être magnifiée ? Et Steven ? Lui qu'il considérait comme un frère, pourquoi maintenait-il une forme de distance à son égard ?

Avec ou sans leur consentement, l'Empereur Blanc ne tarderait plus à se manifester. Dans cette attente, chaque jour serait un combat. Chaque nuit, un calvaire. Celui d'une conscience coupable.

Anton fulmina. L'absence de Dan semblait réellement peser sur l'esprit de groupe.

Contrarié, il plongea les mains dans le congélateur pour en extraire des plats préparés, préchauffa le four, dressa verres et bouteilles en espérant que le déjeuner détendrait l'atmosphère.

L'horloge murale indiquait déjà quatorze heures, et le ruissellement de l'eau s'éternisait dans les douches situées à l'étage. Les filles avaient-elles donc tant à laver, à récurer, à expurger ?

Le temps fila sur le cadran de ses angoisses. Chaque minute semblait tendre vers l'éternité.

Alors qu'il se laissait mollement tomber sur le canapé, Anton vit son téléphone s'animer sur la table basse. L'écho des vibrations se propagea simultanément au niveau supérieur.

Depuis leurs chambres, Rachel et Sue prirent connaissance du message.

En provenance de Dan.

Et le contenu de la vidéo faisait froid dans le dos.

9
Rachel

Dans le cercle restreint des convives, la stupeur et l'incompréhension se disputaient le monopole. Rachel et Sue avaient rejoint Anton dans le salon, leurs téléphones brandis telles des lames chauffées à blanc.

« Quelqu'un peut m'expliquer ce qu'il se passe ? » s'énerva Rachel.

Sue visionnait en boucle le film de mauvaise qualité digne d'un tournage effectué en caméra embarquée. Les plans hachés montraient une silhouette évoluant tête baissée, les mains enfouies au fond des poches d'un imperméable. L'angle incertain laissait supposer que le vidéaste cadrait l'individu à son insu.

« On dirait Steven, avança Sue.

— Difficile d'en juger… », hésita Anton.

L'instabilité de l'objectif et le chuintement du vent faussaient la perception, mais la tension qui en résultait évoquait curieusement une scène de chasse. Une traque.

« Attendez… Il a bien dit qu'il retournait à sa voiture, non ?

— Oui… Ça fait plus d'une heure, souligna leur hôte.

— Quelqu'un l'aurait suivi ?

— Pas *quelqu'un*. Dan. »

Et si Steven avait vu juste..., songea Rachel. Dan aurait-il décidé de s'amuser délibérément avec leurs nerfs ? C'était insensé. Mais pas impossible. Cela expliquerait l'impression dérangeante d'être constamment observée... Derrière sa façade débonnaire, Dan cultivait une palette de rancœurs et de complexes. Sa propension aux maladresses pouvait alerter sur le caractère volontaire de nuire et ses remarques parfois grinçantes teintaient d'amertume ses assertions morales. Mais serait-il capable d'orchestrer une machination visant à les terroriser ? Ça ne cadrait pas avec l'homme qu'elle connaissait. Son obésité enveloppait tant de fragilité.

Dans le cadre d'une fiction, chacun d'eux aurait eu un mobile de s'attaquer à l'autre : la peur, la jalousie, l'envie, l'insatiable besoin d'éteindre toute lueur pour briller, la soif de réussir, de s'imposer. Les motivations foisonnaient sur le champ des ambitions.

Jusqu'où pouvait-on s'abaisser pour accéder à la reconnaissance ?

Le sujet aurait certainement mérité un développement en plusieurs volumes, mais Rachel jugea plus pertinent – et moins éreintant – d'analyser les faits de manière objective afin de les introduire dans un contexte réel.

Je suis celui qui sait... Vos nombrils sont à vif à force d'être récurés. Ils finiront par vous dévorer de l'intérieur...

Elle demeura pensive. Deux heures plus tôt, alors que leur balade virait au désastre, Steven avait récité à voix haute une partie du message envoyé par Dan avant qu'il prenne la poudre d'escampette. Lors de son exposé sur la théorie d'un complot, le beau gosse de la bande en avait oublié l'essentiel. Mais Rachel s'en souvenait mot pour mot.

Et croyez-moi, aucun de vous n'y survivra. Personne ne peut survivre à ça.

« Tu as certifié que Dan regagnait le Missouri, dit-elle enfin. Comment aurait-il pu filmer Steven avant d'émettre la vidéo depuis son profil privé ? »

Anton pencha la tête à la manière d'un pantin désolidarisé de ses attaches.

« Comment veux-tu que je sache ? Vous avez lu son message ! Je n'invente rien ! »

Sue posa une paume rassurante sur l'épaule de Rachel.

« Pourquoi s'inquiéter comme ça ? C'est rien qu'une prise de vues montrant quelqu'un en train de marcher sous la pluie… »

Sur les murs du salon, le ciel d'encre projetait des doigts filandreux glissant des plinthes au plafond. Dans ce décor atemporel, l'alerte d'une seconde vidéo coupa court au brouhaha de leurs réflexions.

Les yeux soudain rivés à leurs écrans, les trois comparses furent à nouveau projetés sur cette route noyée sous des trombes d'eau. Électrisés par la stupeur, leurs cerveaux captaient mieux que le réseau dont le signal faiblissait insensiblement.

Ils devinèrent un corps recroquevillé sous un déluge de cris. Une vision à ras de terre d'une rare brutalité. Plan serré sur un amas de jeunes pousses, de mucus dégoulinant sur des feuilles naissantes et, révélée par ce lit vivace, la confirmation d'une souffrance déshumanisée.

L'insaisissable nature de la scène en décuplait les aspects malsains. Ces secondes glaçantes sous l'œil d'un corbeau pernicieux débouchèrent subitement sur un écran noir et le sifflement aigu annonçant le générique de fin.

Hébété, chacun creusa dans le regard de l'autre.

« On peut s'inquiéter à présent ? » s'alarma Rachel.

Sue piétinait sur place. Son estomac se contractait au rythme des battements de son cœur. Dans un filet de voix, elle demanda :

« Quelqu'un était-il au courant de notre escapade, Anton ?

— Tu parles. Il a publié un statut édifiant à ce sujet la semaine dernière, pesta Rachel. Insta, Facebook, Twitter, autant dire qu'il a arrosé l'ensemble de la Toile ! Il ne manquait plus que l'adresse pour rameuter tous les lecteurs du coin. »

Anton dissimula son embarras derrière un sourire de façade.

« Un fan pourrait-il être à l'origine de ce canular ? avança Sue. Dans ce cas, comment se serait-il procuré le portable de Dan ? »

Le sous-entendu généra un froid.

« Un hacker aurait pu pirater son compte. »

À peine Anton eut-il formulé sa pensée que la tempête creva la pesanteur du salon. La porte se fracassa sous les stridulations du vent.

Steven s'engouffra par l'ouverture avant de s'écraser sur le tapis de l'entrée.

« Vous attendez quoi pour venir m'aider ?! » se plaignit-il.

Anton se précipita vers lui. Les deux jeunes femmes demeurèrent en retrait, hypnotisées par la plaie suintante au niveau de sa cheville. Les fibres de laine absorbaient le sang en s'auréolant d'une tache brunâtre.

Rachel émergea de sa léthargie.

« Seigneur, Steven, qu'est-il arrivé ?! »

Leur ami reprit son souffle. Ses traits brouillés trahissaient un sentiment d'injustice.

« On a dépouillé ma bagnole ! »

Roues volées, moteur arraché, coffre éventré, tout y était passé, expliqua-t-il.

Steven commenta avec force détails sa tentative avortée de trouver de l'aide sur cette fichue route qui ne comptait pas plus d'automobilistes que de passants égarés. Se sachant totalement impuissant, il avait rebroussé chemin en coupant à travers bois et, dans cet élan aveugle mais déterminé, un ancien piège de braconnier s'était refermé sur son pied.

« Ça fait un mal de chien », crut-il bon de préciser.

Sur les indications d'Anton, Sue rapporta un flacon de désinfectant et un paquet de compresses coincés derrière une batterie de condiments. Le rangement des placards reflétait l'âme de la maison. Hétéroclite et confus.

Anton releva le bas du pantalon et s'appliqua à prodiguer les premiers soins.

Contrairement aux apparences, les lésions étaient superficielles. Le fer des crocs avait entamé la chair sans perforer les tendons. Il fit tourner délicatement la cheville de Steven. La mobilité confirmait l'absence de fracture. Sue l'aida à soutenir le blessé jusqu'au canapé.

« Tu es certain de n'avoir croisé personne ? » interrogea prudemment Rachel.

Steven la dévisagea.

« Certain. »

Anton se racla la gorge. Le soulagement de les savoir à nouveau réunis repoussait ses inquiétudes.

« Il faut que tu voies ça », dit-il en tendant son téléphone à Steven.

Rachel mordilla les coutures de son chemisier comme si l'idée de regarder à nouveau la vidéo l'obligeait à revivre une épreuve difficile. Sue, au contraire, se focalisa sur l'écran, à l'affût du moindre détail.

« Merde… Dan est vraiment cinglé…, lâcha Steven en avisant le nom de l'expéditeur.

— Ou alors quelqu'un veut nous en persuader…

— Le pourcentage de risques qu'un individu amateur de sensations fortes passe à l'acte est extrêmement faible, assura Anton, sur la défensive. La plupart se contentent d'un harcèlement virtuel, mais peu matérialisent leur frustration dans le monde réel.

— Et le dépeçage de ma voiture entre dans quelle catégorie ?

— Un incident isolé.

— En fait, tu n'en sais strictement rien ! »

Demeurée passive jusqu'à présent, Sue intervint :

« Un détail cloche sur ces images… »

Tous les regards convergèrent dans sa direction.

« Regardez la seconde vidéo… Contrairement à la première, le contact est plus rapproché… Comme si…

— Comme si on voyait à travers les yeux de Steven, conclut Rachel.

— J'ai dû perdre connaissance un instant sous le coup de la douleur, plaida-t-il. Vous ne pensez quand même pas que je suis à l'origine de cette morbide mise en scène ?

— On te croit, affirma Anton. Là n'est pas la question.

— Que voulais-tu récupérer dans ta voiture qui ne puisse attendre l'intervention d'un dépanneur ? » s'enquit Rachel.

Steven se redressa légèrement pour affronter son regard inquisiteur.

« C'est de la folie… Tu veux vraiment savoir ? Je voulais récupérer ceci ! »

Il tira une épaisse chemise coincée dans la poche intérieure de son imper. Les documents qu'elle contenait s'éparpillèrent sur la table basse.

« Ce sont mes notes à propos de cette foutue baraque et des horreurs qu'elle a engendrées, expliqua-t-il. Des photos, des articles de presse, des extraits retrouvés dans l'incendie… J'ai monté un dossier complet sur Bill Ellison. »

Sue se rapprocha comme une abeille alléchée par le miel.

« Tu aurais dû m'en parler, fit Anton sans masquer sa contrariété.

— Acquérir Crescent House ne te confère pas l'exclusivité sur son passé.

— Tu as raison, Steven. Mais nous rencontrons un sérieux problème.

— Lequel ?

— Tu empiètes sur mes plates-bandes. J'exploite déjà le sujet.

— Alors sans doute apprécieras-tu mon aide. Je n'ai nullement l'intention d'écrire sur le drame vécu par la famille Ellison, mais j'ai recoupé suffisamment d'informations pour relever de nombreuses incohérences. »

Une porte claqua au premier étage. Un courant d'air frais traversa le salon, puis s'évanouit dans l'ondulation d'un rideau.

Leurs rires embarrassés supplantèrent le silence.

La claustration développait les tensions paranoïdes au point de créer un climat d'une étrange ambivalence.

Rachel feuilleta distraitement les liasses de papier. Elle se sentait totalement désincarnée, à mille lieues de l'épouvante exposée sur les clichés. Les photos insoutenables dévoilaient des corps calcinés, des crânes brûlés dotés de mâchoires figées dans un hurlement muet. D'autres montraient le couple Ellison à l'époque où la vie palpitait encore sous les frusques usées jusqu'à la corde. La représentation du bonheur transcendait l'horreur des crimes.

« Steven, j'ai du mal à cerner ton apparente obsession pour cette histoire… Sous quel angle abordes-tu tes recherches ? La légende de l'auteur noir exécuté par le Ku Klux Klan ou celle qui prétend qu'il a assassiné sa femme sous l'emprise de la folie ? Peut-être as-tu inventé une troisième théorie pour pimenter notre séjour ? interrogea-t-elle, cynique.

— Je comprends mieux les raisons pour lesquelles Jerry ne pouvait plus te supporter », répliqua son confrère.

Anton s'interposa.

« Tu y vas un peu fort, Steven.

— Désolé… Je reconnais que j'ai merdé… Rachel a le don de me mettre à cran », lui murmura-t-il à l'oreille, comme si le simple fait de s'amender suffisait à effacer ses torts.

Quelqu'un frappa à la porte. D'une poigne ferme et déterminée. Face aux interrogations muettes de ses compagnons, Anton haussa les épaules, les mains tournées vers le plafond comme un prédicateur avant l'Eucharistie.

Incrédules, tous se dévisagèrent dans un silence absolu.

10
Anton

Le chef du département de police de Shannon Hills se présenta en exhibant fièrement sa plaque devant l'œil médusé d'Anton. Le carillon suspendu au-dessus de sa tête chantait un air dissonant. L'officier se plaignit des conditions climatiques. La tempête enflait au point d'inonder les axes principaux jusqu'à rendre les routes impraticables. Puis il entra dans le vif du sujet :

« Désolé de vous déranger, monsieur. J'aimerais vous poser quelques questions, si vous n'y voyez pas d'inconvénient. »

Réticent à laisser entrer le policier, Anton s'avança sur le perron. Autoproclamé porte-parole du groupe, il réduisit ses confrères au silence en prenant soin de tirer la porte derrière lui.

« J'enquête au sujet d'un crime commis à Shannon Hills. Simple visite de routine, rassura l'officier en lorgnant par-dessus l'épaule de son interlocuteur, sans doute dans l'espoir que celui-ci l'invite à s'abriter.

— Un crime, dites-vous ? À Shannon Hills ?

— Un quintuple meurtre, pour être exact. Nous tentons d'identifier tout comportement suspect survenu récemment. Le gérant du Rony's Bar m'a informé qu'un étranger s'était présenté hier dans son établissement en prétendant se rendre à Crescent House. C'était vous ?

— Le Rony's Bar ? répliqua Anton, perplexe. Je n'y ai jamais mis les pieds.

— Ah ! Son client a commandé le plat du jour. Sans doute s'agit-il de votre invité ? Rony m'a confirmé que cet homme se rendait chez un ami. Pour le boulot, selon lui. »

Anton souffla bruyamment. Il imaginait aisément la personne encline à engloutir des tonnes de nourriture en solitaire. À toute heure du jour et de la nuit.

« Il s'agit sûrement de Dan… Mais quel rapport avec votre affaire ?

— Aucun, je suppose. Comme je vous le disais, simple visite de routine.

— Eh bien… cela ne servira certainement pas votre enquête, mais le véhicule de mon ami Steven a été vandalisé sur la route principale.

— Vandalisé, dites-vous ? répéta le policier en coinçant les pouces dans son ceinturon.

— Oui. Vous ne prenez pas de notes ?

— Non, pas de notes.

— Et nous avons simultanément reçu des vidéos inquiétantes… », insista Anton.

Leur visionnage ne suscita pas davantage de réactions. Tout flic qu'il était, le type engoncé dans son uniforme exprimait clairement son désintérêt.

« J'aimerais parler à votre ami…, dit-il avec une pointe d'impatience. Comment s'appelle-t-il déjà ?

— Steven.

— Qui est Steven ? s'étonna l'officier.

— Le propriétaire du véhicule accidenté ! »

Son vis-à-vis se massa les tempes avec une patience mise à rude épreuve.

« Non. J'aimerais m'entretenir avec l'autre.

— Ah ! Dan…

— C'est ça. »

Dérouté, Anton fronça les sourcils avant de poursuivre :

« Dan aurait dû se trouver ici, mais un contretemps l'a contraint à rentrer dans le Missouri.

— Donc, il n'est pas là.

— Je vous l'ai déjà dit. »

L'officier se mit à danser d'un pied sur l'autre. Ses pouces noueux s'enfonçaient dans son ceinturon comme s'il escomptait s'enraciner dans la dalle de béton.

Il renifla sans retenue.

« Ces fenêtres condamnées… Ce doit être déprimant au fil des jours ?

— Je m'en accommode.

— Je suppose que la lumière extérieure pénètre à peine, insista l'officier. À votre place, je finirais par péter un plomb.

— Vous n'êtes pas à ma place.

— J'en prends note. »

Agacé par son attitude, Anton tenta de capter son attention sur les faits qui les préoccupaient.

« Nous sommes persuadés que Dan n'est pas l'émetteur des messages.

— Curieux… Avez-vous une idée de l'individu qui aurait pu les envoyer ?

— Non…

— Souhaitez-vous porter plainte contre ce… Dan, alors, monsieur…

— Desmond, Anton Desmond. Et non, voyons ! Vous n'écoutez pas. Quelqu'un nous harcèle. Il est là, quelque part… »

Le bonhomme se mit à siffloter. Sa manière de fixer Anton était perturbante.

« Votre nom m'est familier…

— Je suis écrivain.

— Écrivain, bien sûr. Et vous écrivez quoi ?

— Des romans à suspense.

— C'est donc ça. Ma femme en est friande. Probable qu'elle vous ait lu. »

Les cervicales malmenées par la torsion imposée à son cou large comme celui d'un bœuf, l'officier croisa les bras en signe de défiance. Son langage corporel rappelait celui d'un boxeur chevronné précipité sur le ring face à un adversaire poids plume. Anton ne se laissa pas décontenancer par son apparente désinvolture.

« Ma biographie est largement diffusée dans les magazines. Je jouis d'une petite notoriété, vous savez.

— Je n'en doute pas. »

Imperturbable, le flic s'avança au point qu'Anton aurait pu énumérer les composants de son after-shave.

« Écoutez, je n'enregistre pas de danger avéré. Le pillage du véhicule que vous décrivez est le seul élément concret. Sous réserve d'un constat en bonne et due forme, évidemment. Mais l'avoir abandonné en pleine campagne ne plaide pas en faveur de votre ami. Et pour cette histoire de vidéos… »

Sa phrase resta en suspens comme s'il en avait oublié l'idée maîtresse. Puis le timbre de sa voix se teinta soudain de solennité.

« Devil Town abrite aujourd'hui une communauté respectable. J'ai bien peur que les faits exposés ne soient l'œuvre d'un rôdeur… Crescent House attise la curiosité et suscite parfois des comportements inappropriés. Les autorités locales ont même dû étendre le réseau de surveillance. À titre dissuasif, bien sûr. Les caméras subventionnées sont trop peu nombreuses pour couvrir l'ensemble de ma circonscription. Il faudra vous y habituer si vous souhaitez vous installer durablement, monsieur Desmond… Certains agitateurs s'amusent parfois à déterrer le passé dans le but d'assurer une propagande sourde. Réveiller les vieilles haines… C'est mauvais. Votre propriété souffre d'une réputation dont vous semblez ignorer la portée.

— Détrompez-vous, je suis bien renseigné.

— Alors, acceptez d'en assumer les conséquences. En ce qui me concerne, j'enquête sur des faits concrets. Cinq membres d'une même famille ont été sauvagement assassinés à Shannon Hills. Leurs dépouilles ont été découvertes à leur domicile dans la soirée d'hier… Comprenez-moi, j'ai besoin d'éléments tangibles et vos signalements n'ont visiblement aucun lien avec cette affaire. Votre ami – Dan, c'est ça ? – a certainement mis les voiles. Avez-vous eu un différend qui pourrait l'expliquer ? Une dispute ?

— On ne s'est pas disputés pour la bonne raison que je ne l'ai pas vu depuis mon arrivée, s'échauffa Anton.

— J'entends bien. Et j'en suis désolé pour vous. Toutefois, si vous constatez des faits un tant soit peu probants, appelez-moi. »

Les traits de l'officier se détendirent. Puis il ajouta :

« Désolé pour le dérangement, monsieur Desmond. Passez toutefois une bonne fin de journée. »

Rompez les rangs. Y a rien à voir. Mains au ceinturon, le flic s'engouffra au cœur de la tempête avec, clairement, la ferme intention de ne jamais revenir. Les feux arrière de son véhicule de service s'évanouirent au-delà des grilles pour disparaître au pied des collines.

Anton se réfugia à l'intérieur. Il évita de justesse une collision frontale avec Sue qui, manifestement, s'amusait à écouter aux portes.

« Tu as entendu ? Ce flic nous considère comme des illuminés. Il ne lèvera pas son petit doigt boudiné. Pas après tous les canulars inventés au sujet de Crescent House par des gamins écervelés ou des adeptes de légendes urbaines. Tous ces fanatiques grisés par l'adrénaline ont anéanti notre crédibilité. Nous sommes SEULS. Enfermés entre des murs qui craquent et des fissures béantes. »

L'auditoire resta muet jusqu'à ce que Sue brise le silence. L'oreille collée au battant, elle avait distillé les informations au fur et à mesure.

« Un quintuple meurtre ? Ben merde… Pas étonnant que ce flic nous snobe pour une disparition invérifiable, une voiture vandalisée et une vidéo amateur…

— Ouais… Faut relativiser la situation… Mais ça ne signifie pas que nous ne courons aucun danger, plaida Sue en retournant s'asseoir sur le canapé aux côtés de Rachel et Steven.

— Écoute, nous avons survécu aux critiques, rappela Steven avec une légèreté inattendue. Aux échecs. Aux lynchages médiatiques. Aux timbrés sous pseudo. Nous survivrons également au mépris de la police locale ! Tiens, tu te rappelles cette folle qui sévissait sur les réseaux sociaux pour insulter le tout-venant ? interrogea-t-il.

— Vic *Machin Chose* ?

— Exactement.

— Je ne vois pas le rapport…

— Il n'y en a aucun. Je dis seulement que nous sommes plus forts que l'opinion publique. Souviens-toi. Cette nana a été bannie des principaux groupes littéraires pour propos injurieux et racistes. Ça ne l'a pas arrêtée. Elle continue de s'acharner sur la Toile comme un insecte indésirable. »

Rachel émergea de son état quasi catatonique.

« Vic Esnault. Beaucoup d'internautes soupçonnent qu'une personne de notre milieu se planque derrière ce nom d'emprunt. Mais ses motivations restent obscures. C'est peut-être toi, Anton ? » plaisanta-t-elle.

Steven attrapa la bouteille de pur malt posée sur la table et se resservit. Chaque gorgée ingérée aggravait les symptômes de l'anxiété. À commencer par son élocution mal assurée.

« C'est devenu un vaste sujet de plaisanterie sur le Net… Personne n'en est mort. Un cinglé du même acabit a décidé de nous pourrir le séjour ? Il est mal barré ! Les flics ne veulent pas s'en mêler parce qu'ils ont un gros poisson à ferrer ? Pas de problème. Si un taré se pointe d'un peu trop près, j'en fais mon affaire. Ça te va, mec ?

— Comme un gant de velours », assura Anton.

Steven fronça les sourcils. On l'aurait cru dans l'attente d'autre chose. *Une chose* qui refusait de se montrer. Par l'insistance délibérée de son regard, il défiait

Anton. En réponse, celui-ci retroussa les lèvres sur un sourire qui semblait dire : « Tu ne m'auras pas à ce jeu-là. »

Un courant électrique satura l'air. La tension persista de longues minutes durant lesquelles le silence n'eut plus rien d'amical.

Avachie sur le canapé, Rachel s'affola soudain :

« Vous ne trouvez pas que ça sent le brûlé ?

— Oh non, le four ! s'écria Anton avant de s'élancer à l'arrière du bar.

— Je crois qu'il a décidé de nous affamer », chuchota Sue à l'intention de ses comparses.

Ils déjeunèrent à l'heure du goûter, s'étouffèrent de rire entre deux bouchées et restèrent confinés toute la soirée à grignoter du bout des dents une fournée de cookies partiellement carbonisés. Chacun guettait discrètement son portable dans la crainte d'une nouvelle vidéo, mais le monde virtuel planifiait son lent suicide par une overdose d'informations. Les messages privés abondaient de la part de parfaits inconnus désireux d'entrer en contact pour exprimer leur admiration, quand il ne s'agissait pas d'étaler une totale aversion. En parallèle, les fils d'actualité rappelaient la pauvreté de leur existence par un florilège de statuts indigestes. Des murs tapissés de révoltes, d'humeurs changeantes, d'amours vouées à disparaître/renaître/éclore, de sourires et de larmes censés traduire l'émotion instantanée. Rubrique nécrologique à ses heures, bazar de faits divers, divan de psy, échanges standardisés, souvenirs rappelés depuis les méandres d'une machine gigantesque où les gens se congratulaient autant qu'ils se détestaient. Les chroniques dithyrambiques, assassines, complaisantes, intelligentes, chaque intervenant défendant son point de vue comme une vérité absolue.

Et derrière ces écrans colorés, l'impact psychique d'une dépendance dont personne ne mesurait les dangers.

Les quatre auteurs subissaient quotidiennement une triste avalanche d'interactions pour des besoins promotionnels. Les réseaux sociaux étaient l'indéniable vitrine des temps modernes avec pour devise « Chacun chez soi, chacun pour soi ». De ce marasme émergeaient parfois de belles rencontres et des échanges constructifs, mais, bien souvent, l'arrière-boutique cachait un vivier malsain dont les intentions dénaturaient la vocation.

Le monde virtuel tournait en rond. Il tournait mal.

Et depuis la veille, la Toile tournait sans eux.

Distendues par l'ingestion d'alcool, les heures défilèrent jusque tard dans la nuit. Seule Sue sirotait tous les softs à portée de main sous prétexte d'un état encore fébrile. Leurs doigts suspendus au-dessus d'un clavier frappaient les touches avec une aisance méconnue d'eux-mêmes. Rien de bon n'en sortait, mais l'importance accordée à cette tâche quotidienne annihilait leur déficience créatrice. À l'extérieur des murs, le mauvais temps s'acharnait contre les vitres condamnées, contribuant à pétrir leurs peurs infantiles.

Steven releva soudain la tête.

« Et si la légende disait vrai ?

— Je ne comprends pas… », fit Anton.

Le teint blême du blessé semblait résulter d'une longue introspection.

« Il n'y a pas de fumée sans feu…, expliqua Steven. Depuis notre arrivée, j'ai la sensation qu'on cherche à nous faire quitter les lieux… On mise sur un détraqué inoffensif, mais la menace pourrait venir de *l'intérieur*, non ?

— Tu t'es cogné la tête, coupa Sue.

— C'est un fait. Mais ça n'a rien à voir. Le message de Dan, sa fuite précipitée, ma bagnole, les vidéos… Les intimidations s'imbriquent un peu trop bien à mon goût.

— Tu ne crois pas sincèrement à l'intervention de forces obscures ou un truc du genre ?

— Je n'ai jamais dit ça. Un intrus invisible n'implique pas nécessairement une présence fantomatique.

— Par chance ! On peut donc éliminer un suspect potentiel puisque Bill Ellison est mort brûlé vif, rappela Rachel. Paix à son âme.

— Ferme-la, Rachel. Tu ne sais foutre rien de ce qu'ont enduré les Ellison.

— Mais toi, oui ?… Pauvre Steven, toutes ces atrocités que tu ponds à la chaîne t'ont bousillé le cerveau.

— On se calme, coupa Anton. Ces événements sont le fruit d'un malheureux hasard qui tendrait plutôt à nous bloquer ici… Je vous rappelle que nous n'avons plus aucun moyen de locomotion disponible. À pied, nous n'irions pas loin.

— À ce propos, Anton, comment es-tu arrivé jusqu'ici ? s'étonna Sue. Tu vis toujours à Abbot, non ?

— J'ai pris un taxi.

— Depuis le Texas ?

— Plus coûteux, mais moins dangereux que l'autostop, répondit-il avec un clin d'œil. Les longs trajets me rendent nerveux. Vue du ciel, la région forme des lacets qui ne mènent nulle part. De vrais culs-de-sac !

— L'endroit idéal pour perpétrer le crime parfait », conclut sombrement Steven.

Anton hocha tête.

« L'endroit idéal pour l'éclosion de parfaits chefs-d'œuvre, corrigea-t-il. Entre la tempête et la faune locale, personnellement, je choisis la sécurité qu'offre Crescent House, même si les apparences nous jouent des tours. »

Steven approuva. Il en avait appris suffisamment sur la légende du massacre pour savoir que des lambeaux d'horreur resteraient cousus au passé. La menace n'existait plus que dans les livres d'histoire. Bill Ellison était mort et enterré. Mais Rachel soulevait un point intéressant en l'accusant implicitement de céder à la superstition. Exhumer les écrits ravivait une période révolue et affectait son jugement.

Une sueur froide coula soudain le long de sa nuque.

« Il y a quelqu'un dehors ! » s'écria-t-il, les yeux rivés à la fenêtre.

Anton bondit comme un diable. Il sonda l'étendue boisée au-delà de la vitre. Les arbres s'affolaient dans l'obscurité. Les seules lumières étaient celles que la maison projetait sur les lopins de terre.

« Je ne vois rien, assura-t-il.

— Je ne suis pas dingue ! J'ai vu quelqu'un avancer dans l'allée ! »

Sue se précipita vers la fenêtre. Leurs quatre visages s'écrasèrent tour à tour contre les vitres froides d'un soir pluvieux.

« Où ça ? s'enquit Rachel.

— Là, près des buissons ! Il nous observait…

— Qui ça, *il* ? Dan ?

— Je ne sais pas !

— De quoi avait-il l'air ? »

Steven éclata de rire. Un rire cynique dénué de joie.

« D'une putain de momie encagoulée ! Sérieusement, vous croyez que j'aurais pu le reconnaître à cette distance ? En pleine nuit ?

— Il n'y a personne », souligna posément Anton.

En dépit de la douleur, Steven s'éloigna à reculons comme si le bon sens l'écartait d'un cas de possession avérée.

« Tu mens.

— Qu'est-ce qui te prend ? s'étonna Sue.

— C'est à lui qu'il faut poser la question ! C'est sa baraque, non ? Profitez-en pour l'interroger sur ses propres romans… S'il ment à ce sujet, sur quoi d'autre encore ?

— Ça suffit, coupa Anton. Tu vas trop loin.

— Ah oui ? Alors, explique-moi ! Aucun de tes livres ne fait mention d'un fils de boucher… Encore moins prénommé Allan. Quant à ce dépanneur, soi-disant trop occupé pour débarquer, l'as-tu seulement appelé ? J'ignore ce que tu mijotes, mais je parie que c'est aussi dégueulasse que tes plats préparés !

— Tu es complètement soûl, dit Rachel en le regardant tituber à travers la pièce.

— C'est ça, madame Irréprochable ! Je suis défoncé ! Mais curieusement plus lucide que vous tous réunis. On dirait que ça vous arrange de fermer les yeux sur ce qu'il se passe ici…

— Tu n'es pas dans ton état normal, intervint Sue. On devrait en discuter. »

Steven se fendit d'un sourire condescendant. Les traits croulant sous la fatigue, il tourna le dos et peina à emprunter la volée de marches conduisant aux chambres.

Il pressentait que les éclairs échappés du ciel finiraient par le frapper.

Lui aussi.

11
Dan

Les voix ne résonnaient pas seulement à travers les murs.

Elles étaient les murs.

Il était enfermé dans un monde sans couleurs ni reliefs, mais pas sans douleurs, cerné par une myriade de sons étouffés. Sa cheville entravée souffrait du bracelet en acier enfoncé dans la peau au point d'en cisailler le derme. Au final, libre ou prisonnier, le poids de son corps représentait un handicap majeur à la mobilité. Inutile de consulter un toubib pour s'entendre diagnostiquer une obésité morbide. Le regard des autres s'en chargeait.

Son cœur se serra comme broyé de l'intérieur. Dan paniqua. La position allongée favorisait la pression sur sa trachée et le sifflement qui s'en échappait augurait de pénibles heures. Un râle profond se perdit dans l'espace d'une geôle sans limites.

Ça puait l'humidité. L'éther. La morgue.

« Aidez… moi… », supplia-t-il vainement.

Ses borborygmes se perdaient dans la solitude d'un environnement clos. L'air lui brûlait les poumons comme une coulée d'acide déversée sur chaque inspiration.

Démuni, il se focalisa sur les sons feutrés, sur ces murmures coulant des parois insondables.

Et distingua leurs voix.

À ses notes haut perchées, Dan reconnut le timbre de Sue. Il aimait sa personnalité empreinte d'une noirceur insondable que les moins empathiques réduisaient à de pauvres qualificatifs tels que « borderline » ou « *sorceress*[1] ». Parmi ses connaissances, Sue demeurait sa préférée, injustement écrasée par un conglomérat d'opportunistes. Sa singularité l'isolait et l'exposait paradoxalement à la critique, forgeant un caractère combatif à cette jeune femme de trente-huit ans.

La surprise de Dan n'en fut que plus grande quand il décela l'urgence dans le débit de ses mots. Une sorte de compromis suspendu entre la vie et la mort. Dan ne parvenait pas à identifier le sens de ses propos, mais détectait la peur qui les motivait.

Que se passait-il là-haut ? À moins que ça ne vienne d'en bas ?

Les bruits semblaient s'entrechoquer et leur résonance s'échelonnait du sol au plafond. Un bourdonnement rauque couvrit soudain la détresse de sa favorite. Un accent de virilité jeté sur sa fragilité.

Steven.

M. « Bizarre » par excellence. Le genre d'ami à qui on prête les clefs de son esprit en s'assurant qu'il n'y a plus aucun secret à voler. Pas vraiment un mauvais garçon, mais pas un gentil non plus. Une personnalité difficile à apprivoiser.

---

1. « Sorcière ».

La voix d'Anton se superposa aux deux autres. Dan ne parvenait pas à cerner Desmond, ce qui, en tant que doyen du cercle, était agaçant. Le masque qu'il portait refusait de se fissurer malgré de nombreuses incitations. Dan n'hésitait pas à le taquiner sur l'évolution miraculeuse de sa plume sans jamais parvenir à le déstabiliser. Usant de son ironie légendaire, Anton ne flanchait pas. Il déjouait les soupçons pesant sur la paternité de ses textes avec une habileté déconcertante.

Desmond était de loin son plus dangereux concurrent. Pas seulement parce qu'il se retrouvait ligoté quelque part dans *sa* maison, mais en raison de son succès fulgurant éclipsant des années de travail acharné et de sacrifices transformés en bourrelets.

Dan tendit l'oreille – son seul organe réceptif à l'heure actuelle.

Dans le tourbillon infernal de leurs plaintes incompréhensibles manquait le caractère vigoureux de Rachel. Une gentille fille. Un peu paumée. Le type de femme dont on se lasse d'être aimé.

Où es-tu, Rachel ?

Tous paraissaient si proches et pourtant inaccessibles.

Pourquoi ne le cherchaient-ils pas ? Son absence les avait certainement alertés ! Ils auraient dû s'inquiéter… Fort de son expérience, Dan se savait le pilier d'un cercle d'écrivains, visiblement infoutus de résoudre l'énigme de sa captivité.

Sa bouche se tordit une nouvelle fois.

Je suis là ! Hé... aidez-moi !

Il se mit à gémir, frappé par un profond sentiment d'abandon.

Ohé ! Quelqu'un m'entend ?

Le silence s'imposait dans le réduit obscur. Les voix s'étaient tues. Seule la forme désincarnée tapie dans ce trou immonde lui prêta un peu d'attention. Dan renifla comme un chien lâché sur une piste balisée d'indices.

La même haleine se déposa sur sa joue grasse, et les murmures complotaient à le rendre fou. Ils disaient :

Je suis là, tout près de toi... Je reste invisible à tes yeux, mais tu perçois ma présence et mon souffle sur ta nuque... Je suis celui qui observe. Celui qui écoute. Le monstre dont tes cauchemars s'inspirent. Je suis celui qui sait... Ton nombril est à vif à force d'être récuré. Il finira par te dévorer de l'intérieur... Et crois-moi, aucun de vous n'y survivra. Personne ne peut survivre à ça.

Dans un dernier effort, Dan formula la question de trop.

« Pour… pourquoi vous faites ça ? »

Les syllabes poussives cloquèrent le filet de bave s'écoulant de ses lèvres.

Il aurait dû s'en souvenir : poser les mauvaises questions appelait toujours de mauvaises réponses.

Ne crains rien. Je vais bien m'occuper de toi.

Mais la situation suggérait l'inverse.

12
Sue

Les murs craquaient sous les assauts de la tempête. Sa furie enflait au fil des heures à tel point qu'elle semblait ne jamais vouloir cesser. Peu avant minuit, Sue regagna sa chambre, cernée par le martèlement des branches contre les vitres et le hurlement des conduits d'évacuation formant un réseau complexe derrière les poutres d'origine. Elle avait laissé Anton et Rachel s'abrutir devant un talk-show enchaînant les applaudissements factices et les rires niais. La manœuvre avait sans doute pour but de détendre l'atmosphère. À en croire leurs exclamations enjouées, ça fonctionnait.

En haut de l'escalier, Sue marqua un temps d'arrêt. Le miroir fendillé morcelait sa propre image en fragments monstrueux. Deux yeux décalés contemplaient une bouche tordue, et les pommettes asymétriques blêmissaient sous l'éclairage de l'ampoule nue. La jeune femme grimaça pour accentuer ce tableau défiguré. Puis elle se ravisa, soudain submergée par une vague de tristesse inexplicable. L'espace d'un instant, elle eut la sensation que ce visage défait ne lui appartenait pas. Comme si quelqu'un d'autre avait pris sa place en sondant la froideur du monde, bien au-delà du miroir. Ses pupilles dévièrent d'un centimètre. En arrière-plan, le couloir biscornu moquait la pénombre qui s'épaississait derrière ses angles, jusqu'à engloutir les faibles ondulations de la bâche plastique.

Tu deviens parano, ma fille... Ou alors, ce sont tes hormones qui refusent de se stabiliser. Quoi qu'il en soit, bouge, avant de tomber. Ne reste pas séparée, songea-t-elle.

Séparée. Sue fut surprise du terme usité par sa pensée. Même son langage lui paraissait étranger.

Elle se remit en mouvement. Un rai de lumière filtrait sous la porte de Steven.

Ne reste pas seule.

Elle gratta le battant du bout des ongles. Évitant soigneusement de regarder la galerie obscurcie par les chambres closes.

Mal à l'aise, Sue réitéra son geste. Mais, cette fois, elle griffa le bois avec insistance.

« Oui ?

— C'est moi, Sue.

— Entre. »

La tête calée contre un oreiller, Steven s'était redressé sur le matelas jonché de feuilles volantes et de vieux clichés photographiques. Un peignoir estampillé Four Seasons Hotel cachait tout juste sa virilité. Il dut remarquer le regard appuyé de Sue, car il rabattit aussitôt les pans cotonneux sur ses cuisses.

« Tu bosses ? Je te dérange peut-être..., s'excusa-t-elle, espérant secrètement qu'il répondrait par la négative.

— C'est bon... Je n'arrive pas à me concentrer de toute façon.

— Le dossier Ellison...

— Oui.

— Cette histoire est importante pour toi.

— Elle l'est pour nous tous. Certains n'en ont juste pas conscience », ajouta-t-il en entassant l'ensemble de ses archives sur le bord du lit.

Sue s'installa dans le coin opposé pour éviter de fragiliser l'équilibre précaire de la pile de papiers. Elle examina les marques rouges sur la cheville de Steven, comme si quelqu'un avait tracé un cercle au feutre indélébile.

Il massa délicatement sa peau, à l'endroit où le piège s'était refermé.

« Le gonflement a diminué. Je ne souffre quasiment plus.

— Tant mieux.

— Mais tu n'es pas venue pour jouer les infirmières, pas vrai, Sue ? »

Elle lui rendit un sourire gêné.

« C'est vrai. Ma présence ici est purement intéressée… »

Elle hésita avant de poursuivre.

« Que se passe-t-il entre Anton et toi ? Vous vous entendiez plutôt bien… Mais depuis la venue de ce flic, j'ai l'impression d'assister à un combat de coqs.

— Je suis désolé pour tout à l'heure. Je ne voulais pas plomber le séjour… Cette baraque me rend plus irritable qu'à l'accoutumée. Avoue que le climat est plutôt malsain…

— Oui. Et c'était le but de notre virée. Nous immerger dans un environnement anxiogène pour accroître notre créativité. Il ne s'agit pas de laisser la réalité prendre l'ascendant sur la fiction. N'en fais pas une montagne…

— Pourtant, cette vidéo est bien réelle.

— Un canular destiné à nous déstabiliser. Très réussi, certes. Mais rien de plus. »

Steven fit la moue. Un détail dans la chronologie des événements le dérangeait.

« Qu'avez-vous fait en mon absence ? Je veux dire, pendant que je retournais à la voiture ? »

Le sifflement des tuyaux perturba un instant sa réflexion. *Si la peur devait chanter, elle aurait cette voix-là*, songea Sue.

« Rachel et moi nous sommes relayées dans la salle de bains. Je ne me sentais pas très en forme, alors j'ai décidé de m'allonger un peu et je me suis assoupie un moment. L'alarme de mon téléphone m'a réveillée. Enfin… j'ai cru que c'était l'alarme, avant de découvrir la fameuse vidéo.

— Ensuite ?

— Je suis sortie dans le couloir où j'ai croisé Rachel.

— Elle était donc restée à l'étage ?

— Apparemment, oui. Pourquoi ? »

Steven ne jugea pas utile de répondre. Il poursuivit son interrogatoire.

« Et Anton ?

— Il se trouvait dans le salon quand nous sommes descendues…

— Combien de temps s'est écoulé entre le moment où tu es montée et celui où tu as rejoint le rez-de-chaussée ?

— Je dirais approximativement une heure trente. Peut-être deux.

— Ça signifie qu'Anton aurait eu tout le loisir de me filer, de me filmer, de revenir et d'envoyer ces vidéos en différé.

— Tu débloques complètement, Steven ! Tu l'accuses de tout ! Y compris d'avoir menti à propos de ses bouquins ! Qu'est-ce qui ne tourne pas rond chez toi ? »

Mâchoire serrée, le voleur de peignoir se leva pour se poster à la fenêtre. La noirceur du paysage lui renvoyait son propre reflet prisonnier d'un cadre mal isolé. Il s'éclaircit la voix à la manière d'un conteur soumis à l'exigence d'un public sceptique.

« Lors de notre petite séance d'écriture, je me suis levé pour attraper un verre d'eau. En passant derrière Anton, j'ai vu son écran. Il semblait bien plus prolifique que nous tous réunis.

— Et ?

— Et sa page était effectivement bien remplie. Les mêmes mots s'enchaînaient en boucle comme un fou décline son obsession à l'infini. Ses doigts avaient frappé mille fois à l'identique : *L'Empereur Blanc... L'Empereur Blanc... L'Empereur B...*

— OK, stop, j'ai compris ! s'impatienta Sue. Il pourrait s'agir d'un rituel, une sorte de manie pour se mettre en condition. Nous en avons tous une.

— Un mantra ? J'en doute. Perso, je picole quand j'écris. Toi, tu te bousilles les tympans en musique. Rachel suçote ses mèches à s'en choper un ulcère. Là, on peut parler de rituel efficace ! Peu après, quand je l'ai interrogé sur l'un de ses personnages, il a confirmé que le fils du boucher se prénommait Allan. Le souci est que je venais de l'inventer. À ma connaissance, il n'existe aucun fils de boucher dans ses textes, pas plus que dans les nôtres d'ailleurs.

— Où veux-tu en venir ?

— Certains détails me chagrinent… Anton refuse la majorité des sollicitations télévisuelles ou radiophoniques. L'as-tu déjà vu prendre part à une intervention publique ?

— Je n'en ai pas le souvenir… Mais c'est également valable pour moi. J'ai une sainte horreur de l'exposition ! Et, sauf erreur de ma part, aucun de nous cinq n'a jamais accordé d'interview de ce genre. Alors, vas-tu enfin me dire où tu veux en venir ?

— Je crois qu'Anton n'a jamais écrit une seule ligne de sa vie. Ou, s'il l'a fait, son talent l'a quitté depuis longtemps. »

Sue se rembrunit. Croire et savoir étaient deux perspectives différentes.

« Il ment, affirma Steven. Il n'a aucune intention d'écrire sur la tragédie de la famille Ellison, ou alors il envisage un plan B pour y parvenir.

— Et tu maintiens aussi ta version d'un voyeur planté à l'extérieur de la maison ?

— Je te jure que quelqu'un se tenait dans l'allée ! Anton l'a vu aussi, j'en suis certain. J'ai décelé de la terreur dans ses yeux… Mais, pour une raison inconnue, il préfère me faire passer pour un alcoolique frappé d'hallucinations. »

La jeune femme se mordit la langue. Steven abusait clairement de la boisson et, sur ce point, Anton ne mentait pas.

« Tu en déduis quoi ? demanda-t-elle enfin.

— Qu'il se paie les services d'un *ghost writer*[1].

— Tu veux dire… Quelqu'un qui écrirait à sa place ? Un nègre, c'est ça ?

— Personne n'utilise plus ce terme depuis longtemps, Sue… Surtout pas dans un État stigmatisé par les crimes raciaux.

— Désolée… Bien, reprit-elle, admettons que ce soit le cas, quel rapport avec nous ? Je veux dire, Anton n'a aucun intérêt à ce que l'information soit divulguée… Et il prendrait lui-même le risque de nous convier dans *son* antre ? Pour un séjour d'écriture partagée ? Reconnais que ça ne tient pas… »

Steven revint s'allonger sur le lit. Le parfum musqué de Sue lui chatouilla les narines.

« Il attend peut-être quelque chose de nous.

— Comme quoi ?

— Je ne sais pas.

— Ce que tu dis n'a aucun sens.

— Tu penses que je suis fou ?

— Non. Mais tu frôles la parano. »

Steven hocha la tête en signe d'assentiment. Il se redressa, le torse bombé par une pratique régulière de l'escalade qui lui avait valu une récompense dans sa prime jeunesse – et quelques belles frayeurs. Il en taisait les honneurs. Ces anecdotes appartenaient au passé. Désormais, son unique point d'ancrage se projetait sur les distinctions décrochées pour ses textes.

Sa main effleura délicatement celle de Sue.

« Tu n'es pas venue ici pour me parler d'Anton, n'est-ce pas ? »

---

1. Littéralement, « écrivain fantôme ».

La jeune femme exerça une légère pression sur les doigts de Steven.

« Je suis enceinte », lâcha-t-elle froidement.

Un bruit fracassant, semblable à une détonation, détourna leur attention en direction de la fenêtre.

« C'était quoi, ça ? » s'écria Steven.

Les ailes d'un carouge battaient frénétiquement contre le carreau tandis qu'un second oiseau percutait la vitre dans un simulacre de suicide collectif. Aveuglés par la foudre, ils avaient été précipités de plein fouet contre les parois par la tempête.

« Merde ! Mais qu'est-ce qui se passe ici ? » dit Steven, alarmé.

Sue refusait qu'une poignée de piafs détournât l'attention de son objectif. Comme elle l'avait indiqué, sa visite nocturne relevait de son seul intérêt.

« Tu m'as entendue, Steven ? Je suis enceinte ! répéta-t-elle.

— Oui, j'ai entendu… Je suppose que je devrais te féliciter. C'est censé être une bonne nouvelle.

— Ça dépend pour qui, apparemment.

— J'en suis désolé.

— Tu es… désolé ?

— Sue…

— J'aurais préféré passer sous les roues de ta bagnole plutôt que de t'entendre dire que tu es “désolé” !

— Attends ! Je ne voulais pas… »

Elle claqua la porte et se réfugia dans sa chambre. Le nez enfoui dans l'oreiller, elle fondit en larmes. Son ventre réclamait à cor et à cri la considération à laquelle il avait droit.

Elle s'était fait une promesse.

Ne plus jamais recommencer à tuer.

Ses choix passés l'avaient déjà privée d'une maternité. « Une erreur de jeunesse », disait-on vulgairement. Mais l'horloge tournait si vite qu'elle ne serait bientôt plus en mesure de donner l'heure. Alors oui, elle garderait ce bébé. Même si le père biologique s'en voyait « désolé ».

Steven pouvait bien crever comme ces oiseaux sacrifiés dans un trou perdu de l'Arkansas.

Celui qui reniait son enfant ne méritait pas de vivre.

Au rez-de-chaussée, les rires fusaient et les applaudissements se confondaient avec les voix surexcitées.

Entre les murs empreints d'une odeur de suie, leur vie à tous ne tenait qu'à un fil, épais comme le cordon qui la reliait à ce petit bout d'elle-même.

13
Sue

Sue avait fini par s'abandonner, mais lâcher prise ne garantissait pas un sommeil paisible. Des tics nerveux secouaient ses paupières gonflées par le chagrin. Des plaintes déchiraient le cauchemar dont son inconscient restait prisonnier.

Quelqu'un approche. C'est Steven. Il tient une coupe de champagne à la main. La coupe est pleine. Le liquide pétillant coule entre ses doigts, mais il n'y prête aucune attention. Un oiseau est agrippé à son épaule. Son bec claque sans discontinuer comme un vieux jouet déréglé. Elle se tient debout, incapable de bouger, dos au mur comme au peloton d'exécution. Sa perception dépasse le cadre feutré du salon privé adjacent à la salle principale dans laquelle les auteurs dédicacent leurs ouvrages. Un souffle glacial glisse sous sa jupe en cuir noir et s'engouffre dans le décolleté d'un chemisier blanc. La morsure électrise sa peau au même titre qu'une peur soudaine. Steven avance toujours. Il n'arrête pas d'avancer sans pour autant se rapprocher. Il flotte... Des rires éclatent dans la pièce principale, des mines noires crissent sur le papier calibré, des applaudissements saluent le succès, mais ce manège incessant lui paraît curieusement étranger. La sensation d'évoluer dans un monde auquel elle n'appartient pas s'affirme par toute cette agitation hypocrite. L'objet de son obsession stagne toujours au-dessus du sol. Steven... Son regard pénétrant et ses lèvres fendues de désir. Leur étrange paralysie les empêche de tuer la distance qui les sépare. Ses lèvres à elle demeurent scellées. Elle voudrait le supplier de la rejoindre pour l'allonger sur le canapé qui se matérialise dans un brouillard épais. Il la fixe intensément. L'air se modifie. Une vague de chaleur balaie soudain tout l'espace comme une déflagration incendiaire. Dans le brasier qui brûle ses rétines, il lui sourit. Mais derrière ses lèvres retroussées explose une dentition gâtée. Ses gencives se rétractent, le rictus s'étire jusqu'à mordre la moitié de son visage en perpétuel mouvement. Son aspect extérieur semble aussi malléable que de la pâte à modeler. Elle hurle, à l'intérieur, tandis que la peau s'affine au point de devenir translucide. Les os saillent derrière ce qui n'est désormais plus qu'une membrane. C'est alors que cet ersatz humain gagne du terrain. Elle sait que cette chose finira par la dévorer. Toute trace de bienveillance l'a quittée. Steven n'existe plus. Une bête immonde l'a remplacé. Elle mesure la noirceur qui l'habite, ce gouffre sans fond depuis lequel s'élève une voix ensorcelante qui enfle et lui dit : « Je suis désolé... JE SUIS DÉSOLÉ ! »

Sue s'arc-bouta et sa bouche grande ouverte happa l'air pour libérer ses poumons asphyxiés. La sueur habillait son corps d'une seconde peau. Elle peina à reprendre son souffle. L'incarnation physique de ses angoisses la privait de tout contrôle. Elle ramena la couverture à elle comme une fillette se protégerait du croque-mitaine. Son cœur battait si violemment qu'elle avait la sensation de basculer vers l'avant à un rythme frénétique et répété. Les scories du cauchemar déclenchèrent un état de panique aggravé par l'obscurité de la chambre. Elle tâtonna pour actionner l'interrupteur de la lampe de chevet. L'éclairage dévia la portée de ses angoisses. Tous les détails l'agressaient par leur précision : le cadre hostile de la fenêtre, le seuil éteint, le miroir auquel l'imagination prêtait des ombres inexistantes, mais, plus que tout, la terrible impression d'être frôlée par un assaillant invisible. Des picotements remontèrent le long de ses jambes et sa nuque s'engourdit comme si une force extérieure pénétrait son corps.

Calme-toi. Ce que tu ressens n'est pas réel. Ton cauchemar n'est pas réel. Ce n'est que la projection déformée d'une journée pourrie alliée à des souvenirs pourris.

La répétition n'était pas heureuse, mais elle s'empressa cependant de l'écrire. Comme s'il fallait garder, en guise de preuve, une trace fidèle et instantanée du moindre ressenti.

Son environnement reprit progressivement une apparence de normalité. C'était un peu comme observer le monde sous un angle différent, à travers une lucarne moins effrayante, plus rationnelle.

Sue consulta son portable.

Outre les nombreuses notifications plaquées sur des icônes, l'appareil affichait l'heure et servait accessoirement aux appels téléphoniques. 01 h 11. Il semblait à peine croyable qu'un laps de temps si court se soit écoulé alors que son cauchemar semblait avoir duré une éternité.

Au rez-de-chaussée, les rires et les applaudissements avaient cessé. Sans doute Rachel et Anton s'étaient-ils décidés à couper court aux inepties télévisées pour aller se coucher.

Mais en haut…

Sue leva lentement les yeux au plafond.

Un bruit semblable au raclement d'une chaussure mit de nouveau son cœur en alerte. Quelqu'un ou *quelque chose* se déplaçait au-dessus de sa tête. À sa connaissance, Crescent House ne comptait qu'un étage et elle s'y trouvait, emmitouflée dans un drap impuissant à repousser les peurs infantiles. « Des rats… », marmonna-t-elle pour se rassurer. Mais l'impact des pas aurait nécessité une armée de rongeurs étonnamment synchronisés…

Le souffle court, elle demeurait inerte, consignée entre rêve et réalité. Les vibrations de son portable la firent sursauter. Elle s'en saisit et se figura une porte ouverte sur un monde connecté.

Dan vous a envoyé une vidéo.

Elle cliqua sans même réfléchir.

La séquence était filmée en plongée. En dépit d'une image de mauvaise qualité, Sue devinait la présence d'une femme postée à la fenêtre. *Je connais cet endroit.* Le vent s'engouffrait par l'ouverture en repoussant les rideaux pâles comme les voiles d'un bateau. *Éloigne-toi…* La femme avança d'un pas. *Ne fais pas ça…* Et sans un bruit, elle bascula hors champ. *Rachel !*

Tétanisée devant l'écran de son smartphone, Sue resta de longues minutes absorbée par l'image statique d'une pièce vide. Le plan monochrome capturait la mémoire du drame présumé.

Sans doute un montage… Quelqu'un s'amuse à semer l'effroi. Peut-être même est-ce l'un d'entre nous ?

Pour s'en convaincre, elle enfila le peignoir de Rachel et se précipita dans le couloir. L'obscurité environnante lui glaça le sang. D'un geste mal assuré, Sue sélectionna l'option lampe torche de son portable, puis se dirigea vers l'interrupteur. Mais chasser les ténèbres se limitait à repousser les monstres dormants sans toutefois les faire disparaître totalement.

Anton et Steven firent irruption à leur tour, leurs regards vissés à la porte la plus éloignée. Une langue d'air frais remonta le long du couloir en sifflant. Sans même se concerter, les deux hommes avancèrent en binôme. Sue les talonnait, bénéficiant du bouclier de leurs corps.

En éclaireur, Steven pénétra dans la chambre occupée par Rachel. Des feuilles tourbillonnaient avant de retomber sur le parquet alors que le vent s'essoufflait. Sue avança sur le tapis spongieux.

« Tout ça n'est pas réel », dit-elle d'une voix forte pour couvrir les gémissements du vent.

Steven boitilla vers la fenêtre béante. Hésitant, il pencha le buste par l'encadrement.

« Je ne vois rien », dit-il finalement.

« Rien » sous-entendait : pas de cadavre disloqué sur les marches du perron, pas de corps agonisant.

Pas de panique.

Le tronc basculé dans le vide, Anton s'empressa de vérifier. Sa perplexité aurait pu agacer, mais la gravité de la situation annihilait toute forme de susceptibilité.

Partagée entre incompréhension et soulagement, Sue balbutia :

« C'est… impossible… je l'ai vue sauter…

— On l'a tous vue. »

Les avertissements émanant du portable de Dan se frayaient un chemin sans issue :

Je suis là, tout près de vous... Je reste invisible à vos yeux, mais vous percevez ma présence et mon souffle sur vos nuques... Je suis celui qui observe. Celui qui écoute. Le monstre dont vos cauchemars s'inspirent. Je suis celui qui sait... Vos nombrils sont à vif à force d'être récurés. Ils finiront par vous dévorer de l'intérieur... Et croyez-moi, aucun de vous n'y survivra. Personne ne peut survivre à ça.

Pour contrer l'inacceptable scénario, ils décidèrent d'inspecter les abords de la maison.

Le perron brillait, lustré par les pluies incessantes, et les pierres ruisselantes pleuraient leur âge funeste. Au-delà, les bois hostiles dressaient une enceinte inviolable. Mais il n'y avait aucune trace de Rachel.

« Elle devrait être là, dit sombrement Steven en avisant les restes d'un oiseau mort.

— La chute n'excède pas quatre mètres, énonça Anton pour lui-même.

— Peut-être est-elle seulement blessée ? Rachel ? Rachel ! cria Sue dont l'intonation virait à l'hystérie.

— Réfléchis ! Tu penses qu'elle aurait rampé loin de la maison plutôt que de s'y réfugier ?

— Du calme. Je vais sonder les alentours au cas où... »

Steven releva le col de son imper et disparut, claudiquant, sous des trombes d'eau. Leur force redoutable sectionnait les branches sur son passage, changeant la nature en armes mortelles.

Il va certainement contourner la maison, soulever quelques branches cassées, remuer la terre boueuse du bout du pied et revenir bredouille, songea Sue, amère. Elle se tourna brusquement vers Anton :

« On devrait se rendre à la grange…

— Rachel n'est pas là-bas.

— Comment peux-tu être aussi catégorique ?

— Parce qu'elle n'avait aucune raison de s'y aventurer, répondit-il posément. Tu es totalement déboussolée… De toute façon, la grange est trop en retrait. Rachel n'aurait jamais eu le temps de l'atteindre avant notre arrivée.

— À moins que le film n'ait été envoyé en différé… », souligna la jeune femme.

Le martèlement des pas annonça le retour précipité de Steven.

« Il n'y a personne. Rentrons. »

L'eau s'était infiltrée par l'entrée. De fines rigoles inondaient le tapis du salon. Interdits, les trois comparses se dévisagèrent comme si chacun représentait un danger pour l'autre. Dans leurs trames romanesques, les personnages insoupçonnables étaient souvent coupables.

Les questions muettes fusaient derrière leurs regards suspicieux.

Peut-être Rachel n'avait-elle jamais enjambé le garde-fou ? Peut-être s'agissait-il seulement d'une mise en scène macabre ? Peut-être se gaussait-elle de leur naïveté en ce moment même ?

« J'essaie son portable », décida Sue.

Elle entendit la première sonnerie. Simultanément, une mélodie retentit à l'étage. Les notes cristallines transcendaient le caractère angoissant des événements.

Le trio s'engagea prudemment dans l'escalier, guidé par la musique qui s'intensifiait à mesure qu'ils progressaient. Sans grande surprise, elle les mena à la chambre de Rachel.

Posé sur le lit, le smartphone chantait et tressautait. Sue s'empara de l'appareil.

Appel manqué.

Étonnamment, l'écran se déverrouilla sans l'intervention d'un code ou d'une empreinte. À croire que Rachel venait de l'utiliser…

Sue pianota sur les icônes. Les vidéos émanant du portable de Dan figuraient dans l'historique de messagerie. Excepté la dernière. Un détail attira son attention. Sa plus récente conversation datait d'à peine une heure. Rachel suppliait Jerry de réfléchir à leur situation, de ne pas tout foutre en l'air sur un coup de tête, de lui accorder une dernière chance…

Mais l'échange s'achevait sans équivoque :

Je commence à perdre patience ! Si tu persistes à me contacter, je porte plainte pour harcèlement ! Tu comprends ? Tu es cinglée ! Je ne sais même plus qui tu es !

« Quel salaud… », lâcha Sue.

Son commentaire s'adressait autant à ce Jerry qu'à Steven qui, en lâche patenté, évitait tout contact visuel.

« On fait quoi maintenant ?

— On rappelle ce flic et on lui montre la vidéo.

— Et après, quoi ? s'énerva Anton. Steven, je te rappelle que nous n'avons aucun cadavre à lui soumettre ! Que pensera-t-il selon toi ? Dan s'est volatilisé, Rachel se défenestre et, dans les deux cas, nous sommes incapables de le prouver ! Au mieux, il nous rira au nez. Au pire, il nous fera enfermer… »

Sue recula d'un pas. Elle observa attentivement la pièce, les bras repliés sur sa poitrine à la manière d'une camisole.

« Ses affaires ne sont plus là... Sa valise, son ordinateur portable, tout a disparu...

— Excepté son téléphone... »

Le constat laissait peu de place au doute. Il n'y avait que deux possibilités : pour une raison obscure, Rachel avait plié bagage après avoir certainement mis en scène sa propre mort. Mais cette hypothèse nécessitait l'existence d'un complice. Ou alors...

« Il y a quelqu'un d'autre dans la maison, murmura Sue.

— Quoi ?

— Vous êtes aveugles ? Vérifiez l'angle de tournage ! »

Sa tête bascula vers l'arrière. Elle fixa une ouverture incisée dans le plafond. Une grille d'aération large comme un trou de souris.

« Elle a raison, fit Steven. Qui que soit ce taré, il filme depuis le grenier... Curieux, c'est précisément à cet endroit que fut retrouvée la dépouille carbonisée de Myra Ellison.

— Les combles sont condamnés, contesta Anton. L'entrepreneur me facture une fortune pour les travaux de sécurisation... En attendant, j'ai fait poser des scellés. Je sais ce que tu penses de moi, mais je ne te mens pas quand je soutiens qu'il est impossible à quiconque d'y entrer.

— La porte au fond du couloir..., déduisit Sue.

— Oui. Elle mène aux combles », confirma Anton d'un ton grave.

Steven planta son index dans le plexus d'Anton.

« Eh bien, trouve un moyen d'y accéder sans trop de dégâts. Parce que moi, je n'hésiterai pas à tout bousiller. »

14

Arkansas, 13 juin 1965.

La rumeur enfle dans la vallée, les croix s'embrasent et les sabots frappent les bonnes intentions dont l'enfer est pavé. La campagne de terreur menée par le Klan a commencé bien avant notre rencontre. Je me souviens du jour où, dévasté par l'assassinat de mon père, j'ai poussé les portes d'un établissement réservé aux Blancs. J'ai immédiatement reconnu des notables de la région, à commencer par le chef de la police accoudé au comptoir aux côtés d'un prédicateur officiant chaque semaine en faveur de la préservation de la race. Ils sont restés un instant médusés. Le temps pour moi de croiser le regard de Myra. La seconde suivante, ils m'ont jeté dehors et roué de coups sous les yeux aveugles des passants. La porte s'est à nouveau ouverte sur mes blessures à vif. Myra s'est agenouillée dans cette ruelle sordide. Elle a ôté son foulard pour éponger le sang de mes plaies. J'ai su alors qu'il restait encore une raison de se battre…

Mon amour, ai-je jamais eu le choix ?

Myra ne répond pas. Elle pleure. Sans doute s'accroche-t-elle au souvenir de la vie paisible que notre union lui a volée. Peut-être même se meurt-elle de regrets d'avoir osé m'aimer… Derrière la lucarne, ses grands yeux s'ouvrent sur l'horizon d'une nuit enflammée, mais la lueur en elle s'est éteinte. Seigneur, je crois que je l'ai déjà perdue…

Un oiseau a trouvé refuge sur le toit. Notre visiteur du soir revient chaque nuit battre de l'aile sous nos regards résignés. Son bec ébène toque contre la lucarne dans l'attente qu'on lui ouvre. Myra se redresse pour l'observer. Elle a toujours aimé les oiseaux. *C'est un carouge à épaulettes*, dit-elle, comme si elle me livrait une information capitale. Puis sa tête retombe mollement dans la contemplation de souvenirs heureux. Ma tendre épouse se voûte comme une vieille dame dotée d'une âme d'enfant. Une immense tristesse m'envahit à l'idée qu'elle pourrait s'éteindre si jeune. J'en ressens une culpabilité indiscutable.

J'aimerais me soustraire à la peur engendrée par une élite de forcenés convaincus que les gens de couleur violent leurs femmes pour semer les graines d'une race impure. *Je tombe.* Le lit de l'oubli est parfois si douillet…

Dans un coin de ma mémoire résonne la voix de mon beau-père lorsqu'il nous a surpris près de Swan Lake. Cela faisait deux mois que sa fille et moi nous fréquentions en secret. Autant d'heures à redouter le spectre des patrouilles planant sur notre passion triomphante. Le statut social de Myra n'a rien facilité, et le bel avenir promis à une fille blanche a volé en éclats le jour où nous avons transgressé les lois d'une organisation arrogante. William, son père, officiait en qualité de magistrat, mais il était une des rares voix à s'élever contre les agissements du Klan. En homme libre, il prônait le mariage mixte et fut lourdement menacé en raison de ses prises de position. La meilleure amie de Myra me rapporta les rumeurs que la ville étouffait sous des réunions clandestines. Sur un ton calme et stupéfiant, la possibilité d'intenter des poursuites judiciaires à l'encontre de William fut envisagée par une délégation extrémiste. Faute de succès, les *capirotes* ont choisi des mesures plus insidieuses. Appels téléphoniques injurieux, agressions, menaces. Une nuit, soutenus par la vindicte populaire, les membres de la haine ont pénétré dans la maison de mon aimée pour tout saccager. Ils ont brandi le drapeau confédéré et hurlé dans le lâche anonymat de leur déguisement : « Des centaines de parents seraient éternellement reconnaissants si on leur rendait un tel service ! *Quod semper, quod ubique, quod ab omnibus !* »

Cette nuit d'août 1957, le père de Myra a succombé à la violence d'une fraction de patriotes sectarisés. Son cœur honnête a cessé de pomper ce sang pur que tant d'autres convoitaient.

Nous fûmes anéantis. À peine éclos, notre bonheur s'endeuillait de leur perversion.

Le matin même, Myra et moi venions de nous promettre fidélité. L'église méthodiste de Devil Town avait scellé notre mariage au même titre que notre mort, sous les applaudissements des rares convives qui n'ont eu de cesse de mettre leur vie en danger pour célébrer l'amour interdit.

Lydia et Karl Appermind étaient de ceux-là. Ils ont œuvré à la préparation du banquet digne d'une grande cérémonie. Ce sont de braves gens. J'ose croire que tout n'est pas perdu. Qu'une poignée d'individus suffirait à rétablir les valeurs de notre belle Nation. Aujourd'hui, tandis que nous avons fui la ville par crainte des représailles, leur famille nous ravitaille en secret. En dépit des risques courus, Lydia dépose des sacs de provisions à l'arrière de Crescent House – la partie la moins visible depuis les collines – et s'en retourne dans son foyer. Sans un mot. Ceux-ci sont inutiles. Les actes parlent d'eux-mêmes. Je ne devrais peut-être pas les citer nommément. Entre de mauvaises mains, mes notes entraîneraient des mesures disciplinaires à leur encontre.

Mais je m'égare et le temps écoulé ne tolère aucune digression.

Revenons au jour de nos noces.

De l'édifice religieux ne subsistent que les cendres après l'attaque destinée à punir l'union d'une femme blanche de haut rang et d'un nègre, pourfendeur par les mots.

J'avais délaissé mon emploi de magasinier pour me consacrer exclusivement à l'écriture ainsi qu'à l'association de lutte contre la ségrégation, ce qui ne permettait pas de subvenir à nos besoins. Un vieil ami progressiste de mon père m'avait alors offert un poste à la gazette locale. Je rédigeais principalement les articles s'opposant à l'opinion prédominante selon laquelle les agissements à l'encontre des minorités recevaient l'avis favorable des citoyens de Little Rock et Devil Town réunis. Un mois après notre mariage et fort de mon activité au sein de la NAACP, je couvris l'un des faits divers les plus marquants de ma courte carrière de journaliste sous la manchette : *Les Neuf de Little Rock.* Je n'oublierai jamais leurs noms : Elisabeth Eckford, Ernest Green, Jefferson Thomas, Terrence Roberts, Carlotta Walls Lanier, Minnijean Brown-Trickey, Gloria Ray

Karlmark, Thelma Mothershed, Melba Pattilo Bealsson. En septembre 1957, neuf adolescents afro-américains, admis dans un lycée jusque-là réservé aux « Blancs », furent cernés par une foule vociférant des insultes raciales. Le principe « Séparés, mais égaux » reculait, mais la haine, elle, s'en nourrissait pour atteindre son apogée. En dépit de la présence militaire censée les protéger, les Neuf subirent des harcèlements et des violences physiques tout au long de l'année, au point de contraindre le gouverneur à fermer les établissements pour empêcher leur intégration.

Je me sentais impuissant. Juste capable de relayer leur histoire qui était aussi la mienne. Mais, après la publication de mes dépêches, je suis définitivement entré dans le viseur des organisations ultranationalistes.

De son côté, ma douce épouse apportait une aide officieuse à l'orphelinat catholique situé au bord du Maumelle Lake. Et son rôle ne se cantonnait pas à divertir les pensionnaires par quelque lecture enfantine ni à courir le plus rapidement possible jusqu'aux clôtures de l'enceinte ! Elle leur enseignait les valeurs humaines absentes de notre société, inventant de touchantes anecdotes dans lesquelles on prônait le respect.

Mais de cette vie-là ne subsiste que le spectre du Klan. La poussière soulevée par le martèlement des sabots et les croix érigées à la mémoire de mes frères massacrés.

Face à l'intolérance, la protection procurée par les combles de Crescent House ne durera pas. Tandis que j'assiste, impuissant, au déclin mental de Myra résonne encore la voix de son père lorsqu'il nous a surpris près de Swan Lake :

« Aimez-vous comme si ce jour était le dernier. Et vous, Bill, ne cessez jamais d'écrire… C'est ainsi que s'éveillent les consciences. Par la transmission de nos erreurs passées. »

J'aimais cet homme. Plus que mon propre père. Sans mon obstination à revendiquer le droit d'exister, peut-être me serais-je résigné à croupir sous des noms d'emprunt pour véhiculer mes idées… Peut-être aurais-je pu me pardonner…

Myra, je suis tellement désolé... Ai-je jamais eu le choix ?

Repliée sur les incertitudes d'un avenir suspendu à des croix brûlantes, elle ne me répond pas, vacille et s'écroule sur le plancher froid.

L'oiseau bat de l'aile dans l'air du soir.

Il reviendra demain. Et après-demain. Et les nuits suivantes.

Goûter au fruit de nos entrailles.

15
Steven

Les vidéos. La disparition inquiétante de Dan. Celle de Rachel. Les mensonges. Les non-dits.

Toutes ces interactions étranges semblaient reliées par un dénominateur commun : la maison. Sa triste réputation, ses secrets enfouis sous la suie. La légende du malheur.

Après avoir spéculé sur la probabilité d'une présence au grenier, Steven avait investi le bar au beau milieu de la nuit. Anton arpentait le salon en pestant contre les grésillements qui saturaient la ligne téléphonique. En raison du vent infernal balayant Devil Town, les chances de contacter un serrurier dans l'espoir d'une intervention relevaient d'une mission impossible. Forcer l'accès au grenier attendrait donc l'accalmie d'un temps capricieux.

En toute logique, si personne ne pouvait s'introduire dans les combles, personne n'était en mesure d'en sortir… La vétusté de la plomberie expliquait sûrement les bruits sinistres assimilés à une menace par l'esprit humain, et la moindre fissure dans laquelle le vent s'engouffrait élucidait le mystère des plaintes incessantes. Mais rien ne permettait d'éclaircir l'existence de ces films ni la disparition de ses comparses. Encore moins d'établir un parallèle avec le dépeçage de sa voiture.

« Tu es certain d'avoir appelé un dépanneur ? » interrogea soudain Steven.

Anton avait cessé de tourner en rond. Immobile devant la fenêtre obstruée de bardeaux, il paraissait absent, comme s'il ne restait de lui qu'une enveloppe corporelle vide. Le dos tourné, il émit une sorte de grognement proche de la caricature animale.

« Je te répète que le type du remorquage a refusé de se déplacer à cause des conditions météo. Je crois surtout qu'il n'a pas cru un traître mot de cet accident de voiture et l'a assimilé à un traquenard... Des incidents semblables ont été déclarés l'année dernière, mais aucun d'eux n'a abouti à une enquête. Des pistes foireuses dont nous payons aujourd'hui les conséquences... Tu n'as qu'à le joindre toi-même si tu ne me crois pas !

— Te fâche pas, mon pote. Ce qu'il se passe ici me fout sur les nerfs... »

Steven pressentait que leurs récentes mésaventures puisaient leurs origines dans l'histoire sinistre de Crescent House et particulièrement au niveau supérieur de la maison. Mais pourquoi quelqu'un chercherait-il à les embringuer au cœur d'une expérience sordide ? Quel genre de détraqué s'amuserait à filmer des séquences anxiogènes avant de les balancer sur leurs portables ? Dan ? Rachel ? Dan *et* Rachel ? En dépit des intimidations dont ils étaient victimes, on ne déplorait aucun mort. *Seulement des disparus*, minimisa Steven en se mordant l'intérieur de la joue. Il n'était plus sûr de rien. Même la silhouette aperçue dans l'allée lui semblait à présent résulter d'un délire paranoïaque. Un effet d'optique généré par un état de panique extrême. Une hallucination créée de toutes pièces par l'ombre des troncs noueux battus par la tempête.

Steven releva la tête, une main lasse caressant son menton mal rasé, l'autre serrant un verre de whisky.

À quel moment Anton s'était-il installé sur le canapé ? Et pourquoi se tenait-il l'échine voûtée comme un chat sauvage totalement apeuré ?

Pouvait-on souffrir d'un ictus amnésique après seulement deux verres ?

Steven riva son regard à la pendule pour s'assurer qu'il avait encore la notion du temps. *2 h 30*. Cette foutue nuit marquant la disparition de Rachel commençait à peine.

Depuis son poste d'observation, il distingua une source de lumière dans les ténèbres devant lui. Un rayonnement semblable à celui d'un écran.

Son ami était-il vraiment d'humeur à écrire ?

« Qu'est-ce que tu fais ? s'enquit Steven.

— Cette histoire m'échappe… », éluda Anton en pivotant vers lui.

Steven fit un pas de côté. Il vit le curseur clignoter sur une page blanche. Et dix doigts flotter au-dessus du clavier sans jamais effleurer les touches. *Cette histoire m'échappe*… Parlait-il de son roman ou de la manière dont virait leur séjour ?

« En manque d'inspiration ? Ton Empereur Blanc pose problème ? »

Anton rabattit brusquement le capot de l'ordinateur.

« Tu m'espionnes ?

— Je m'interroge, c'est tout… Lors de notre dernière session d'écriture collective, j'ai malencontreusement constaté que ce personnage occupait l'intégralité de tes pages Word. J'ai également remarqué que tu étais incapable de pondre plus de trois mots différents depuis notre arrivée.

— Tu ne sais pas de quoi tu parles…

— Alors explique-moi !

— Tu es complètement soûl, mon pauvre Steven… Tu te crois génial en décrivant la couleur et l'odeur des tripes, mais tu n'es qu'un écrivain médiocre qui tente désespérément de créer le buzz… Tu surfes sur la vague du "gore" à la demande des lecteurs, mais qu'en est-il de tes propres aspirations ? »

Steven resta interdit. Les masques se fendillaient. Les tensions s'accentuaient. Et les attaques pernicieuses pleuvaient sur leur amitié.

« Anton, reste là ! Arrête de fuir sans arrêt ! »

Mais celui-ci s'éclipsait déjà à l'étage. Sans même lui laisser le temps de riposter.

Un éclair déchira soudain la pénombre. Le fracas du tonnerre jetait un froid supplémentaire sur cette nuit d'angoisse. Steven malaxa sa cheville. Une légère brûlure pointait sous le bandage. Prenant la place encore chaude sur le canapé, il se remémora son escapade en lisière de forêt avant que le piège de braconnier se referme sur son pied. La tempête, le chaos, la colère d'un ciel ravagé et la sensation de porter son ombre comme un fardeau. À ce moment-là, longeant les arbres répercutant les cris d'une faune sauvage, Steven aurait juré qu'aucune présence humaine ne s'était aventurée dans ses pas.

Pourtant, quelqu'un m'a filmé à mon insu…

Steven avait prétendu à ses amis s'être enlisé dans ce chaos pour récupérer ses notes. Personne n'avait tiqué.

Parfait. Car l'arme de poing rapportée de son expédition aurait confirmé leur suspicion. Avant de se ruer à l'intérieur de la maison et malgré la douleur insoutenable, il l'avait dissimulée sous un tas de gravats entouré de mauvaises herbes.

Ce qui signifiait que l'individu qui l'avait suivi savait certainement pour la planque.

Steven avait redouté que ce maniaque ne l'ait subtilisée, mais l'arme se trouvait encore à l'endroit où il l'avait abandonnée. Après le saut de l'ange présumé de Rachel et sa rapide inspection autour de la maison pour s'assurer que la « suicidée » n'agonisait pas au fond du jardin, il avait récupéré son Glock et l'avait glissé dans la poche intérieure de son imperméable.

Steven vida son verre d'un trait. L'ivresse le confronta odieusement à sa relation avec Sue. Au choc de la révélation. À la perspective d'être père.

Tandis qu'il sombrait dans les vapeurs d'alcool, il perçut le tintamarre des canalisations indiquant que la jeune femme s'était réfugiée sous la douche. À cette heure incongrue, nul doute qu'elle tentait désespérément d'échapper à leur présence en s'offrant un peu d'intimité.

Comment avait-il pu être aussi stupide ? Une seule soirée en compagnie de Sue avait suffi à faire basculer leur vie. Coucher avec son homologue féminine après une soirée arrosée ne vous préparait pas à de telles conséquences. Lui, papa ? Certainement pas. Steven se vouait au libertinage comme d'autres se sacrifiaient au nom d'une religion. Il n'éprouvait aucun sentiment digne de l'amour que l'on porte à la mère de son enfant. Il appréciait ses lèvres avides, ses flancs doux offerts sans retenue, son sens du mystère, ses textes décalés et les ombres au miroir de sa vie – particulièrement après avoir enquillé une dose indécente de pur malt. Mais, au lever du jour, la gueule de bois rappelait douloureusement les soustractions imputables à ce type d'écart. L'équation se résolvait d'elle-même : liberté sous antalgiques, remords formulés puissance dix et autres persuasions destinées à effacer la culpabilité. *Sue*. Ce don inné d'envoûtement. Par la force de ses textes empreints de sensibilité et son charme trop singulier pour être négligé.

Sue, l'ennemie jurée de son propre succès. Une dangereuse rivale.

Tout comme Rachel. Avant sa formidable et providentielle chute dans le vide.

« Je suis désolé », répéta mécaniquement Steven, les yeux rivés à l'immensité d'un paysage déchiré.

Il ne ressentait rien. Pas une once de culpabilité. L'état d'ébriété lui volait ses émotions, ses responsabilités, sa vie.

L'horloge murale tinta 3 h 30 du matin.

Steven décida de se concentrer sur les véritables raisons de sa venue. Il peina à ordonner ses notes sur le massacre de la famille Ellison. Les multiples récits quant à la nuit du drame évoquaient une exécution à caractère racial. Les propres textes du tristement célèbre auteur attestaient la brutalité des attaques dont il avait été victime. Ses Mémoires avaient fait l'objet d'une publication tardive, regroupant les extraits choisis de son calvaire, mais la majeure partie de ses récits avait brûlé durant l'attentat.

Steven s'enfonça dans les coussins. Il compulsa les coupures de presse et les photographies prises la nuit de l'incendie. Elles identifiaient, sans l'ombre d'un doute, la délégation raciste incriminée. Des sadiques costumés qu'aucun tribunal de l'époque n'inculpait par peur des représailles.

« Ils vous ont massacrés, murmura Steven dans l'intimité du salon. À l'intérieur même de cette maison. Sans autre argument que la préservation d'une race prétendument supérieure. Combien de méprisés sont nés de l'accouplement forcé d'esclaves noires et de leurs maîtres ? Où donc se situaient les préjugés pendant que ces femmes étaient violées sous peine d'exterminer leurs maris, leurs enfants ? Ils traquaient les rejetons de leurs actes infâmes, alors même que leurs gènes s'inscrivaient en chacun d'eux… Ils exterminaient leur propre descendance sans distinction d'âge ou de sexe. »

Steven nota ses réflexions sur une feuille volante. Puis il tira une série de clichés d'une enveloppe kraft et les éparpilla parmi les coupures de presse. Les journalistes avaient couvert l'événement dans le plus strict anonymat. La menace omniprésente du Klan dissuadait même les plus téméraires. L'une des photos montrait Crescent House prisonnière des flammes. Une énorme croix en bois trônait dans le jardin. Un article relatait que les membres de l'organisation l'avaient enflammée à l'aide de chiffons imbibés d'huile. Les cendres de la haine volaient encore dans cette nuit maudite du 16 juin 1965. La reconstitution attestait qu'un groupe d'individus s'était tenu près du feu, observant les ravages dans un silence inquiétant, jusqu'à ce que les dernières braises incandescentes se fussent éteintes.

Un deuxième communiqué évoquait l'évacuation des corps calcinés. Une force d'intervention formée de bénévoles avait arraché des décombres les cadavres de Bill et Myra Ellison. On prétendait que le premier corps avait été décollé de la paroi du sous-sol, nécessitant l'utilisation de grattoirs à béton. Le second, de sexe féminin, avait été extrait du grenier de manière similaire. On avait dû recueillir ses organes carbonisés dans un seau. Les fractures osseuses constatées par le médecin légiste attestaient une large blessure au ventre infligée ante mortem. Des fragments d'acier s'étaient accrochés à la malheureuse dépouille et, au milieu des décombres fumants, leur lame d'origine narguait l'horreur par son tranchant intact. Le journaliste soulignait le caractère particulièrement incompréhensible de la localisation des corps, semant le doute quant à la véracité des propos recueillis par ses sources : « Lors d'un drame d'une telle violence, les époux se blottissent instinctivement l'un contre l'autre. Ils affrontent l'horreur d'un même corps, comme si ce lien leur donnait la force nécessaire pour affronter un sort irréversible. Bill Ellison a-t-il réellement été frappé de folie ou s'agit-il d'une version erronée destinée à égarer nos soupçons vis-à-vis d'une conspiration terroriste couronnée de succès ? »

Steven analysa l'ignominie des détails. Les boursouflures des tissus non consumés, les mâchoires béantes, les crânes dénudés par les flammes, les postures rigidifiées par la mort. C'est ainsi que la confrérie suprémaciste veillait à l'impuissance politique et à la subordination sociale des Noirs. En semant la terreur et le chaos.

Steven réprima un haut-le-cœur. Dans l'imaginaire collectif, le Ku Klux Klan inspirait un sentiment d'effroi, une répulsion mêlée à une forme de fascination auprès des « Américains authentiques ». La capacité de l'homme à détruire ses semblables demeurait l'un des plus grands mystères du règne animal. Autant que sa propension au voyeurisme. Et même si – comme le lui reprochait Anton – Steven manipulait la curiosité morbide des lecteurs sur un socle de scènes sanguinolentes, il établissait clairement le fossé entre la fiction et la réalité.

Chamboulé, il reporta à nouveau son attention sur les archives consacrées à Crescent House.

Le fait incroyable demeurait l'état somme toute préservé de la structure. L'intérieur avait été totalement ravagé par les flammes, pourtant l'édifice se dressait encore avec la fierté d'un survivant défiguré. Steven fouilla dans la pile des dossiers et se pencha sur une fiche chronologique. D'après ses recherches, la maison était à l'abandon à l'époque du drame. Pour des raisons de sécurité, la famille Ellison s'était claquemurée derrière le rempart de ses façades délabrées. Jusqu'au massacre.

Après l'incendie du 16 juin 1965, Crescent House était devenue un repaire malsain où se réunissaient les groupuscules extrémistes. Rituels sataniques, chasses aux fantômes, rassemblements clandestins, la maison inspirait alors les plus bas instincts.

À la fin des années soixante-dix, elle fut rachetée par un promoteur désireux de réhabiliter les lieux en hôtel de luxe, mais le projet fut abandonné en raison de la ruine subite de son propriétaire. Les acquéreurs se succédèrent, mais aucun d'eux ne demeura assez longtemps dans les murs pour entreprendre des travaux – l'un de ces malheureux mourut le jour même de la signature de l'acte notarié. Des productions à gros budgets s'intéressèrent également au site, mais elles durent renoncer à l'exploiter en raison d'incidents techniques inexpliqués.

La rumeur de phénomènes surnaturels s'était déjà propagée, entraînant dans son sillage une part de malédiction.

Aujourd'hui, Crescent House appartenait à Anton.

À moins que ce ne fût l'inverse. Et si la maison avait pris possession de lui ? pensa Steven.

Dans la torpeur de l'ivresse, il brandit l'éventail morbide des photographies.

Sur l'un des clichés figurait une lucarne ouverte. Un bout de ciel étoilé. Un dernier souffle d'air dans la chaleur du brasier. *Une issue potentielle*, pensa-t-il. *Trop étroite pour un adulte*. Steven plissa les yeux. Une ombre voilait l'angle du cadre et sa forme rappelait les ailes déployées d'un oiseau… De son bec pendait une petite proie, molle comme le lambeau d'un linge. Son instinct lui chuchotait l'importance de ce détail pourtant d'une banalité affligeante. Mais impossible d'en saisir l'essence. Cette image revêtait le caractère d'un vague souvenir dont on finit par croire qu'il n'a jamais existé.

Subitement, un grincement monta dans son dos. Son pouls s'accéléra. Crescent House semblait exhumer les terreurs d'antan.

Imprégné de l'intensité dramatique dans laquelle son esprit se fourvoyait, Steven fit volte-face. La vision évanescente dans l'escalier se précisa derrière un voile d'ébriété.

Sue descendait lentement les marches, douchée et habillée comme au petit matin. Son teint pâle s'expliquait désormais par la présence d'une autre vie, pompant son sang, son énergie.

« Allume la télé », lâcha-t-elle, livide.

Steven haussa les sourcils en signe d'incompréhension.

« Allume. Cette. Putain. De. Télé ! »

La voix paniquée de Sue augurait bien plus qu'un caprice de femme enceinte.

Alors il saisit la télécommande.

Et, sans aucune raison, sa main se mit à trembler.

16
Sue

« Je me trouve actuellement devant le domicile de la famille Appermind où l'une des pires tragédies survenues dans la région, depuis les meurtres de Bill et Myra Ellison en 1965, vient de frapper la communauté de Shannon Hills. Selon les premières constatations, cinq membres de cette famille sans histoire auraient vécu un véritable cauchemar durant la nuit du 10 avril. Les circonstances particulièrement brutales de ces crimes ne sont pas sans rappeler la légendaire affaire DeFeo ayant inspiré le film *Amityville*. En effet, on rapporte qu'aucun bruit suspect n'aurait été entendu dans le paisible voisinage des Appermind. Comble de l'horreur, les cadavres auraient séjourné huit jours dans cette jolie maison mitoyenne avant que les voisins se plaignent de l'odeur. Dans cette ville, théâtre d'un massacre sans précédent, la stupeur est à son paroxysme. Les enquêteurs dépêchés sur place invitent les habitants à la plus grande vigilance et recommandent de ne pas céder à la panique. Le chef du département de police de Shannon Hills s'apprête à donner une conférence de presse. Écoutons ses déclarations. »

La séquence s'enchaîna sur un plan large du lieu du drame. L'angle de tournage dévoilait les visages terrorisés, stupéfaits ou tout simplement curieux du voisinage. L'officier Dudley s'exprimait devant les caméras malmenées par la force des vents. Son cou massif débordait du col réglementaire. Il plantait son regard au vitriol dans l'œil de l'objectif.

« Je reconnais cette voix… C'est le flic qui est venu hier, fit remarquer Steven.

— Monte le son. »

En arrière-plan du bandeau de CNN, les équipes techniques s'affairaient sous une pluie battante et les cordons de sécurité cassaient sous les rafales tempétueuses. La nuit s'éclairait par intermittence, soumise aux lueurs des gyrophares autant qu'à la foudre, rendant les investigations difficiles. Le cameraman zooma sur le théâtre du drame, une maison modeste grouillante d'experts scientifiques. Sur la pelouse piétinée, une fontaine rehaussée d'un ange pleurait ses morts à travers une corne d'abondance.

Dans la pénombre du salon s'éleva le timbre guttural du chef de la police.

« En raison de l'absence de traces d'effraction, nous envisageons la possibilité que les victimes connaissaient le ou les meurtriers. D'autres éléments, que je ne suis pas en mesure de porter à votre connaissance, confirment le caractère personnel de ces crimes. Qui aurait pu souhaiter la mort d'un couple d'octogénaires entourés de leurs trois enfants ? Shannon Hills abrite aujourd'hui une communauté respectable à la morale irréprochable, alors j'invite nos concitoyens à ne pas céder aux vieilles superstitions qui émaillent encore la réputation de notre ville. À ce stade des recherches, nous écartons la thèse d'un tueur récidiviste, mais recommandons aux habitants de signaler tout incident et de fournir tout renseignement susceptible de faire avancer l'enquête. »

Steven eut soudain l'impression que les lèvres de l'officier étaient dotées d'une vie propre. Le son qu'elles émettaient court-circuitait son cerveau pour y loger des mots insensés. Des mots d'une douceur venimeuse.

Ne te sens pas obligé de sonner l'alerte pour une foutue bagnole vandalisée, Steven... Ni de t'inquiéter pour la disparition de tes amis... Vous êtes déjà tous morts, d'une certaine façon... Alors, planque cette arme avant qu'elle se retourne contre toi... Et oui, je sais tout... Je suis celui qui voit... Tu as compris, Steven ? TU M'AS COMPRIS ?

Steven sursauta comme si une grenade venait d'exploser sous son crâne. Il avait conscience de délirer totalement et songea brièvement aux nuisances psychiques causées par l'alcool ; à ses litres de folie latente qu'il ingérait quotidiennement et qui finiraient, tôt ou tard, par lui bousiller la cervelle.

À ses côtés, Sue semblait fascinée par l'actualité diffusée en continu.

Le visage du journaliste emplit à nouveau une grande partie de l'écran. Il colla le micro sous sa bouche charnue pour une reprise de parole troublée par les sirènes hurlantes. Une puissante rafale de vent manqua d'emporter le toupet au-dessus de son front. La scène, un tantinet burlesque, offrait un décalage saisissant avec ses propos alarmants.

« D'après une source fiable, les Appermind auraient subi des mutilations, principalement au visage, au point que les lésions les rendent méconnaissables. Qui aurait pu en vouloir à cette famille sans histoire ? Pourquoi ont-ils été les victimes d'un tel carnage ? L'identité de celui que l'on surnomme déjà le Monstre de Shannon Hills demeure une énigme. Mais il y a fort à parier que ses habitants ne dormiront plus avant que soient percées les nombreuses zones d'ombre qui entourent ce drame… »

Steven lâcha la télécommande. Le reportage faisait écho à sa propre histoire et ravivait des traumatismes de l'enfance passés sous silence.

Ou presque.

Un soir d'égarement, il avait confié à Dan les circonstances tragiques ayant entraîné la mort de ses parents.

Un double assassinat, Steven. N'aie pas peur des mots. Ce serait un comble pour un écrivain !

On croit pouvoir repousser les limites de l'oubli, mais on s'aperçoit que le chemin d'une vie est parsemé de ces petites pierres coupantes qui collent à vos semelles et les cisaillent mine de rien. Steven était âgé de trois mois à l'époque du drame et, bien entendu, il ne gardait aucun souvenir de l'épisode meurtrier qui lui avait arraché ses parents. Plus tard, encouragé à entamer une sorte de catharsis par le biais de l'écriture, Steven avait bâti sa carrière d'auteur au fil de l'eau. En tout anonymat. Aucun moteur de recherche ne permettait de le relier à cette sombre histoire. Aucune photo ni aucun document accessible en dehors de ceux protégés par le sceau des services sociaux.

« On ne peut pas éternellement dissimuler la vérité. Elle finit toujours par trouver sa place dans nos mensonges », lui avait soufflé Dan lors de sa confession.

Steven s'abîmait dans le souvenir de sa mise en garde quand le son creux d'un claquement de mains le fit sursauter. Sue clignait des yeux, troublée par son silence.

« Ho hé ! Tu es là ? demanda-t-elle, soucieuse.

— Oui. Où veux-tu que je sois… Pas étonnant que ce flic nous ait ri au nez quand on considère de près l'affaire sur laquelle il enquête. »

La jeune femme se mordilla les lèvres. Les cernes habillaient son regard empreint d'une éternelle mélancolie.

« Shannon Hills, c'est bien là qu'Anton prévoyait de nous emmener ?

— Exact. Dans "le fleuron de l'histoire locale", d'après lui. Attends, laisse-moi réfléchir… », ajouta-t-il sèchement.

Il lui fallait se dépouiller du passé. Arracher les tessons de souffrance plantés par les propos d'Anton et les paroles du journaliste. Se défaire de l'intuition qui hurlait au danger de leurs vies menacées.

Steven se concentra sur l'écran de télévision. Une publicité vantait à présent les mérites d'un séjour low cost à Paris en affichant de somptueux monuments éclairés. Le panorama détonnait dans le climat de fin du monde qui les oppressait.

Retour à la réalité. Devil Town. Arkansas. La noirceur incarnée.

Les rouages de son cerveau s'activaient pour saisir un détail capital concernant la mise à mort des Appermind. Les meurtres avaient été commis le 10 avril – soit onze jours auparavant – et les cadavres découverts le soir même de leur arrivée à Crescent House. S'agissait-il réellement d'une coïncidence ? En coupant par la forêt, Shannon Hills se situait à quelques miles de Devil

Town – à moins qu'Anton soit votre guide touristique, auquel cas, la distance s'allongeait au point que vous n'arriviez jamais à bon port. Alimentant la légende locale, la maison et son désert boisé fournissaient une planque idéale.

« Steven ? »

Sue s'était rapprochée. Ses doigts couraient sur son menton mal rasé dans l'espoir de le ramener à la réalité. Le contact de sa peau ne lui apporta aucun réconfort. Au contraire. Le dégoût se logea au creux de son estomac comme un coup de poing fulgurant. Steven se dégagea de son emprise et remballa ses dossiers.

« Et si ce flic se trompait ? dit-elle en écartant les bras. Il a fait mauvaise impression quand il s'est pointé ici et je n'ai aucune confiance en son jugement. Souviens-toi, il n'a pas pris Anton au sérieux au sujet des vidéos, de l'accident, ni même considéré comme alarmante la disparition de Dan !

— Explique-toi.

— Ce type exclut manifestement la thèse d'un tueur en série dans l'affaire des meurtres. Il privilégie la piste d'un acte isolé… Tu ne trouves pas étrange que des crimes sordides aient été perpétrés à Shannon Hills ? Précisément à l'endroit où Anton comptait nous emmener lors de sa balade touristique ? Je veux dire… Avec ce qui s'est passé, on est en droit de s'interroger, non ? Après tout, ce malade est toujours en liberté… »

Steven se gratta nerveusement l'arrière du crâne. Sue le confortait dans sa paranoïa. La contagion opérait. Le fracas de l'orage, les vidéos troublantes, les disparitions inexpliquées de Rachel *et* Dan, sans compter l'ambiance de cette foutue baraque isolée… Tout s'agglomérait pour concocter une mélasse d'idées confuses.

« Attends une seconde…, dit-il soudain en s'agitant sous l'effet de l'adrénaline. J'ai déjà entendu ce nom… Bon Dieu, il est là, quelque part !

— Pardon, j'ài du mal à te suivre… Tu as perdu quelque chose ?

— Appermind… Leur nom figure dans un rapport consigné après le massacre des Ellison… Si je mets la main dessus… Ah, le voilà ! » s'exclama-t-il comme s'il avait décroché le Saint-Graal.

Steven parcourut le document. Une fine pellicule de sueur s'était formée sur son front tandis qu'il marmonnait des mots inaudibles. Blême, il invalida aussitôt la thèse d'une simple coïncidence entre les meurtres commis en 1965 et ceux perpétrés quelques jours plus tôt.

« Karl et Lydia Appermind ont fait l'objet d'un interrogatoire peu après l'incendie qui coûta la vie au couple Ellison. D'après leurs témoignages, Bill comptait parmi leurs proches connaissances, pourtant, ils ne l'ont jamais défendu…

— Tu es certain qu'il s'agit de la même famille ?

— Parfaitement, dit Steven en brandissant un encart jauni illustrant l'exacte réplique de la maison exhibée au Flash Info.

— Hallucinant… Mais la probabilité que ces deux affaires soient liées me paraît tirée par les cheveux, non ? À moins d'adhérer à la théorie surnaturelle d'un écrivain mort exerçant une quelconque vengeance…

— Ça, l'article ne le dit pas », ironisa-t-il.

Steven se redressa pour entamer la lecture à voix haute du compte rendu d'audition daté du 23 juin 1965.

Karl et Lydia Appermind formaient un couple modèle – sous-entendu, selon les critères de référence du Klan. Catholiques de race blanche, ils avaient quitté le Minnesota dix ans plus tôt pour s'installer en Arkansas où les opportunités florissaient dans le secteur de l'industrie textile. Karl s'était élevé dans la hiérarchie et gérait désormais le département conception. Sa femme Lydia, dépeinte comme une mère au foyer particulièrement active au sein d'organisations caritatives, avait connu Myra Ellison lors d'une vente de charité organisée à Little Rock. En dépit de leur sympathie pour Myra, les Appermind se défendaient d'avoir jamais approuvé son union avec Bill. Leur intégrité morale les empêchait toutefois d'exclure un nègre de leur cercle amical au seul motif d'être mal né. Ils reconnaissaient même nourrir de la compassion pour « ces gens-là ». Bien sûr, Karl et Lydia étaient sous le choc – mais, sur le papier, leur empathie s'écrasait entre deux guillemets au point d'exprimer l'exact opposé. Personne ne méritait de mourir ainsi. Dans sa déclaration, Karl ajoutait : « Je m'attendais au pire. Mais le pire ne connaît visiblement aucune limite. Nous savions que Bill n'allait pas bien. Myra se plaignait souvent de ses sautes d'humeur liées à de multiples addictions. L'écriture tenait une place trop importante dans son existence. Plus importante que sa légitime épouse. L'absence de reconnaissance aggravait son alcoolisme et détériorait leur relation. Nous étions inquiets pour sa santé mentale… Alors, pour répondre à votre question sur la possibilité que Bill ait séquestré sa femme avant d'incendier la maison, je dirais que c'est tristement plausible… »

Sue émit un long sifflement. Dehors, le vent fouettait la nuit d'un même écho, manifestant sans relâche son mépris pour la race humaine.

« Je vais sans doute te paraître indécente, mais ces deux-là n'ont eu que ce qu'ils méritaient ! Si je croise un jour celui qui a zigouillé ces vermines hypocrites et racistes, compte sur moi pour lui arracher un autographe ! Hé ! Tu m'entends ? cria-t-elle dans le vide. On est de ton côté, mec ! Alors fous-nous la paix !

— Arrête, Sue. C'est pas drôle. Je crois qu'on fait fausse route… On n'a plus les idées claires. On réfléchit comme des auteurs débutants en mal d'inspiration… Rien n'indique que nous soyons *réellement* en danger. Il existe forcément une explication rationnelle et raisonnée à tout ça.

— La rationalité, c'est la chair et le sang, Steven… Tu as vu quelqu'un dans l'allée ce soir, non ? Et nous avons tous assisté à la disparition de Rachel ! Qu'est-ce que tu veux de plus ?

— Je crois que cette maison nous rend dingues. Il est possible que j'aie cru voir une silhouette… J'avais trop picolé – comme d'habitude, faillit-il ajouter. Et tu sais aussi bien que moi qu'une atmosphère anxiogène est capable d'engendrer des hallucinations accidentelles… Le genre de phénomènes créés par la seule force de persuasion.

— Merci, je sais ce qu'est une hallucination, Steven ! Décidément, tu vis constamment dans le déni… Alors, finalement, tu changes ton fusil d'épaule ? Tu modifies ta version des faits ? Ça t'arrange, sans doute. C'est tellement rassurant de fuir ses responsabilités, n'est-ce pas ?

— Tu mélanges tout…

— Détends-toi ! Personne ne t'oblige à endosser une paternité qui te *désole* ! Que les choses soient claires entre nous, je n'exige rien de toi. Je veux seulement quitter cette baraque et reprendre le cours de ma vie. »

Un linceul de tristesse glissa sur son visage d'une pâleur inquiétante. Une latte du parquet grinça dans un recoin du salon. Sue se dirigea vers la porte.

« Où vas-tu ? s'enquit Steven.

— Tenter de retrouver Rachel puisque personne ne semble s'en préoccuper…

— Attends… Je viens avec toi.

— Oh, non ! Toi, tu restes là. Je n'ai aucune envie de me coltiner un boiteux ivre ! Poursuis donc tes précieuses recherches au sujet de Bill Ellison… Tu nous seras plus utile, affalé sur ce canapé… Qui sait, peut-être que le fabuleux auteur de polars en toi saura démasquer le coupable ? »

Sur ses mots acides, la porte claqua dans son dos si frêle. Sue était capable de ruminer sa colère durant des jours, de la contenir, parfois même de l'oublier. Mais son caractère impulsif ruinait immanquablement ses efforts en un tour de langue. Mue par le désarroi, elle s'élança sous la pluie. Elle avait une idée précise de l'endroit où elle voulait se rendre.

La nuit enrobait tout. Elle avalait les couleurs et les reliefs comme une reine de terreur trônant sur un royaume apocalyptique. Sue s'engagea sous la voûte des feuilles et regretta aussitôt son départ précipité. Vêtue d'un jean élimé et d'une chemise ample, elle se morigéna de ne pas avoir chipé l'imperméable de Steven avant de filer. Le tissu blanc collait à sa peau de manière obscène. La pensée incongrue que les vents déchaînés cherchaient à l'exhiber pour contenter la lubricité de quelque échappé d'un asile lui traversa l'esprit. Elle repoussa mentalement le scénario prévisible du psychopathe surgissant des bois pour s'attaquer à la mignonnette cavalant toujours du mauvais côté – vers une grange isolée, par exemple. Trempée jusqu'aux os, elle remonta l'allée boueuse à l'arrière de la maison. La forêt dense cernant le domaine se fondait dans l'obscurité comme une extension hostile, une masse compacte, grouillante d'une vie secrète.

Sue s'épongea les yeux à l'aide d'une manche gorgée comme une éponge. Devant elle, la grange s'écroulait dans un brouillard épais. Elle se souvenait de la réticence d'Anton quand ils l'avaient interrogé lors de leur petite balade touristique. « Selon les archives officielles, elle a été bâtie cinq ans après l'édifice principal. Je ne m'y suis pas attardé, mais il semblerait que l'ancien propriétaire entreposait ses outils à cet endroit. C'est un bric-à-brac sans intérêt », avait-il soutenu. Et plus tard, quand elle avait suggéré que Rachel aurait pu s'y réfugier, son attitude était devenue définitivement suspecte.

La curiosité la guida jusqu'à la porte à double battant en bois vermoulu. Un simple loquet coincé dans une encoche la maintenait fermée. Elle dut néanmoins forcer pour extraire la clenche de son support. La nervosité gagnait du terrain sur sa détermination. Ses mains glacées s'affairaient en tremblant quand, brusquement, Sue se mit à jurer.

« Et merde ! C'est quoi ça ! »

Elle porta son index à ses lèvres pour ôter l'écharde qui s'y était logée. Un goût de fer emplit sa bouche. De plus en plus en proie à la panique, Sue jeta un regard par-dessus son épaule. La noirceur irréelle déployée dans son dos grignotait sa témérité. Un oiseau de nuit s'envola dans un battement d'ailes comme si *quelque chose* l'avait effrayé. Et pour cause, l'obscurité semblait respirer.

Haletante, Sue s'agrippa à la poignée et tira de toutes ses forces. Les gonds torturés coulissèrent avec un grincement. Elle passa la tête dans l'entrebâillement. Une odeur de chien mouillé s'échappait du bâtiment délabré. Elle pénétra prudemment à l'intérieur, puis tâtonna sur sa gauche en quête d'un interrupteur, mais elle ne sentait que les irrégularités du bois sous ses doigts.

Percevant un craquement dans son dos, elle se figea.

Cette fois, le bruit était bien réel.

Des pas martelés sur le sol instable.

Des chuintements révélant une présence humaine.

Sue fit volte-face. Elle était sur le point de hurler quand un faisceau lumineux l'aveugla, l'obligeant à se protéger les yeux dans un geste réflexe.

« J'ai toujours su que j'utiliserais un jour une Maglite ! Pourquoi laisser ce seul privilège à nos personnages ?

— Steven ? T'as vraiment un grain ! J'aurais pu crever avec tes conneries !

— Déso…, commença-t-il avant de ravaler ses excuses. Alors, y a quoi là-dedans ? »

Il pénétra dans la grange et balaya le sol avec le faisceau de sa lampe. La poussière tourbillonnait sur un lit de terre brune et d'argile. Steven leva les yeux, l'air soucieux. D'énormes poutres s'affaissaient sous le poids d'une toiture éventrée et l'eau s'infiltrait par les fissures. Sue avisa l'outillage abandonné par les anciens propriétaires. Des pelles rouillées suspendues à des crochets pendaient du mur, des râteaux encore pris dans le foin pourrissaient dans un coin.

« Steven… Là. »

Sue pointait du doigt une zone obscure où se détachait une forme identifiable.

« Qu'est-ce que… »

Steven avança avec précaution. Le Glock dissimulé dans sa poche cognait contre sa cuisse. Sa présence le rassurait. D'un geste brusque, il chassa la mouche qui tourbillonnait autour de son crâne et se retourna.

« On dirait la voiture de Dan… »

Il tenta d'ouvrir les portières – sans succès –, puis braqua la lampe à travers les vitres sales. La banquette arrière était encombrée d'un gros bagage en cuir et d'une sacoche similaire à celles qui contiennent les ordinateurs portables.

« C'est quoi ce bordel… Dan ? Tu es là ? Dan ! » s'écria Sue en jetant un regard circulaire sur la grange.

Sa voix perçante n'eut d'autre effet que de déloger un rongeur apeuré qui fila en piaulant sous une vieille bâche grisâtre.

Steven contourna le véhicule, puis il éclaira le siège conducteur. La position était curieusement inadaptée au surpoids de son propriétaire. Abandonné sur le similicuir, le smartphone de Dan les narguait de son écran noir, mais un détail plus préoccupant attira son attention. Des projections de sang maculaient les contours de l'appareil.

« Sue, on a un sérieux problème. Il semblerait que Dan n'ait jamais quitté Devil Town. »

17
Dan

Je suis juste là, Sue... ICI !

Cet « ici » qui résonnait contre ses parois crâniennes s'évaporait dans l'absence de repères visuels qui auraient permis à Dan de se localiser. Les signaux de détresse émis vers ce néant absolu finissaient par se perdre entre quatre murs dépouillés de chaleur. Cependant, les balises sensorielles s'affinaient sans rien présager de bon. L'odeur irritante de l'éther excluait la perspective d'un endroit charmant. Les liens serrés qui le sanglaient aux barreaux d'un lit trop étroit chassaient définitivement le spectre d'une intention bienveillante. Manifestement anesthésié volontairement par une intervention humaine, son cerveau flottait dans un état alterné de veille et d'activité. Combien d'heures, de jours s'étaient écoulés depuis son arrivée à Devil Town ? Des bribes de souvenirs remontèrent à la surface de sa conscience, trouble et confuse.

Quatre cents pages vierges à noircir de cruauté. Un roman provisoirement intitulé *Madness Street*. L'histoire d'une folie. La sienne. Celle d'autrui. Autant de lignes amères lui donnant la sensation de n'être plus maître à bord de sa galère et mille autres raisons d'apprécier le dépaysement conféré par l'exploration d'une sombre maison vide.

S'ensuivit la montée laborieuse vers le premier étage, la découverte d'une porte condamnée surmontée d'un cliché révélant leurs cinq visages aux sourires massacrés. L'inscription au dos précisait au feutre rouge « Séparés, mais égaux », comme l'empreinte sanglante d'un avertissement auquel aucun d'eux ne pourrait se soustraire.

Soudain, il avait eu la certitude d'approcher une vérité sans parvenir à l'appréhender, à l'instar d'un écho familier dont les vibrations se meurent dans l'air du soir. Dan maniait aisément l'art de distiller la peur auprès de ses lecteurs, mais personne ne lui avait jamais enseigné comment la dompter en retour. De toute évidence, l'apprentissage de la terreur n'avait rien d'acquis. Même pour un expert en enquêtes criminelles fictives.

Ce couloir biscornu l'avait mis mal à l'aise. Ses parois craquaient comme le mécanisme d'un étau sur le point de se refermer. Puis ce bruit intrusif s'était manifesté dans son dos. Il avait alors opéré un demi-tour maladroit, fauché en plein élan par un éclair aveuglant aux reflets fragmentés. Il se rappelait à présent l'étrange miroir brisé en haut de l'escalier. Un détail capital estompé sous le vernis du déni – il avait refusé d'affronter la réalité en face. Avant la chute et l'oubli.

On lui avait volé sa scène. Et les fruits de son imaginaire s'étaient ligués contre lui.

Dan avait exploré une fin semblable dans son cinquième roman – le meilleur de ses vingt-deux ouvrages d'après les ventes, mais le moins méritant selon lui. Toute cette mise en scène n'était qu'un vulgaire plagiat transposé dans une réalité modifiée. Dan en connaissait les moindres ressorts. Et si *la chose* qui s'amusait à le séquestrer respectait le scénario initial, l'épilogue s'éloignerait sensiblement des standards d'un happy end.

Il se mit à trembler. Un quintal de chair, de graisse et de viscères secoué par la frustration d'une carrière brutalement interrompue.

La panique enfla aussitôt dans sa gorge compressée par son propre poids. Entre deux respirations laborieuses, un filet de voix quitta sa bouche engourdie.

« Soif… »

Un craquement résonna dans la pièce. Puis un deuxième. Et encore un. Plus marqué. Le froissement d'un vêtement en mouvement taquina ses oreilles sifflantes.

Instinctivement, Dan s'écarta, d'un centimètre, tout au plus. Une main glissa à l'arrière de son crâne. La tête soulevée avec une délicatesse inespérée, il frémit au contact froid du verre contre ses lèvres. Le goût de l'eau. Terreux. Le menton inondé par l'imprécision de la becquée, Dan s'étouffa entre deux goulées et recracha l'élément indispensable à sa survie. Son gosier émit un son plaintif, mais l'action douloureuse raviva une faculté dormante. *Il était libre*. Libre de parler. Ses cordes vocales rechignaient un peu, alors il les força avec la vigueur d'un athlète en bout de course.

« Mon nom est… Dan Willow. Vérifiez… »

Terminé les « pourquoi ». Il avait assimilé la leçon. *Les mauvaises questions apportaient toujours de mauvaises réponses*. Sondant l'univers opaque derrière ses paupières closes, Dan se crispa dans la perspective d'une piqûre d'aiguille. Mais, contre toute attente, l'étrange présence recula comme un souffle ravalé par l'obscurité.

Dan serra les poings, conscient que la moindre incartade lui serait sans doute fatale.

« On n'est pas obligés d'atteindre de telles extrémités… Contrairement aux apparences, mes richesses se limitent à une voiture rutilante et à un solide dentier. Je suis prêt à brader l'ensemble contre un double sandwich au cheddar… Tout, plutôt que crever ici… »

Le choix minutieux des mots et l'emploi d'un sens de l'humour – bien que limité – l'aideraient à établir le contact. Peut-être parviendrait-il même à contrer la fiction qu'il avait créée pour rendre la réalité plus supportable…

Soudain, une légère brûlure irradia l'extrémité de son index. Comme une piqûre d'insecte ou le picotement provoqué par une écharde. L'inactivité prolongée générait médicalement ce genre de désagréments – pour les besoins d'un de ses livres, il avait lu un article sur les conséquences de la paralysie dans un manuel spécialisé et, au final, il se foutait pas mal du jargon utilisé pour traduire les traumas qu'elle occasionnait. Pour saisir pleinement les affres d'une situation, rien de plus efficace que de la subir. Dan relativisa. Il voulait en apprendre davantage, exploiter le filon de la peur. En isoler le *meilleur* à travers le *pire*. Sa qualité d'écrivain l'autoriserait à retranscrire chaque bout d'émotion survenue dans cet enfer clos. À la seule condition qu'on lui laisse la vie sauve…

« Il s'agit sûrement d'une méprise. Vous vous êtes trompé de gars… », se hasarda-t-il, le souffle court.

Dan inspira profondément au mépris de ses poumons cuisants. Des fourmillements remontaient de ses membres inférieurs au sommet de son crâne, irriguant ce corps difforme qu'il haïssait. Il se concentra sur ses orteils dans l'espoir de reprendre le contrôle de leur mobilité. Puis visualisa mentalement ses mollets informes, ses cuisses grasses, ses doigts boudinés, ses épaules, sa gorge, jusqu'à sentir l'énergie circuler à l'instar d'un courant électrique.

En dépit de ses efforts, ses paupières demeuraient scellées par une force incroyable.

La bouche tombante, Dan osa une ultime requête. Plus franche et directe.

« Détache-moi… Je ne dirai rien. Parce qu'il n'y a rien à dire. J'ignore qui tu es et je ne veux pas le savoir. Laisse-moi sortir et je tire un trait sur cette histoire… »

Il se mordit la langue. Le tutoiement s'était imposé spontanément dans le cadre d'une intimité forcée. Il venait de commettre une erreur. Contrairement aux idées reçues, la familiarité suffisait rarement à humaniser une victime au regard d'un psychopathe. Ça aussi, il l'avait appris en décortiquant les articles rédigés par une criminologue reconnue pour sa capacité à disséquer la psyché des délinquants sexuels. Mais, là encore, la réalité se moquait ouvertement de son double famélique, la fiction.

Un claquement sec résonna au bas du lit. Submergé par une vague de terreur, Dan se mit à couiner tandis que son sphincter se relâchait, expulsant le contenu de ses intestins. La honte se répandit sous son corps avili. Il feuilleta mentalement mille pages éparses issues de ses recherches documentées, mais aucune ne mentionnait le moyen de rendre sa dignité à un homme physiquement dégradé et souillé. Encore moins une solution pour échapper à la folie de la claustration.

Deuxième claquement.

Ses gémissements s'apparentèrent aux pleurs d'une fillette.

Dans le fumet écœurant d'une peur primale mise à nu, la présence se rapprocha lentement. Méthodiquement. Ses déplacements entraînaient des ondulations dans l'air puant.

Il va me tuer, songea Dan. *Pire encore, me torturer, me saigner comme un cochon en observant ma lente et indicible agonie ! Comme dans la scène finale de ton fameux best-seller, Dan ! Tu as créé ce monstre en toute impunité. Crois-tu vraiment être à l'abri des esprits démoniaques qui engraissent ton succès ? Quelle fin admirable pour un faiseur de morts sans expérience dont le seul talent se réduit à la description approximative d'une souffrance bazardée dans les rayons encombrés des librairies !*

Dan se raidit.

Encore un cliquetis. Plus proche, cette fois.

Quatre, en tout, depuis le début de son calvaire.

Quatre écrous déverrouillés.

Aux deux chevilles. Et aux poignets.

Dan cessa de respirer. Il explora mentalement les possibilités inhérentes à un tel revirement. Soit son approche psychologique minable avait eu un effet saisissant, soit il s'agissait d'une ruse destinée à le déstabiliser. Il resta un instant en apnée, échoué sur le matelas, puis décolla ses bras du drap poisseux. Ses membres pesaient une tonne. La charge semblait insoutenable. Mais, pour la première fois, Dan bénit la gravité d'un corps trop longtemps négligé – *oui* –, mais un corps libre.

Il ne sut pas immédiatement quelle réaction adopter face à cette délivrance miraculeuse. Lui accordait-on réellement un sursis ? Sceptique, il demeura prostré, affaibli par le traitement inoculé dans ses veines, puis, dans un effort considérable, il se redressa, baignant dans une mare d'excréments. Le frottement de la blouse contre sa peau moite indiquait qu'on l'avait préalablement déshabillé. Deux pans de tissu reliés par de fines lanières nouées dans son dos dévoilaient son imparfaite nudité. Il ferma les portes aux suggestions effarantes ayant trait à quelque supplice obscène qu'on aurait pu lui infliger et bascula vers le bord du matelas. Emporté par son propre poids, Dan tomba lourdement sur le sol bétonné. Ahanant, il rampa dans l'obscurité. Ses yeux brûlants refusaient d'affronter la réalité d'une captivité sous surveillance. Ses mains agrippèrent le cadre du lit. Il prit appui pour se relever et déambula à travers la pièce avec l'aisance d'une danseuse amputée des deux pieds.

Il se cogna aux murs, bringuebalé comme une bille insignifiante dans un flipper à taille humaine. Aucune issue ne se révélait sous ses doigts fiévreux. Rien que la rudesse d'un monde hermétiquement clos.

Dan entendait un souffle régulier, réduisant ses maigres espérances d'évasion à de vaines illusions. Le plagiaire se tenait tout près, assistant silencieusement à son manège pathétique, se gaussant des gestes maladroits amplifiés par la difformité de son corps adipeux.

« Seigneur ! Pourquoi moi ? » cria-t-il.

Profondément humilié, Dan s'écroula sur le sol froid. Recroquevillé en chien de fusil, il enroula les bras autour de son crâne dégarni comme s'il escomptait se protéger d'une menace néanmoins imparable.

C'est alors qu'il l'entendit. Une voix suave, empathique, évoquant le remords et la consternation. Elle emplissait l'espace, pénétrait sa tête sans qu'il puisse rien tenter pour l'en empêcher.

Je suis celui qui voit. Celui qui sait. Je t'observe depuis si longtemps... Je te connais tellement bien à présent ! Tiens, par exemple, je sais que tu es plein de mépris envers ceux qui osent te faire de l'ombre. Ah, oui, tu en as pondu de sacrés bons romans ! Il faut l'admettre, tu possèdes un indéniable talent. Mais si j'avais su l'homme que tu deviendrais en côtoyant le succès, je t'aurais fait disparaître bien plus tôt ! Sous couvert de sarcasmes et d'autodérision, tu nourris jalousement une profonde aversion à l'encontre du genre humain. Souviens-toi du tort intentionnel que tu as causé en méprisant, via les réseaux sociaux, un jeune auteur dont le livre était vilipendé par la critique. Ce jour-là, les internautes ont ri aux éclats et se sont fendus de mille autres commentaires dévastateurs devant lesquels tu jubilais. As-tu songé un seul instant aux conséquences de ton acte ? Sais-tu ce qu'est devenu ce gamin prometteur ? Il s'est pendu, Dan. Le déchaînement que tu as provoqué l'a conduit à commettre l'irréparable. En un sens, tu es responsable de sa mort. Et de la tienne aussi. Rassure-toi, je n'ai pas l'intention de te saigner comme un cochon – bien que tu aies remarquablement détaillé cette scène dans ce qui restera ton plus mauvais livre. Mon plagiat s'arrête donc là. Apparemment, tu considères l'existence de manière cavalière, accrochée à un fil de soie, friable et méchamment instable. On tombe tous un jour, dis-tu, alors, autant profiter pleinement du panorama avant de s'écraser. Je crois qu'il est l'heure pour toi d'expérimenter la pertinence d'une telle philosophie.

Dan fondit en larmes, terrassé par la honte et la peur. Mais la voix s'acharnait.

Arrête de chouiner comme un nouveau-né. Dans un sens, tu as de la chance. Contrairement à tes amis, qui eux... Bref, mieux vaut que tu ignores la fin de l'histoire pour savourer le suspense jusqu'au finale. Rassure-toi, ton heure n'a pas encore sonné. Nous avons encore tant besoin de toi...

« Qu'est-ce que vous me voulez à la fin ? Et bordel, qui êtes-vous ? »

On m'appelle l'Empereur Blanc. Je suis certain que tu as déjà entendu parler de moi...

« Non... Je suis vraiment désolé... », assura Dan, néanmoins convaincu que ses méthodes peu orthodoxes pour évincer un concurrent ne méritaient pas qu'on le torture de la sorte.

Dan avait sacrifié sa vie entière à l'écriture. Avec le temps, elle était devenue sa seule compagne, son souffle, son gagne-pain, son unique fierté. Il ne vivait que pour elle. Et tout ce qu'il récoltait de cette passion dévorante était l'ingratitude d'une longue déchéance.

Totalement replié sur son indigence, il ne prêta aucune attention aux plaintes éclatant derrière les cloisons qui l'isolaient du reste du monde. Au bout du compte, il comprit que personne ne s'inquiétait vraiment de son absence. Ses *soi-disant* amis râlaient continuellement – Dieu que c'était pénible ! – sans se soucier le moins du monde de son sort. Il n'était qu'un élément manquant dans le décor pathétique de leur existence, un mentor déjà enterré au panthéon des oubliés.

Il aurait dû accepter de louer une chambre au Rony's Bar. Même si l'endroit ne lui inspirait qu'une confiance toute relative, rien de pire n'aurait pu s'y produire. Il regrettait de ne pas avoir écouté attentivement les mises en garde du seul autre client attablé cet après-midi-là.

« Y a rien de bon là-bas… C'est pas un endroit pour les vivants… »

La condescendance avec laquelle il toisait généralement le genre humain l'avait rendu sourd aux jérémiades du veuf éploré croisé en chemin.

Un tort supplémentaire à ajouter à la longue liste de mes travers, s'avoua-t-il tristement.

Alors, plus tard, quand la piqûre – ordinairement dédiée aux mauvaises réponses – s'enfonça dans le creux de son bras, Dan cessa de lutter contre la somnolence. Aussi démuni qu'un nourrisson glissant doucement vers l'inertie, il ignora volontairement les geignements de l'autre côté du mur. Des plaintes transformées en supplications et en cris.

Ceux de ses plus fidèles ennemis.

18
Steven

Après la découverte de la berline et des effets personnels de Dan, la perspective de quitter la grange pour retourner s'isoler derrière la façade barricadée de Crescent House les délestait d'un malaise pour en endosser un autre. Pressés par les rafales de vent, Sue et Steven ne mirent pas longtemps à atteindre la maison, dont les fenêtres semblaient recracher l'obscurité. Ils enfilèrent des vêtements secs en usant de mille précautions pour atténuer le bruit de leurs déplacements. La nuit touchait à sa fin et, visiblement, Anton dormait encore du sommeil du juste – l'expression prêtait à sourire au vu des circonstances qui le rendaient franchement suspect. Aucune lumière ne filtrait sous la porte de sa chambre et de faibles ronflements confirmaient son insouciance.

L'aube s'arrimait lentement à l'escouade menaçante des nuages quand Steven rejoignit Sue dans le salon.

« Alors, on fait quoi ? » demanda-t-elle, le regard perdu au sommet d'une colline imaginaire formée de cumulus.

Steven prépara du café et s'enfonça dans les coussins. S'il avait eu quelques dons de magicien, sans doute aurait-il inventé un étonnant tour de passe-passe pour disparaître et échapper ainsi à l'inévitable confrontation avec Sue.

« Écoute, dit-il, tu dois me considérer comme un sale type… Et pour être honnête, j'en ai tout l'air. J'ai une fâcheuse tendance à perdre pied lorsqu'il s'agit d'engagement sentimental… Mais tu m'as totalement pris de court à propos de ce bébé et…

— Laisse tomber, Steven. Je ne parlais pas de ça. Je ne sais même pas si cet enfant est de toi… »

La réplique cinglante eut l'effet d'un uppercut. Sue s'en félicita. Elle venait d'abattre une carte truquée pour remporter sa triste revanche sur la glorieuse *désolation* qu'il revendiquait. Bien qu'il n'existât objectivement aucun doute sur la paternité de Steven, elle poursuivit avec un recul désarmant :

« Concrètement, que fait-on à présent ? On ligote Anton pour le confronter à ses propres contradictions ou on attend gentiment qu'il daigne enfin faire preuve d'honnêteté ? Parce qu'à ce rythme-là on risque de poireauter jusqu'à l'été prochain et crois-moi, vu la couleur du ciel, c'est pas pour demain… »

Steven déposa la tasse à distance raisonnable des notes qu'il avait laissées sur la table basse et se racla la gorge.

« Anton nous doit des explications, c'est certain. Mais je doute que le recours à la force soit une solution adaptée.

— Je plaisantais… Tu devrais aiguiser ton sens de l'humour de temps à autre », dit-elle en souriant.

Une ombre glissa sur le visage anguleux de Steven. Sue s'interrogea sur l'interprétation à en tirer. Était-il inquiet ? en colère ? les deux à la fois ? Difficile de cerner son degré émotionnel sans risquer de se planter sévèrement. La preuve blottie dans son ventre le lui rappelait à chaque nausée.

« Tu as raison, dit-il enfin, Anton nous cache quelque chose. Peut-être même qu'il nous ment au sujet des combles condamnés. Probable qu'il existe un accès… »

Mains sur les hanches, Sue se planta face à lui, le dominant en dépit d'une maigre stature.

« Je doute en effet qu'Anton se cantonne à taire son recours à un nègre pour pondre des best-sellers. Pardon, un *ghost writer*… Dan est porté disparu et seul Anton était en mesure de déplacer son véhicule… Si c'est le cas, il a eu accès à son portable, qui est toujours sur le siège avant de la voiture apparemment taché de sang. Il aurait très bien pu envoyer lui-même les messages pour faire croire à son départ inopiné. De plus, quelqu'un prend la peine de te filmer avec ce maudit téléphone et, là encore, tu as prouvé par une remarquable équation temporelle qu'Anton aurait eu tout le loisir de quitter la maison puisque Rachel et moi étions restées à l'étage durant plus d'une heure. Et pour couronner le tout, Rachel saute par la fenêtre – quoi de plus normal ?! – et se volatilise à son tour au beau milieu de la nuit. En laissant son smartphone bien en évidence. Tu peux me dire ce qu'il se trame ici ? »

Le silence s'imposa comme une chape d'angoisse jetée sur la maison. Le temps semblait figé sur des suppositions effroyables. Steven coupa court au malaise grandissant.

« Tout à l'heure, tu craignais que nous ne soyons les proies du tueur de Shannon Hills et maintenant, quoi ? Tu soupçonnes enfin Anton de nous éliminer l'un après l'autre ?

— C'était avant de fouiller la grange ! Alors, oui, comme toi, je m'emmêle les pinceaux entre cette maison, son passé violent, l'atmosphère pesante, ces meurtres survenus brutalement et dont les victimes figurent parmi les archives d'un massacre vieux de presque soixante ans... On se croirait plongés dans un *slasher* ! Tu sais, le genre de fiction de seconde zone qui ne remporterait assurément l'adhésion d'aucun lecteur ! »

Steven se redressa subitement, comme touché par la grâce d'une soudaine inspiration.

« En parlant de lecteurs, on devrait utiliser les réseaux sociaux à notre avantage.

— En clair ? s'étonna Sue.

— Puisque la police locale refuse de nous prendre au sérieux et qu'Anton a manifestement des choses à cacher, on pourrait poster les vidéos sur nos profils et prendre nos followers pour témoins.

— Témoins de quoi ?

— Des événements auxquels nous sommes confrontés, pardi ! Imagine que la situation se gâte et que nous soyons soudain privés de moyens de communication... Quelqu'un aura peut-être la présence d'esprit de nous tirer du trou infernal dans lequel nous avons échoué ? Je ne serais pas contre quelques lecteurs téméraires dotés d'un véhicule en parfait état de fonctionnement.

— Tu délires totalement, fit Sue. Il nous suffit de récupérer les clefs de Dan pour filer loin d'ici. Anton les planque certainement quelque part...

— Au risque d'abandonner Rachel et Dan ?

— Parce que tu les crois encore en vie ? »

Steven sonda les yeux de Sue comme s'il escomptait y déceler une once d'ironie, mais leur fixité traduisait un sérieux inattendu.

« Tu connais la règle, dit-il. Sans corps, pas de morts… Ils sont sûrement là, quelque part… Quelles que soient les motivations ou l'implication d'Anton dans leur disparition, il n'a pas pu agir seul. Ce qui signifie que nous courons également un danger si nous décidons de lui extorquer des aveux sans savoir d'où vient réellement la menace. Pour le moment, mieux vaut qu'il ignore nos doutes à son sujet. »

Steven songea au Glock dissimulé dans sa poche de gabardine. Un flot d'adrénaline se déversa en lui. Bien qu'il s'accrochât habituellement aux émotions dérangeantes comme un junkie à des drogues dures, il mesurait la portée d'un meurtre commis en état de légitime défense.

« Alors, on les publie ces vidéos ? » reprit-il.

Sue hocha la tête.

L'option la plus sensée aurait été d'avertir leurs proches, de se manifester auprès des membres de leur famille, leurs amis – les vrais –, mais Steven devinait qu'en dehors de Dove – son chat –, Sue n'avait, comme lui, personne à joindre. Rachel avait évoqué la solitude inhérente à l'écriture et ce triste constat s'appliquait également à eux tous. Sue ravalait douloureusement les cactus de son désert affectif en pianotant sur son téléphone.

En quelques clics, la vidéo retraçant la défenestration de Rachel se propagea sur la Toile. Sue avait pris soin de peaufiner le statut associé à la gravité des images.

Sans corps, pas de morts. Jusque-là, tout le monde était d'accord. L'interprétation des taches visibles dans la voiture de Dan semblait un peu prématurée, mais suffisamment alarmante pour lancer un appel de détresse.

Alors, nerveuse, Sue publia : *Quand cinq auteurs s'exilent pour écrire dans un trou perdu de l'Arkansas, que deux d'entre eux disparaissent et que les trois autres reçoivent ça… #HELP US !*

La légende indiquait leur localisation. Crescent House – Devil Town.

Dans l'espoir de toucher le plus grand nombre d'internautes, elle identifia chacun d'eux et paramétra la publication en mode public.

Derrière leurs façades gonflées à l'ego, les murs virtuels représentaient des supports efficaces, capables de relayer l'information à l'infini. L'épisode « Vic Esnault » avait déjà prouvé que les followers s'intéressaient davantage aux statuts scandaleux qu'à la plénitude figée d'un paysage ensoleillé.

En cinq minutes, des dizaines de notifications affluèrent. Sue consulta son portable. Dans un même élan, Steven l'imita. Et leurs expressions effarées étaient à la mesure de leur déception.

« C'est pas vrai…, lâcha Sue, abasourdie. Tu as vu ça ? »

Steven parcourut les commentaires émaillés d'émoticônes grincheux. D'un doigt fiévreux, il fit défiler la conversation qui s'étendait comme une maladie contagieuse. Les invectives à leur encontre prenaient une ampleur alarmante et incompréhensible.

Holly B.

On est censés voir quoi sur cette vidéo ? Y a que dalle !

Dark Vallak

Faut arrêter la fumette, les gars ! On s'improvise pas *Ghost Aventuriers* ! Retournez plutôt à vos claviers !

Carolisa Pierreuse

Flippante la baraque... Idéale pour une séance d'*URBEX* ! J'y passerais bien la nuit ! Brrrr...

Sacri Fice

Vous nous faites un mauvais remake de *Blair Witch* ?

Mytho Man

C'est juste un coup de pub pour vendre des bouquins... Si ça se trouve, ils sont bien au chaud dans leur salon à se foutre de nous, oui !

Coco Le Cunff

@Carolisa Pierreuse, Crescent House est réputée hantée. J'ai vu un reportage à son sujet... Clairement flippant l'histoire de ce mec qui aurait tué sa femme avant de foutre le feu.

Carolisa Pierreuse

@Coco Le Cunff Merci pour l'info ! Ça ferait un bon bouquin ! Si ça se trouve, Sue s'inspire de nos réactions pour écrire son prochain roman ! □ □ □

JERRY CARLSON

Il n'y a rien à voir sur ce film. Pour une raison simple. C'est une imposture !

Steven n'en revenait pas. Les images montraient pourtant Rachel, prostrée dans le cadre d'une fenêtre ouverte comme une brindille offerte au vent. La séquence suivante décomposait son enjambée vers le vide. *Son suicide.*

Mais personne – à part eux – ne semblait mesurer la gravité de la scène.

Interdite, Sue visionna à nouveau les images et se tourna vers Steven.

« Ils sont aveugles ou quoi ? *Y a que dalle ?* Des timbrés ma parole ! On dirait que…

— Qu'ils ne voient pas ce que nous voyons, coupa Steven, soucieux.

— Ouais ! C'est dingue, non ? Et ce "Jerry Carlson" qui parle d'imposture, je rêve ou il s'agit de l'ex-petit ami de Rachel ? »

Steven cliqua sur le profil du jeune homme. Celui-ci avait drastiquement verrouillé l'accès à ses données personnelles, mais sa photo correspondait en tout point à la description qu'en avait faite Rachel. Séduisant, arrogant et ponctuellement virulent dans la teneur de ses propos. *Il n'y a rien à voir sur ce film. Pour une raison simple. C'est une imposture !*

« Qu'est-ce que tu fais ? demanda Steven en observant Sue pianoter frénétiquement sur son téléphone.

— J'écris à ce Carlson. Crois-moi, il va comprendre ma façon de penser. Non seulement il largue Rachel et la regarde se défenestrer sans ciller, mais il ose en plus nous humilier en public ? On ne peut pas laisser passer ça… Ce serait comme s'avouer "désolé" pour un truc qu'on n'a pas voulu. »

Le sous-entendu n'échappa pas à Steven.

« Calme-toi. Il ne vaut pas la peine que tu pètes un plomb.

— Trop tard. Message envoyé. »

Steven haussa les épaules et invita Sue à le rejoindre sur le canapé.

« Tu as mauvaise mine, dit-il avec inquiétude. Tu devrais te reposer un peu. La journée promet d'être longue… »

Elle obtempéra et se cala entre les coussins trop rêches. Des mèches de cheveux bruns recouvraient ses joues pâles comme pour les soustraire au regard insistant de Steven. À cet instant, elle songea à récupérer l'ébauche manuscrite de son roman pour en modifier certains aspects, atténuer la description qu'elle faisait de son personnage masculin. Une histoire de désamour, somme toute assez commune, se soldant par un crime passionnel. Depuis leur aventure d'un soir, Steven ne lui avait jamais réellement porté d'intérêt. Jusqu'à cet instant. Épuisée, elle renonça à raturer les passages vindicatifs pour les remplacer par des mots plus nuancés. Il lui faudrait reconsidérer l'évolution des personnages, adoucir leur relation, construire une nouvelle trame et, à ce stade des corrections, une simple rame de papier ne remplacerait jamais les fonctionnalités d'un ordinateur high-tech. Elle secoua la tête, un peu gênée. L'idée même de s'atteler à son roman lui sembla totalement incongrue au vu des circonstances particulières du séjour.

Un « bip » l'alerta. Elle consulta Messenger. Le fameux Jerry n'avait pas tardé à déverser son fiel en privé.

« Tout va bien ? s'enquit Steven, constatant la mine soucieuse de la jeune femme.

— L'ex-copain de Rachel m'a répondu… Et je ne sais pas trop quoi en penser », avoua-t-elle en lui tendant son téléphone.

Jerry prétendait avoir été victime de harcèlement de la part de Rachel. Il affirmait également n'avoir jamais entretenu de relation, autre que virtuelle, avec cette femme qui souffrait visiblement d'érotomanie. Ce qui avait débuté comme un jeu de séduction s'était soldé par une obsession inquiétante. Rachel le tenait informé de ses moindres déplacements et usait de qualificatifs inopportuns – tels que *mon amour*. Il regrettait amèrement ses errements, mais assumait sa part de responsabilité. Le fait d'être « approché » par une personnalité publique l'avait flatté. Un temps seulement. Après deux années d'échanges réguliers, la situation avait dérapé. Les sollicitations quotidiennes avaient viré au cauchemar. Rachel traquait ses moindres faits et gestes, exigeant des explications, proférant même des menaces lorsque le silence de Jerry perdurait. Convaincu de son instabilité mentale, Jerry avait effectué quelques recherches à son sujet. Avant de soupçonner l'inexistence manifeste de l'auteure prétendument appelée Rachel Carr. Il ne fournissait aucune précision sur ce point. Et clôturait son message par un avertissement à l'intention de Sue en lui assurant que l'usurpation d'identité relevait d'une imposture passible d'un an d'emprisonnement et d'une amende de dix mille dollars selon la loi en vigueur. Une menace ouverte.

« C'est quoi cette histoire…, fit Steven.

— J'aurais tendance à croire ce type. Pourquoi mentirait-il ? Après tout, rien ne l'obligeait à se justifier. On le sent clairement sur ses gardes.

— Rachel aurait donc fantasmé sa relation ? Et c'est quoi cette histoire d'usurpation ? »

Sue haussa les épaules. L'incriminée était dans l'incapacité de s'en expliquer. Et ils n'obtiendraient pas plus d'informations de la part de Jerry. Celui-ci venait de bloquer son compte.

Crescent House déterrait leurs secrets, leurs failles, leurs natures profondes. Comme au Jugement dernier. C'était à se demander jusqu'où la maison irait pour les confondre.

Dehors, les éléments continuaient à se déchaîner et la nature, soucieuse de rendre la pareille à des siècles de maltraitance, plongeait l'humanité dans le brouillard et la pénombre. De jour comme de nuit.

Épuisée, Sue lâcha enfin prise.

Bercé par le cri du vent déferlant des collines, Steven s'assoupit à son tour.

Lorsqu'il rouvrit les yeux deux heures plus tard, le canon d'une arme était pointé sur son front.

En quelques secondes, sa vie défila comme un cauchemar tandis qu'une main pressait la queue de détente.

19
Anton

« Ne bouge pas. »

Steven leva les mains en signe d'abdication. Confrontée à la bouche d'un canon, sa témérité connaissait des limites raisonnables.

« Qu'est-ce que tu fous, Anton…, articula-t-il lentement pour éviter de brusquer leur hôte et risquer de déclencher un tir accidentel.

— Du calme, Steven ! répliqua celui-ci en relevant le Glock d'un mouvement leste, presque inconscient. C'est bien ton flingue, non ? »

Steven hocha lentement la tête.

« Vu sous cet angle, dit-il, il paraît plus imposant… Plus menaçant aussi. Laisse-moi réfléchir… Oui, probable que ce soit le mien.

— Tu joues les malins ? s'énerva Anton.

— Jamais en présence d'une arme. Cependant, je déteste qu'on fouille dans mes affaires. C'est épidermique, je n'y peux rien… Rends-moi mon flingue, demanda-t-il. Tu risques de te blesser et je n'ai aucune envie d'être accusé d'homicide involontaire. »

Anton considéra le Glock, conscient du danger de s'en dessaisir. Toute trace d'ironie avait quitté ses prunelles généralement rieuses.

« Tu comptais t'en servir ? s'inquiéta-t-il.

— Anton, sauf erreur de ma part, le port d'arme est légal. Et je n'ai pas à me justifier du laxisme autorisé par la loi.

— Tu ne réponds pas à ma question.

— OK ! Je me suis procuré une arme pour assurer ma sécurité après une série de cambriolages survenus dans mon quartier, le mois dernier. Jusqu'à preuve du contraire, se protéger n'est pas un crime. »

Anton esquissa un sourire amer.

« Et tu espérais te protéger de quoi en l'emportant ici, Steven ? »

Celui-ci comprit que son confrère avait saisi un os à ronger. Il ne lâcherait rien tant que son appétit des détails ne serait pas rassasié. Il n'était pas question de lui détailler le menu de sa vie – avec le meurtre de ses parents en plat de résistance –, alors il se contenta d'avouer ce trouble pathologique qui le maintenait éveillé presque chaque nuit.

« Je suis atteint de thanatophobie. En d'autres termes, j'ai peur de mourir. De mort violente. Alors, ce Glock agit comme une béquille. Je ne m'en sépare jamais. »

À l'affût de la moindre expression, Anton le jaugea un long moment. Il cherchait à déceler une faille dans son regard, une lueur de fourberie. Mais il n'y trouva que tourment et sincérité.

« J'avais pas l'intention de te faire du mal, tu sais », s'amenda-t-il en déposant précautionneusement le Glock sur la table basse.

Loin d'être déstabilisé par ce revirement, Steven s'en empara aussitôt. Comme une extension rassurante de sa main. Un objet familier.

« C'est pas aussi simple que dans un bouquin, hein ? Brandir une arme. Tenir en joue la vie de l'autre. Ça demande du courage. Et de la retenue.

— Qu'est-ce que tu fabriques ? s'alarma Anton en avisant la menace braquée en direction de son cœur.

— J'inverse les rôles, répliqua Steven. Figure-toi que nous avons découvert la voiture de Dan dans *ta* grange. »

Il pivota légèrement sur sa gauche pour chercher l'appui de Sue, mais les coussins froissés étaient vides.

« Où est Sue ? demanda-t-il, l'arme pesant toujours au bout de son bras.

— Qu'est-ce que j'en sais ! Probablement dans sa chambre… »

Les pupilles réduites à deux têtes d'épingle, Steven fronça les sourcils. Il était un peu plus de sept heures, et la jeune femme avait sans doute préféré finir sa nuit dans un lit confortable plutôt que sur un coin de canapé. Inutile de céder à la paranoïa.

Agacé, il agita nerveusement la crosse pour faire asseoir Anton. Celui-ci s'exécuta sans rechigner. La grisaille matinale pénétrait à travers les planches clouées aux fenêtres comme si Dame Nature cherchait à parfaire un tableau déjà morose.

« Jouons cartes sur table, tu veux ? suggéra Steven. Où sont Dan et Rachel ?

— Je ne comprends pas…

— Je commence à perdre patience, Anton… Nous détenons la preuve que Dan n'a jamais quitté Devil Town. Et pour cause, sa bagnole est planquée dans ta grange ! Le téléphone portable utilisé pour balancer les messages et les vidéos se trouve bien en vue sur le siège passager. Et tu prétends ne pas comprendre ? »

Les taches suspectes sur l'appareil… Du sang ? Aucune certitude. Le comportement d'Anton s'était avéré curieux dès le début, mais pas au point de l'assimiler à celui d'un psychopathe. Un scénario plus redoutable se tramait derrière les apparences. C'était un peu comme s'il l'avait toujours su.

Les traits d'Anton se détendirent, révélant à nouveau ce masque jovial qui le plaçait au hit-parade des auteurs les plus convoités.

« OK ! Je peux tout t'expliquer. Mais tu risques de ne pas aimer ma version des faits. Alors, par pitié, arrête de pointer ce flingue sur moi… »

Un léger tintement ponctua sa requête.

L'horloge indiquait sept heures trente. Et le jour refusait obstinément de se lever. Steven abaissa lentement le canon pour indiquer que la moindre incartade suffirait à le faire changer d'avis.

« Je t'écoute, Anton. Je t'écoute… »

Il prêta une oreille attentive à son récit.

Selon ses allégations, Anton était arrivé du Texas – où il possédait sa résidence principale – le jeudi précédent en début de soirée. Le chauffeur de taxi l'avait déposé devant les grilles en le remerciant pour son généreux pourboire. En remontant l'allée, Anton avait aperçu la voiture rutilante de Dan, stationnée en épi devant la maison. Une fois à l'intérieur, grisé par la perspective du séjour, il avait vu l'ordinateur portable posé sur la table basse du salon ainsi que le verre vide à proximité. Mais son enthousiasme s'était rapidement émoussé. En dépit de ses appels répétés, Anton avait rapidement constaté l'absence de Dan. Ses effets personnels étaient bien là, mais lui demeurait introuvable.

Anton s'était empressé de se rendre à l'étage, imaginant surprendre son invité en pleine exploration de Crescent House, mais l'appréhension s'était transformée en franche inquiétude.

Derrière la bâche sécurisant la zone d'accès au grenier, il avait découvert une photographie éclaboussée de sang, leurs cinq visages défigurés par des lèvres grossièrement cousues au feutre rouge.

« La première nuit, j'ai paniqué, lâcha Anton. J'avais trouvé ses clefs de voiture en évidence sur la table basse… Alors, sans trop savoir pourquoi, j'ai déplacé le véhicule jusqu'à la grange. J'ai pensé que si Dan réapparaissait, il ne m'en voudrait pas d'avoir mis sa précieuse carrosserie à l'abri…

— Et pendant tout ce temps, tu nous as fait croire qu'il était rentré dans le Missouri !

— Non ! J'ai réellement reçu un message de Dan !

— Peut-être, mais tu savais que son départ était techniquement impossible. Et tu n'as rien dit.

— Steven, crois-moi, je n'ai jamais eu son téléphone en ma possession… J'ai envisagé tout comme toi qu'il puisse s'amuser avec nos nerfs ! Rachel considérait Dan comme un gros nounours malhabile, mais elle avait tort. Ses maladresses étaient toujours calculées. Tu sais aussi bien que moi qu'il a bousillé des carrières rien qu'en répandant des ragots. »

Le regard de Steven s'assombrit.

« Donne-les-moi.

— Quoi ?

— Les clefs ! »

Anton se renfrogna.

« Je ne les ai plus. Elles ont… disparu.

— Ben voyons ! Tu as oublié de mentionner la faille spatio-temporelle qui traverse ta baraque ou quoi ? On n'agit pas comme tu l'as fait quand on n'a rien à se reprocher, fit remarquer Steven. Maintenant, dis-moi les vraies raisons de notre présence ici ! »

Un long silence précéda la réponse d'Anton.

« Il ne m'a pas laissé le choix.

— Il ?

— L'Empereur Blanc. »

Steven se remémora ces mots dénués de sens entrevus sur l'écran d'Anton lors de leur séance d'écriture.

« C'est quoi encore, ces conneries ?

— Tu avais raison au sujet de mon incapacité à écrire. Mon premier roman relève du miracle. Tu connais le milieu… On attendait beaucoup de moi pour le second. Tu sais aussi comment fonctionnent les éditeurs. Ils réclament du chiffre. Et les lecteurs sont impitoyables. Ils ne laissent rien passer…

— Alors, tu as fait appel à un *ghost writer*…, supputa Steven.

— C'est là que tu te trompes. Il est venu à moi. Au moment où j'en avais le plus besoin. Un homme m'a contacté en me proposant ses services et j'y ai vu une formidable opportunité, un signe du destin. Il n'exigeait aucune garantie financière, ni contrepartie délirante. J'ai toujours été réglo avec lui…

— La coïncidence est curieuse… Sa démarche ne t'a pas étonné ?

— Si. Bien sûr. Mais je suis moins cartésien qu'il n'y paraît. Je crois en la Providence.

— La Providence a bon dos. Surtout pour un auteur aux abois, railla Steven. Et comment s'appelle ce philanthrope ?

— Je ne l'ai jamais rencontré… Nous communiquons uniquement par mail. Il utilise ce pseudo, l'*Empereur Blanc*. »

Steven fronça les sourcils à la manière d'un type qu'on force à gober un œuf pourri. Anton se foutait-il ouvertement de lui ? Son empereur faisait-il référence au syndrome de la page blanche ou existait-il une once de vérité dans ses propos délirants ?

En invité docile, il décida de poursuivre :

« L'Empereur Blanc. Hum. Ça signifie que tu ignores son nom ?

— Je n'avais besoin que de son talent, Steven. Qui il est et d'où il vient, je m'en cognais ! Jusqu'à aujourd'hui…

— Intéressant, Anton. Alors, comment le dédommages-tu pour ses services si tu ne sais rien de lui ? Je veux dire, tu as forcément une adresse, des références bancaires ou…

— Je ne lui verse rien, annonça-t-il froidement. Pas même un pourcentage sur mes royalties. Appelons cela du mécénat culturel… ou de la folie. Le résultat est le même. Un mec écrit des bouquins sur lesquels j'appose mon nom et il ne réclame rien en échange. Naïvement, je m'estimais gagnant… »

Sa mine s'assombrit.

« Mais, il y a environ un mois, reprit Anton, l'Empereur Blanc s'est montré moins conciliant. Il a exigé que je vous rassemble à Crescent House sous peine de stopper notre collaboration. Pire encore, il a menacé de tout dévoiler à la presse. De me traîner dans la boue. Je ne pouvais laisser faire ça…

— Pourquoi nous, précisément ? s'étonna Steven.

— Il n'a rien dit à ce sujet. Et je n'ai rien demandé. Il menaçait de foutre ma carrière en l'air, Steven… Et franchement, ça avait tout d'un jeu innocent. Ou plutôt d'un caprice sans conséquence. Je présume que tu considères ce pacte comme discutable.

— Amoral serait un terme plus adapté. Tu t'es servi de nous… comme des appâts.

— J'ignorais ses intentions, je te le jure ! Et je ne les connais toujours pas ! Je ne sais pas si la disparition de Rachel et de Dan a un lien quelconque avec lui… Mais quand tu as affirmé que quelqu'un se tenait dans l'allée…

— Tu en as conclu que ton Empereur Blanc venait s'assurer du respect de votre contrat tacite.

— Oui.

— Ça signifie probablement qu'il nous espionne… Peut-être même a-t-il trouvé le moyen de nous observer à l'intérieur de la maison. Tu prétends toujours que le grenier est condamné ?

— Je peine à solder les sommes astronomiques exigées par l'entrepreneur… Cette partie de la maison est totalement ravagée ! Alors, pour gagner du temps et de l'argent, j'ai renoncé à rénover les combles. Et pour être honnête, je tiens à ce qu'ils restent clos.

— Pourquoi, Anton ? Que crains-tu d'y trouver ?

— Comme toi, j'ai épluché les articles relatifs au massacre de la famille Ellison. Je ressens une tristesse indicible en songeant aux horreurs dont cet endroit a été témoin.

— En clair, tu as peur… Il n'y a pas de honte, crois-moi. Mais dans ce cas, pourquoi t'es-tu offert cette baraque ? D'autant que c'est un gouffre financier, non ? »

Anton secoua la tête en pinçant les lèvres.

« C'est vrai. Je suis pratiquement ruiné. Comble de l'ironie, j'ai découvert l'existence de Crescent House lorsque cet homme m'a soumis l'idée d'écrire un roman documenté sur son passé.

— C'est une plaisanterie, n'est-ce pas ? Tu te fous de moi ! Tu t'es cru au Monopoly ? Tu vas aussi me dire qu'il t'a forcé à l'acheter ?

— Non, bien sûr que non… Je m'en suis porté acquéreur parce que j'avais l'étrange sensation d'être lié à cette maison. Je le pense encore. Mais ce que j'entrevois à présent n'a rien de bienveillant. Des dizaines d'acheteurs potentiels se sont manifestées et, très sincèrement, je n'espérais pas remporter les enchères. De toute façon, il était trop tard pour se rétracter. Si tu savais combien je regrette de vous avoir embarqués là-dedans…

— Ouais. Garde tes regrets pour après. »

L'arme, toujours pointée vers le sol, pesait lourd au bout de son bras. De quoi soutirer un « bonus révélation » à ce cher Anton.

« Tant qu'à cracher le morceau, allons-y gaiement ! »

Anton retint son souffle, comme si Steven menaçait de lui faire exploser la cervelle à la roulette russe.

« Pourquoi n'as-tu pas laissé ce flic entrer dans la maison ? Tu nous as volontairement tenus à l'écart ?

— Je craignais les représailles… L'Empereur Blanc n'aurait pas apprécié cette confrontation. Dan avait déjà déserté. Je ne pouvais pas risquer de vous perdre, vous aussi.

— Justement, parlons-en ! Nous avons tous nos failles et nos secrets, admit Steven. À commencer par

Rachel. De toute évidence, elle souffrait d'érotomanie et fantasmait sa relation amoureuse. Tu le savais ? »

Devant le regard médusé d'Anton, Steven évoqua la diffusion de la vidéo sur les réseaux sociaux. Les réactions incompréhensibles qui attestaient le caractère anormal de la situation. Puis l'intervention véhémente de Jerry Carlson réduisant l'identification de Rachel à une imposture.

« Par chance, notre tentative de diversion virtuelle a mis au jour l'apparente pathologie dont souffrait Rachel, conclut Steven.

— C'est à peine croyable…

— N'exagère pas. Tu as fait bien pire qu'inventer une histoire d'amour. »

Steven fixa l'arme emprisonnée entre ses doigts, puis, relevant les yeux vers Anton, il dit :

« Monte chercher Sue. Je crois qu'il est temps de passer la maison au peigne fin. »

D'un air penaud, Anton hocha la tête. Sa verve habituelle avait pris le sens du vent. La culpabilité commençait sérieusement à le ronger.

Dehors, les rafales enflaient à nouveau sous un ciel de brique.

Quelques minutes plus tard, il réapparut. Tremblant. Et seul.

Steven comprit immédiatement.

Anton le lui confirma à voix haute :

« Sue n'est plus là. »

20

Arkansas, 16 juin 1965.

Ils brûleront bientôt nos peaux dépareillées comme on racornit des papiers à scandale. Le grondement de leur chevauchée s'amplifie dans l'air du soir et, bien que je me sois préparé à cette éventualité, je ne suis pas prêt à mourir.

Comment ont-ils su où nous nous cachions ?

Un fermier m'avait mis en garde contre la propagation fulgurante des rumeurs. Les habitants d'une petite ville sont comme des chiens en quête d'os à ronger. Ils ne peuvent s'empêcher de gober les ragots pour mieux les recracher. Brisé par la honte ou dévoré par l'orgueil, je n'ai pas tenu compte de ces avertissements. Au contraire, ils appuyèrent ma décision de trouver refuge à Crescent House. C'est alors qu'une fraction de sympathisants à la cause noire s'est résolue à échafauder un plan pour assurer notre subsistance. Comme les Appermind, ils déposaient régulièrement des vivres à l'arrière de la maison jusqu'à ce que nous trouvions une solution pérenne. Et si la situation dégénérait, l'un d'entre eux se posterait au même endroit afin de réceptionner notre enfant.

Un sifflement aigu résonne dans la nuit.

Le signal.

Je monte prévenir Myra, mais elle ne m'entend pas. Sa tête repose sur la petite forme emmaillotée entre ses bras. Sous les tristes combles, elle fredonne une berceuse dont j'aimerais emporter les paroles. Mon grand Amour sèche ses larmes en frottant délicatement ses joues pâles contre le linge.

« Elle est là », dis-je aussi doucement que possible.

Tu ne réponds pas, blottie contre ce garçon que tu serres si fort contre toi qu'il semble s'étouffer sur ton sein épuisé.

« Ma chérie, lâche-le… Il est temps. Temps de lui donner une vie après la nôtre, un avenir que nous n'aurions jamais pu lui promettre. »

Ton regard me foudroie par sa violence, un éclat brisé qui ne reflète plus une once de fierté. Seigneur, donne-moi le courage d'affronter le déshonneur dont mon épouse me frappe en exposant mon cœur sur l'autel de sa folie.

Pardonne-moi, Myra. Tu ne me laisses pas le choix.

J'arrache notre garçon à tes bras si frêles qu'ils retombent comme deux branches mortes.

Les minutes sont comptées. Leur cavalcade s'accélère et les collines tremblent sous le martèlement des sabots.

J'enroule une corde autour du petit corps que tu refusais de lâcher. Elle paraît bien trop épaisse pour ne pas broyer ses os, mais je refuse d'envisager le pire. Je glisse le carnet dans lequel j'ai consigné notre calvaire, entre le lange épinglé et son ventre dodu. Il gazouille et l'innocence de son sourire balafre mon âme de mille regrets.

Je lui souris à travers mes larmes. Pour ne pas l'effrayer.

Ne pleure pas, mon bébé… S'il te plaît, ne pleure pas.

J'entrouvre alors la lucarne. Grimpe sur une chaise aussi bancale que mes actes.

Myra se contorsionne dans un cri désespéré. Elle tente de me retenir, s'agrippe à mes chevilles et plante sa rage avec ses ongles cassés. Mais il est trop tard ! Je hisse déjà notre enfant par l'ouverture tout juste taillée à la corpulence d'un bébé. La corde glisse lentement le long des murs indiscernables depuis les collines. Mes mains tremblent et le chanvre m'arrache la peau à force de laisser filer ce bout de « Nous » qui s'en va. Et se cogne. Se balance. Sous des braillements terrifiés qui font écho aux miens. Chaque impact menace la survivance de son petit corps ballotté dans le vide.

Depuis mon emplacement, je ne vois que la nuit noire sertie d'espoir. Le sol n'est qu'un gouffre abstrait dans lequel je précipite mon fils.

Le carouge est revenu. Il me fixe sans broncher. Un morceau de linge déchiré dans son bec. Je retiens mon souffle. Lui, son envol. Et je poursuis cette étrange descente en rappel qui me sépare à jamais de notre raison de vivre.

« Que sommes-nous en train de faire, Bill ? Quels parents sommes-nous pour abandonner notre enfant ? »

J'avais presque oublié le son de sa voix. Myra est revenue des limbes où ces derniers jours l'avaient emprisonnée. Confiant, je lui réponds :

« Quels parents serions-nous si nous acceptions de le sacrifier ? Par la grâce de Dieu, il assistera à l'abolition des races ! Nous lui offrons une chance d'assister à l'émancipation du peuple noir… Une chance de vivre. »

Son pauvre sourire s'évanouit tandis que je m'apprête à lâcher le cordage comme on tranche le cordon ombilical. Elle se replie et s'étiole à l'instar d'une fleur privée d'amour.

Myra, ai-je jamais eu le choix ? Suis-je responsable d'être mal né ?

Soudain, un cri de ralliement retentit dans la nuit.

Mes certitudes chavirent.

Une seconde s'écoule. Une éternité, durant laquelle j'imagine la vie de notre enfant tomber entre des mains assassines. Alors, je tire sur la corde comme un fou pour le soustraire au vide et sans doute est-ce une folie que ma décision de le garder près de nous ? Le chanvre m'écorche les paumes et le doute l'imite en mon cœur. Ses pleurs nous reviennent et les miens s'y confondent tandis que je dépose son petit corps emmailloté au fond d'un vieux coffre.

Dont je rabats le capot semblable à celui d'un cercueil.

Myra ne s'est aperçue de rien. Son esprit semble déjà si loin…

Je me précipite ensuite à la cave pour récupérer quelque arme de fortune et déniche une hache qui ne semble pas avoir servi depuis le Klan Act[1]. Je remonte péniblement et, par les fenêtres du salon, j'observe l'ampleur de leur complot. Ils arment leurs fusils en tremblant d'excitation. Se gaussent sous leurs tenues cousues de fil blanc.

L'Empire Invisible encercle la maison d'une haine si prégnante qu'elle semble s'étendre à l'univers tout entier. Les cavaliers ont érigé leur totem en bois

1. Série de lois promulguées en 1871 par la Cour suprême pour empêcher notamment les rassemblements de plus de deux individus déguisés.

comme une offrande au Grand Créateur de nos vices. La croyance populaire voudrait nous faire croire que ces notables couvrent leurs visages pour susciter l'effroi, mais, au fond, nous savons tous qu'ils dissimulent leur lâcheté parce qu'aucun être humain ne serait en mesure d'affronter son reflet après ça.

L'un d'eux met le feu à des chiffons imbibés d'huile. La croix s'enflamme aussitôt et des milliers d'étincelles volent vers le ciel comme des flocons d'étoiles. Les individus se tiennent près du brasier, canons pointés sur les portes et les fenêtres.

Myra, mon Amour, nous sommes condamnés…

S'ils ne nous torturent pas avant, nous finirons brûlés, quoi qu'il advienne.

Ils observent les flammes lécher l'air du soir et un silence inquiétant succède aux menaces verbales. Ces soldats ségrégationnistes resteront postés jusqu'à ce que les dernières braises incandescentes meurent étouffées.

Ces précieuses minutes, personne ne nous les enlèvera, Myra.

Elle préfère ignorer le crépitement de la croix en flammes et les hennissements des montures apeurées. Et moi, je préfère l'abandonner à son déni.

Nous aurions pu nous enfuir, mais leurs groupuscules nous auraient traqués jusqu'aux confins de ce pays que nous avons tant aimé. Ils ont bâti leur empire à travers les provinces pour restreindre l'entrée des immigrants de race noire. Et la tienne, Myra, ne vaut pas mieux à leurs yeux dès lors qu'elle ose s'unir aux impropres.

Nous aurions vécu en esclaves au lieu de mourir en hommes libres.

Avions-nous vraiment le choix ?

Il n'existe aucune issue. Hormis cette lucarne depuis laquelle le carouge à bec noir revient nous narguer chaque soir. Aucune rédemption digne de figurer entre ces pages que je noircis frénétiquement. Je les délaisse un instant et me précipite au fond du grenier.

Regarde, j'ai trempé des linges dans une bassine d'eau froide. Ils ne repousseront pas les flammes, mais retarderont temporairement les inhalations mortelles.

Dehors, la hargne se réveille et enfle sous les sommations de la congrégation blanche. Leur surveillance s'accroît tandis que les membres scandent la devise de leur clan.

Quod semper, quod ubique, quod ab omnibus !

Ils avancent en meute. Bombardent les vitres à l'aide de pierres, grosses comme des poings. Les plus jeunes recrues restent à l'arrière, prêtes à combattre à mains nues. Certains brandissent le drapeau fédéral quand d'autres exhibent une bible dont ils n'ont su tirer aucun enseignement, si ce n'est celui de pervertir l'essence même de son message. Ils usent de leurs symboles sacralisés pour justifier leurs actes criminels.

Ce sont des maraudeurs mal éduqués, de simples citoyens endoctrinés, affublés de longues robes blanches ornées de signes occultes en flanelle rouge.

Ça ne fait pas d'eux des hommes. Ni même des monstres.

Ils ne sont rien d'autre que les pantins d'une société dissidente.

Mais ces gens-là n'auront pas mon fils – notre fils, Myra ! Ce bébé considéré comme le péché ultime au regard d'une caste fermement opposée au fruit de nos sangs mêlés et qui, par crainte d'étendre la contagion d'une race impure, serait prête à l'égorger.

Il sera libre. Je le jure sur ce Dieu qui nous a oubliés.

Les insultes retentissent à l'étage inférieur. Les murs répercutent les coups portés contre les obstacles freinant leur progression. Une chaise vole et se fracasse. Les caisses que j'ai rassemblées en bas de l'escalier forment un fragile rempart qu'ils pulvérisent à coups de pied.

Ils ont forcé notre refuge.

Et Crescent House les a laissés entrer.

J'aurais dû prévoir d'innombrables pièges, mais je n'avais pas les moyens matériels ! Comment vaincre une meute enragée ? Au mieux, j'aurais freiné leur progression…

Ma pensée vole soudain en éclats.

En même temps que la trappe du grenier.

Je lâche mon ultime carnet. Sans crayon ni papier, je me sens démuni.

Cependant, je possède une arme plus tranchante que les mots. Je m'en saisis.

Trop tard.

L'homme s'affale déjà sur Myra et retrousse ses jupons sur ses hanches. Elle se débat pour repousser les mains calleuses qui l'agrippent et la forcent à écarter les cuisses. J'ai à peine le temps de réagir qu'un second homme s'engouffre par l'ouverture. Il balaie le grenier avec son arme, mais l'angle d'attaque m'est favorable. Alors, j'abats la hache sur son poignet et ses hurlements couvrent les suppliques de Myra.

Ma femme mugit tandis que le porc vautré sur elle relève sa toge pour libérer l'objet de ses pulsions. Les mains serrées autour du manche, je vise son échine courbée avec ma lame rouillée.

Une sourde plainte s'élève soudain du coffre où notre bébé s'étouffe dans ses pleurs. Surpris, le violeur bascule sur le côté et s'écarte de Myra. Je ne peux plus retenir mon geste. La lame fend l'air selon les lois de la gravité. Impuissant, je tranche dans un ventre créé pour concevoir, et je crie à mon tour, éclaboussé par ce sang pur qui a déclenché tant de guerres. Je regarde Myra se vider comme une bulle éclatée. Ses chairs fendues s'écartent sur un affreux sourire. Je saisis le manche et retire la hache, mais sa joue métallique arrache sa peau, ses tissus, ses viscères. Je tente d'endiguer l'hémorragie en comprimant la plaie béante à l'aide des linges humides, mais je ne parviens pas à contenir ses entrailles.

Un mouvement furtif me détourne de ma femme mourante. Les yeux écarquillés, j'observe l'assaillant anonyme filer comme une vermine, entraînant le manchot gémissant. Ce dernier jette un coup d'œil fielleux dans ma direction. Le genre de regard généralement réservé aux singes mal apprivoisés.

La trappe se referme violemment.

Je reste un instant médusé, craignant que l'escouade tout entière n'envisage de débarquer. Mais leurs voix impies s'enfoncent dans les méandres de Crescent House. Elles ne sont bientôt plus que des murmures qui laissent espérer un renoncement inattendu.

Le Klan s'éloigne. Quitte précipitamment la maison. Mais leur retraite n'a rien de rassurant.

Myra !

Je me penche vers tes lèvres entrouvertes. Elles absorbent mes larmes et un souffle de vie s'en échappe.

Dévasté, je baisse alors les yeux vers le gouffre de ton ventre et chasse en hurlant le carouge venu s'en repaître.

D'un battement d'ailes, l'oiseau s'élance et se perche sur le bord de la lucarne. Son plumage noir luit sous les reflets dansants d'un brasier.

Possédé par un chagrin plus grand que n'importe quel combat, je libère ce petit bout de nous. Qui gazouille et me sourit. Mais la corde enroulée autour de lui s'imbibe de ton sang. Et l'image m'est intolérable ! Mes mains tremblantes saisissent les feuillets qui leur ont échappé pour rédiger mes dernières confessions.

Tout est fini.

Je m'effondre auprès de toi.

Je meurs avec toi, Myra.

Pardonne-moi. Je suis tellement désolé… Un jour, le monde entier saura le sort des nègres qui ont osé, par l'usage des mots, s'opposer au musellement.

Autour de nous, une épaisse fumée se propage. Les flammes crépitent sous la trappe et font éclater les lattes en bois. Le grenier s'illumine d'une aura rougeoyante qui s'étend trop rapidement.

Nos poumons brûlants s'asphyxient tandis que le feu lèche nos peaux mal assorties. La douleur intense fusionne nos corps enlacés. Nous ne serons bientôt plus que trois poupées de cire qui fondent lentement sur un sol bouillant. *Seigneur, non !* Derrière l'écran incandescent, j'aperçois le carouge. Il assiste à notre lente agonie. Son bec claque comme s'il se riait de nous. En retour, j'étire mes lèvres cuisantes dans un simulacre de sourire destiné à la Mort.

Je me détache de toi, mon Amour. Pour sauver notre enfant. Je veux croire que notre alliée n'a pas déserté et qu'elle t'attend, mon bébé. Là, tout en bas…

21
Steven

« Sue n'est plus là. »

Les paroles d'Anton flottaient étrangement dans l'air frais du matin. La température chuta brutalement comme si quelqu'un avait entrouvert une fenêtre à l'étage. Après Dan et Rachel, c'était au tour de Sue de se volatiliser.

Steven fixait Anton d'un regard pénétrant comme pour lui rappeler sa responsabilité dans les événements. Loin de représenter une option rassurante, les crimes sans cadavres grimpaient dans les statistiques, encouragés par la diffusion de séries policières si réalistes qu'elles décortiquaient le processus judiciaire aussi efficacement qu'un outil pédagogique. L'Empereur Blanc – s'il existait autrement que dans l'imagination d'Anton – comptait peut-être parmi les adeptes de ces programmes hautement éducatifs sur un plan criminel.

Les forces de l'ordre couraient après un dangereux désaxé surnommé le Monstre de Shannon Hills.

Eux, derrière un fantôme caché sous le pseudo de l'Empereur Blanc.

Steven espérait que ces deux-là ne formaient pas un seul et même individu.

« Tu es certain d'avoir vérifié toutes les pièces ? »

Planté au bas des marches, Anton acquiesça en silence.

Au même moment, une porte se referma en claquant, et la puissance du souffle ébranla la structure. Au-dehors, l'amoncellement des nuages gonflés de pluie atténuait la luminosité en créant un étrange effet de clair-obscur. Persuadé d'avoir capté un mouvement dans l'angle mort, Steven fixa le renfoncement situé derrière l'escalier. L'obscurité se nichait dans l'encoignure comme un mauvais présage s'accroche à l'esprit.

« Anton, derrière toi… »

Une ombre s'abattit sur lui.

Tandis qu'Anton pivotait pour examiner la forme évoluant dans son dos, une voix suave caressa son échine :

« Vous en faites une tête ! On dirait que vous avez vu un revenant !

— Sue ? Bon Dieu, où étais-tu ? »

Elle avait décidément un don pour se matérialiser sans prévenir. Comme sur cette route détrempée où Steven avait failli la percuter de plein fouet.

« Vous vous inquiétiez ? C'est trop mignon… », assura la jeune femme avec une pointe d'ironie.

Puis, accrochant le regard de Steven, Sue l'interrogea en silence. Elle haussa les sourcils, incertaine quant à la conduite à tenir vis-à-vis d'Anton. Leur attitude témoignait manifestement d'une situation conflictuelle sur le point d'éclater. Steven l'avait-il confronté à ses propres mensonges durant son absence ?

Steven la rassura en abaissant discrètement la main, puis, lorsque Anton lui tourna enfin le dos, son doigt moulina dans le vide et sa boucle articula des mots insonores pour lui signifier qu'il n'y avait pas lieu de s'inquiéter.

« Je t'ai cherchée partout, reprocha leur hôte. Ne t'avise plus jamais de disparaître sans prévenir.

— Partout ? Apparemment pas. Tu as oublié de vérifier à la cave.

— La cave ? s'étonna Steven, profitant de la diversion pour cacher son arme à l'abri des regards.

— Pourquoi es-tu allée fouiner là-dessous ? s'emporta Anton. Qu'est-ce que tu cherches à la fin ! »

Sue coinça une longue mèche brune derrière son oreille. Une couche de poussière maculait ses mains pâles.

« À ta place, Anton, je la mettrais en veilleuse, dit-elle sèchement. Ton sous-sol regorge d'objets particulièrement intéressants. Un vrai musée ! Que tu n'as pas jugé utile de nous faire visiter…

— De quoi tu parles ? se défendit-il. Cet endroit ne renferme que des vieilleries abandonnées par les anciens propriétaires !

— Vraiment ? Tu disais la même chose pour la grange. Et pourtant… »

Sue réprima un frisson. Des barricades aux fenêtres. Un grenier condamné. Une cave si discrète qu'elle ne semblait pas exister. Crescent House était l'archétype de la maison hantée. Voire possédée, si on tenait compte des comportements étranges de ses occupants. Rachel s'était défenestrée – les images tendaient à le prouver. Anton manifestait une nervosité excessive comme s'il craignait un cataclysme imminent. Et, plus étrange encore, Steven adoptait une attitude quasi humaine depuis l'épisode de la grange.

« Anton, dis-lui.

— Me dire quoi ? » interrogea Sue.

Steven lui conseilla de s'asseoir tandis que leur hôte répétait un récit identique à celui servi sous la menace d'une arme. Il confessa son recours à un *ghost writer* surnommé l'Empereur Blanc. Le chantage dans lequel celui-ci l'avait embarqué en l'obligeant à les rassembler tous au sein de Crescent House ; son absence d'implication dans la disparition de Rachel et de Dan, en dépit de la dissimulation du véhicule qui le rendait suspect. Et le pressentiment, tenace, que tout cela allait mal finir.

D'un ton affecté, Anton conclut son exposé :

« J'ignore ses motivations. Et à vrai dire, je préférerais ne jamais les connaître… »

Prise d'un vertige, Sue s'agrippa à l'assise du canapé. Le manque de sommeil combiné à l'anxiété jouait sur sa santé et celle du bébé. Steven lui proposa un verre d'eau qu'elle refusa.

« Si je comprends bien, dit-elle, tu nous as conviés ici par crainte de perdre la face aux yeux du grand public ? Ton ego est à ce point démesuré ? Pauvre Anton… Je n'ai peut-être aucun talent, mais au moins ma médiocrité m'appartient ! J'espère que le sacrifice en vaudra la chandelle. Parce que je doute que ce cinglé ait l'intention de t'épargner…

— Tu as raison. J'ai agi sans la moindre considération. Je n'ai songé qu'à mes propres ambitions, et je le regrette… »

Anton ferma les yeux un instant et s'abîma dans la contemplation de ses faiblesses intérieures. Sue l'interrompit dans son processus d'autoapitoiement.

« Steven, lui as-tu parlé du reportage diffusé cette nuit concernant les crimes de Shannon Hills ?

— Non. Il ne m'a pas vraiment laissé le temps…

— Permets-moi de m'en charger alors. »

Puis, se tournant vers Anton :

« Il existe un lien entre les meurtres de la famille dont parlait le policier et cette maison…

— Répète ça ?

— Tu as très bien entendu. Pendant que tu dormais du sommeil du juste, dit-elle d'un ton sarcastique, nous avons vu un reportage en direct à la télé sur le massacre de ces gens : les Appermind. En compulsant différents articles de l'époque, Steven a détecté une passerelle entre eux et la famille Ellison. Ils se connaissaient, Anton. Et mon intuition me porte à croire que ton Empereur Blanc n'est pas étranger à cette histoire sordide. J'ignore son degré d'implication dans la tuerie de la famille Appermind, mais je ne crois pas au hasard du calendrier. Et j'en ai même trouvé la preuve.

— Explique-toi…

— Je vais faire mieux que ça… Suivez-moi. »

Sue indiqua le recoin obscur conduisant à la cave. Parfaitement découpés dans les boiseries, les contours de la porte demeuraient indécelables et le mécanisme d'ouverture s'actionnait depuis l'extérieur par une simple pression de la main.

Anton bouscula la jeune femme avant de disparaître sous l'escalier. Sur le seuil, Steven glissa à l'oreille de Sue :

« Tu devrais te ménager. Pour le bien du bébé. »

Sa gorge se noua lorsqu'elle répondit :

« Il est trop tard pour t'en préoccuper, Steven. Je crois que Dan avait raison – ou quel que soit l'auteur des messages. Personne ne peut survivre à ça. »

Confrontée à son regard interrogateur, Sue l'invita à descendre les marches jusqu'au sous-sol.

La réponse résidait tout en bas.

Dans les zones les plus sombres de Crescent House.

22
Anton

Une dizaine de marches rongées par l'humidité s'échelonnaient jusqu'à la cave. Anton avait actionné l'unique interrupteur situé en haut de l'escalier. Il aurait pu descendre les yeux fermés tant il connaissait les lieux. Suspendue au plafond, l'ampoule de faible intensité éclairait une pièce souterraine révélant l'omniprésence des toiles d'araignée qui emprisonnaient la poussière. Dans ce contexte glacial, l'endroit tamisé était aussi efficacement lugubre qu'un décor de Halloween.

Steven se couvrit le nez du plat de la main.

Des relents de fosse septique stagnaient comme de vieux souvenirs impossibles à déloger.

« Je n'aime pas cet endroit », dit-il sombrement.

En dépit de ses ressentis, il s'enfonça dans la cave, prenant garde d'épargner sa cheville.

Au centre de la pièce, Anton se tenait debout, raide comme une statue vaudoue.

« Je n'étais pas descendu ici depuis un moment… », avoua celui-ci, semblant redécouvrir la vétusté des conduits apparents et les fissures courant le long de la cavité.

Il se saisit d'une lampe au pied massif et fit tourner l'abat-jour jauni par le temps. Un arthropode long et filandreux se faufila sur l'armature métallique. *Ce sous-sol grouille de vies invisibles*, songea Anton, gagné par un sentiment de malaise.

Sue se dirigea vers une antique malle reléguée derrière un arsenal d'objets hétéroclites. Des mannequins piqués d'aiguilles revêtaient encore des lambeaux de tissus moisis ; de vieux meubles renversés occupaient l'espace confiné et, à même le sol, une collection de bibelots anciens résistaient péniblement à la prolifération de moisissures.

« L'énergie est mauvaise ici… », énonça-t-elle froidement en s'emparant du contenu de la malle.

Steven réceptionna des liasses de feuillets gribouillés, des dessins d'enfant et quelques photographies sépia tirées d'une autre époque.

Drôle de butin.

« J'imagine que c'est ici qu'ils ont retrouvé le corps de Bill Ellison », soupira Anton en brassant l'air insalubre.

Une impression étrange s'empara de Steven. Évoquer ce drame lui serrait le cœur. Sans doute en raison du sentiment d'injustice qui perdurait depuis plusieurs décennies. Bien qu'il n'en gardât aucun souvenir, le parallèle avec sa propre histoire générait un conflit intérieur inévitable.

Il déposa son chargement insolite sur un guéridon et parcourut les papiers exhumés par Sue.

« Deux versions contradictoires circulent au sujet des faits survenus la nuit du 16 juin 1965, rappela Steven. L'une d'elles raconte que Bill Ellison aurait séquestré sa femme au grenier durant plusieurs jours. Soi-disant pour la protéger des menaces récurrentes dont ils avaient fait l'objet en raison de leur engagement actif au profit des minorités et de leur mariage biracial. On prétend également que le confinement aurait rendu Bill fou à lier. Au point de massacrer Myra à la hache. Pris de remords, il aurait alors pondu ses derniers écrits au sous-sol… ou au grenier. Sur ce point, les avis divergent. Mais la rumeur rapporte également les actes de cannibalisme auxquels l'écrivain se serait livré pour subsister. »

Manifestement affecté par son récit, Steven fit une courte pause avant de poursuivre :

« La seconde version plaide en faveur d'une interprétation plus humaine. Plus rationnelle. Celle d'un scénario inventé de toutes pièces par le Ku Klux Klan, désireux de décliner toute responsabilité dans ce crime odieux, tout en portant atteinte à la mémoire d'un auteur noir dont l'influence menaçait l'Organisation. D'ailleurs, je m'étonne que tu n'aies pas également condamné cette partie de la maison… »

Anton baissa les yeux pour se soustraire au regard inquisiteur de Steven. Comme un mauvais élève en quête d'une excuse recevable.

« Contrairement aux combles, la cave ne menace pas de s'effondrer. »

L'air vaguement mélancolique, Steven reporta son attention sur les dessins d'enfant trouvés dans la malle. Le tracé maladroit traduisait une souffrance indiscutable. D'un point de vue psychiatrique, la violence du message aurait alerté sur le traumatisme du gamin à l'origine de cet acharnement artistique. Sur l'un d'eux, cinq personnages, de tailles et de formes différentes, formaient une chaîne reliée par des traits grossiers. Leurs figures barbouillées au feutre rouge indiquaient un haut degré de fureur. Un deuxième croquis représentait un œil peint sur fond noir. Une larme s'accrochait aux cils immenses fondus dans l'obscurité. Seule lueur d'espoir dans ce marasme, une troisième ébauche évoquait un ange pourvu de longs cheveux dorés, entouré de branches épineuses.

Steven compulsa la seconde pile. Des compositions illisibles trônaient en son sommet, mais plus Steven les feuilletait, plus l'écriture s'affinait comme s'il existait un ordre chronologique à respecter. La mention de l'année figurait en haut de chaque page. Le premier texte datait de 1975.

Il a faim. Et froid. L'eau brûlante ne suffit pas. Elle lui fait mal. Si mal… Il faut nourrir la petite chose blottie dans un coin, sinon la petite chose mourra… DIS, TU PEUX FAIRE QUELQUE CHOSE, TOI ?

Anton s'était approché de Steven. Sans un bruit. Il effleurait le paquet, saisissant un feuillet au hasard. Celui-ci avait été écrit en 1978.

La fille de Madame fixe la bosse honteuse sous son nombril. Le diable danse dans ses yeux tandis qu'elle aspire une longue bouffée. La cigarette se consume. Le bout rougeoyant s'écrase. Crépite sans ménagement.

DIS, TU PEUX L'AIMER, TOI ?

Nauséeux, Anton parcourut un deuxième texte. Puis un autre.

Jusqu'à ce que les mots se brouillent à travers ses larmes.

Steven lui intima alors de regarder les rares photographies assemblées par un bout de ficelle élimée.

« Ne me fais pas croire que tu ignores la provenance de ces documents. On ne les a pas stockés là sans raison… Pas ici. Pas à Crescent House. »

La bouche incurvée à la manière d'un clown triste, Anton étudia les vieux clichés. Sur l'un d'eux figurait un homme à la peau d'ébène, vêtu d'un costume mal taillé. La femme à ses côtés souriait à l'objectif, les bras repliés autour d'un bébé emmitouflé dans une couverture brodée. En arrière-plan se détachait la façade d'une maison modeste pourvue d'un jardin parfaitement entretenu.

Restée légèrement en retrait, Sue observait les deux hommes robustes se voûter comme les lianes d'un saule pleureur. Elle profita un instant de ce spectacle inédit avant de rompre le silence :

« Vérifiez l'inscription au dos… »

Anton s'exécuta et lut à voix haute. Son ton empreint de solennité donnait l'impression qu'il parcourait une rubrique nécrologique.

Myra, Bill et Baidy Ellison
8 mai 1965

« Incroyable, ce sont manifestement des épreuves originales !

— Avant de trouver cette photo, j'ignorais que Myra Ellison était blanche, déclara Sue.

— Attends… C'est fou comme tu lui ressembles…

— Ne dis pas n'importe quoi, Anton. »

Steven plissa les yeux. Un détail le chiffonnait. Sans rapport avec l'apparence de la jeune mère.

« Elles ont été prises au domicile des Appermind, dit-il enfin.

— Comment le sais-tu ?

— La fontaine rehaussée d'un ange… Je l'ai déjà vue. Dans le flash spécial dédié aux récents homicides.

— Ça n'a rien d'étonnant. Tu l'as dit toi-même, ils se connaissaient. En revanche, personne n'a jamais évoqué l'existence d'un enfant prénommé Baidy… », fit remarquer Anton.

Songeant aux deux croix plantées à l'entrée de Devil Town, Steven confirma d'un signe de tête. Ses recherches minutieuses au sujet de l'affaire Ellison s'étaient cantonnées aux rares écrits sauvés des flammes et aux articles controversés parus dans les médias de l'époque. Aucun témoignage ne mentionnait la grossesse de Myra Ellison et moins encore la naissance de Baidy.

« Quel âge aurait cet enfant aujourd'hui ? »

Sue fit un calcul rapide.

« Cinquante-quatre ou cinquante-cinq ans.

— Je me demande ce qu'il est devenu après la mort de ses parents… »

Steven était sur le point d'échafauder une théorie lorsque le fracas de l'orage résonna sous les poutres apparentes. Un léger grésillement précéda l'obscurité totale.

« Merde ! L'ampoule a explosé ! Quelqu'un aurait son téléphone à portée de main ?

— Non…

— Non plus.

— Un briquet ?

— Encore moins.

— On remonte, suggéra Steven.

— Non, attendez ici. Il doit rester des ampoules neuves à l'étage.

— Elles ne serviront à rien. À mon avis, le compteur a disjoncté.

— Tu dramatises. Je reviens dans une minute », assura Anton.

Un bruit de chute alerta Steven. Guidé par un mauvais pressentiment, il oscilla dans l'obscurité.

« Sue ? Ça va ?

— Je ne me sens pas très bien…

— Respire profondément. Je suis là, tout ira bien… Bordel, Anton, magne-toi ! Et rapporte de l'eau ! »

Un râle enfla sous les poutres de soutènement. Un violent coup de tonnerre claqua au-dessus de leurs têtes. L'intensité de l'orage menaçait Crescent House aussi sûrement que chacun de leurs actes passés.

« Le premier trimestre de grossesse occasionne fréquemment des malaises, fit remarquer Anton. Sue risque de perdre connaissance.

— Tu m'as fichu une de ces trouilles ! C'est insensé… Où es-tu ? Je te croyais remonté au salon ! Et… comment es-tu au courant ?

— Il me l'a dit.

— Qui ?

— L'Empereur Blanc.

— Elle ne respire presque plus ! Anton, déconne pas ! Sue a besoin d'une assistance médicale !

— Tu ne comprends pas… Il sait tout de nous. »

Sa voix résonnait partout dans la pièce comme un écho répercuté du sol au plafond. Ses mots semblaient rebondir dans un monde irréel. Puis il y eut un froissement dans l'air. Anton emportait leur précieux butin composé de documents exclusifs.

« Qu'est-ce que tu fous ? » s'inquiéta Steven.

S'éloignant sans une once de compassion, leur hôte remontait lentement vers le rez-de-chaussée. Les marches gémissaient sous ses pas nonchalants et leurs sourdes plaintes amorçaient sa désertion.

Quelques mètres plus bas, Steven tâtonnait à la recherche d'une source de lumière, mais un vide immense s'opposait à ses gestes désespérés. Désorienté, il se cogna aux meubles renversés avant d'échouer sur le sol en béton. Sa cheville vrilla, lui arrachant un cri de douleur. Aiguillé par une mémoire visuelle défaillante, il se mit à ramper, évitant les obstacles pour se frayer un chemin jusqu'à la jeune femme.

« Sue, je vais nous sortir de là… Accroche-toi à mon cou.

— C'est inutile. Personne ne peut survivre à ça.

— Survivre à quoi ? Bon Dieu, que se passe-t-il !

— Je dois te faire une confidence… Approche… »

De sa gorge s'échappa un souffle laborieux.

« Je… je voulais mourir sur cette route. Je me suis pratiquement jetée sous tes roues… C'était un acte égoïste et stupide. Le sens de ma vie semblait m'échapper totalement ces derniers temps… Et c'est exactement le cas, Steven ! Nos vies nous échappent… Nous ne sommes pas venus ici par hasard… Il cherche à nous faire disparaître…

— Qui ? Anton ?

— Il est là, reprit-elle. Dans la maison. J'ai entraperçu son reflet dans le miroir l'autre jour… Il se cache. Mais il n'aura pas notre bébé. »

Notre bébé.

Steven ferma les yeux. Ces mots autrefois tant redoutés l'apprivoisaient désormais.

« Je suis tellement désolé…

— Ton disque est rayé, Steven. Tu commences sérieusement à radoter… », répondit-elle d'une voix étrangement calme.

Il plaqua la main sur son front bouillant.

« Tu as de la fièvre… Anton ! Dépêche-toi !

— Il ne reviendra pas. Pas plus que Rachel. Ni Dan. Et je pense que tu le sais déjà. »

Avant qu'il ait eu le temps de répondre que « non, il ne savait pas, qu'il aurait aimé qu'on lui explique le vent de folie qui s'abattait sur eux », une odeur d'essence satura l'air.

Steven sonda les ténèbres derrière eux. Sa vision s'habituait progressivement, révélant les formes et les contours d'un sous-sol aux allures de caveau.

« T'es cinglé ! Qu'est-ce que tu fais ! » s'écria-t-il, tentant vainement de se relever.

Sue agrippa son bras. Elle le retint en murmurant :

« C'est inutile, Steven. Cesse de lutter. Tout est fini. »

Depuis son poste d'observation, en haut de l'escalier, Anton craqua une allumette. Une flamme éclaira brièvement l'espace clos. Les morceaux de tissus imbibés s'embrasèrent aussitôt et la fournaise déferla sur les vieux meubles en bois comme une onde de choc. La combustion se propagea de manière incontrôlée, détruisant tout sur son passage.

Derrière l'écran de fumée, les formes se racornirent, la brique se fractura comme de la roche et les supplications se muèrent en hurlements lointains.

Cinquante-quatre ans après la tragédie vécue par la famille Ellison, l'histoire se répétait.

*

Anton bondit hors de la cave pour en bloquer l'accès. Pas assez promptement pour échapper au souffle brûlant d'une langue de feu générée par l'appel d'air. Les mains plaquées sur le visage, il recula, titubant, hurlant, percevant le décollement de la peau sous ses doigts, piétinant le précieux dossier échoué à ses pieds.

Les volutes toxiques s'engouffrèrent sous la porte gondolée par une chaleur extrême. Et tandis qu'il se heurtait à tout ce qui l'entourait, une épaisse fumée envahit le salon et le plongea dans un brouillard nocif.

Mû par l'instinct de survie, Anton se précipita vers la porte d'entrée. *Verrouillée*. Et pour cause, il s'était lui-même assuré que personne ne quitterait les lieux, dissimulant la clef si haut qu'elle était dorénavant inaccessible. L'escalier le narguait à travers un nuage plus dense qu'un cauchemar grandissant. Alors, il s'en détourna à regret.

Les poumons asphyxiés, Anton colla son visage brûlé contre la vitre. Comme un ultime affront, de fines gouttelettes s'écrasèrent derrière la fenêtre condamnée. Considérant la laideur de son propre reflet, Anton recula d'un pas dans la chaleur étouffante, songeant qu'il ne resterait bientôt plus rien à sauver d'une vie glorieuse bâtie sur un mensonge.

« J'ai fait tout ce que tu m'as demandé ! » cria-t-il, désespéré.

Dans son dos, le ronronnement des flammes gagnait du terrain sans aucune échappatoire. Le combat se révélait tristement déloyal. Vaincu, Anton se mit à gémir comme un enfant terrorisé puis, recroquevillé sur sa souffrance, il ferma les yeux sur l'imposture de son existence.

Pour ne jamais les rouvrir.

C'était à son tour de mourir, de s'éteindre aussi tristement qu'il était né.

Et tandis que son corps s'affaissait, une silhouette se découpa à l'ombre des arbres, dispersant une famille de carouges dans le ciel inondé.

23
Dan

Il existe deux types de cauchemars.

Ceux dont on se réveille. Et ceux dans lesquels on plonge éveillé.

Désorienté, Dan peina à ouvrir les yeux. L'obscurité écrasait ses paupières à la manière d'une enclume. Il avait la sensation de revivre en boucle le même état nauséeux après une longue phase de sommeil. La notion du temps lui était désormais étrangère et la perte de repères compliquait ses déplacements. Il se tenait debout, campé sur ses jambes cotonneuses, mais il comprit rapidement que son environnement avait changé. Quelqu'un avait modifié les conditions de sa détention durant son coma artificiel.

On l'avait déplacé comme une vulgaire poupée, pensa-t-il.

Ses épaules engoncées dans un vêtement trop serré déformaient les emmanchures au point de craquer les coutures. On avait également pris soin de le laver – Dieu merci – et de l'habiller… Pourquoi ? Et surtout, comment ? Soulever un poids inerte de cent dix kilos relevait de l'exploit pour un homme seul. Les réponses viendraient plus tard. Ou jamais. Dans l'immédiat, peu importaient les raisons de ce brusque revirement. Il était capable de marcher.

En dépit du traitement infligé, ses fonctions motrices semblaient intactes.

Son cerveau enregistra les stimuli à l'origine d'une soudaine attaque de panique. *Chaleur intense, crépitement, fumée irritante.*

L'atmosphère oppressante de sa réclusion s'était muée en un four à taille humaine.

Sa bouche se tordit comme s'il en réapprenait l'usage.

« Seigneur, je brûle ! »

Dan palpa le vide autour de lui. Il s'essoufflait au moindre effort et son cœur menaçait de flancher, pourtant il lui fallait trouver une issue pour échapper à la promesse d'une mort atroce. Sa perception de l'existence s'imposait dès lors comme une évidence.

On tombe tous un jour ! Alors, autant profiter pleinement du panorama avant de s'écraser ! Il te suffit d'ouvrir les yeux, Dan.

Ses paupières frémirent sur ordre de sa conscience, mais, subitement, le contact froid d'une poignée le déstabilisa. Était-il enfin libre de sortir de son enfer ? Il osait à peine y croire.

Dan baissa la clenche. Sans succès. L'issue demeurait hermétiquement close. Utilisant sa masse corporelle à la manière d'un bélier, il recula avant de s'élancer contre le montant. Son épaule se déboîta, mais la douleur occasionnée n'était rien comparée à celle qui l'attendait s'il ne parvenait pas à défoncer cette maudite porte. Il réitéra sa tentative à trois reprises. Jusqu'à ce que le verrou cède enfin.

Propulsé vers l'inconnu, Dan s'époumona à l'instar d'un aliéné débarrassé de l'étreinte paralysante d'une camisole.

Dans le même temps, sa vision se précisa. L'écran flou se dissipait sur le monde extérieur. Dans un élan de solidarité, les éléments saluaient son évasion en l'enveloppant d'une fraîcheur salutaire. Quelques gouttes de pluie. Un ciel gonflé de nuages menaçants. Une bouffée d'oxygène.

Il était libre.

Hébété, Dan dévala les quatre marches du perron, traînant son obésité aussi loin que possible de Crescent House. Dans son sillage s'échappait une épaisse fumée grise prête à l'engloutir.

« Ma bagnole… Où est ma bagnole ? maugréa-t-il. Elle était garée là ! Juste là, putain ! »

Subitement, une silhouette surgit au milieu de l'allée de gravier.

« Aidez-moi ! » supplia Dan.

Hésitant, il se dirigea vers l'homme planté comme un piquet dans son uniforme de policier.

« Veuillez poser votre arme, monsieur.

— Mon… ? »

Dan baissa les yeux. Il portait un imperméable et au bout de son bras pendait un semi-automatique de calibre 9 mm.

« Je ne sais pas ce que… Il n'est pas à moi…

— Raison de plus pour le poser. Lentement.

— Le feu… Mes amis sont en danger…, prévint Dan, hors d'haleine.

— Les secours arrivent, monsieur. Maintenant, je répète, posez cette arme.

— Vous ne comprenez pas… Il y a un détraqué à l'intérieur… Vous m'écoutez ?

— Calmez-vous. Rappelez-moi votre nom ?

— Dan Willow. Je m'appelle Dan Willow ! Je suis écrivain… Vérifiez ! »

Le chef du département de police de Shannon Hills fronça les sourcils. L'homme planté face à lui était manifestement désorienté et potentiellement dangereux. Son talkie-walkie crachota tandis qu'il établissait le contact.

« Demande renforts. Je répète. Demande renforts au 33, Bird Road, Devil Town.

— Arrêtez-le…, supplia Dan, à bout de souffle.

— Comptez sur moi… Pour le moment, mon devoir consiste à vous protéger de vous-même. Et pour ça, j'ai besoin de récupérer cette arme. »

Dan la lui tendit. Il en ignorait la provenance, mais n'y prêta aucune importance. Après tout, il n'avait rien à se reprocher. La victime, c'était lui. Il serait en mesure de le prouver. Et, malgré son ton autoritaire, ce flic semblait enclin à l'aider.

Des sirènes retentirent au flanc des collines et les lueurs des gyrophares dansaient sous la tempête comme les illuminations d'un jour de fête.

Dix minutes plus tard, deux secouristes prirent en charge l'homme qui se prétendait romancier. Selon les premières constatations, le patient présentait des brûlures superficielles au visage et des signes de confusion.

« J'aurais besoin de l'interroger, indiqua l'officier Dudley.

— Nous allons devoir lui administrer un sédatif. Il se plaint de douleurs thoraciques et son état nécessite une prise en charge urgente. Je doute qu'il soit en mesure de répondre à vos questions avant plusieurs heures.

— J'enquête sur un quintuple meurtre et je souhaiterais déterminer s'il existe un lien avec l'agression subie par cet homme, plaida-t-il.

— Je comprends vos priorités. Mais les miennes consistent à maintenir mes patients en vie. »

Compréhensif, le chef de la police opina. Patience et détermination formaient une composante essentielle sur laquelle il avait bâti sa carrière.

Arrivés sur les lieux, les pompiers pénétrèrent à l'intérieur de la maison pour maîtriser l'incendie. Le monde s'affolait soudain autour de John Dudley en un fourmillement incessant quand, dans ce ballet gigantesque, une voix rauque l'interpella.

Depuis le brancard auquel on l'avait sanglé, Dan fournit une information qu'il jugeait visiblement capitale :

« L'homme qui m'a séquestré... Il se fait appeler l'Empereur Blanc ! Vous entendez ? L'Empereur Blanc ! »

Puis les sirènes se mirent à hurler entre deux coups de tonnerre. L'ambulance s'éloigna sur l'axe principal conduisant au centre hospitalier de Little Rock et croisa à quelques mètres de la maison une camionnette. La voyant arriver, John Dudley se plaça en travers du chemin, si bien que le conducteur fit une embardée fracassante.

« Non, mais ça va pas la tête ! » hurla le passager en s'éjectant maladroitement du van.

Un micro brandi tel un bouclier, le journaliste local pataugea dans une flaque de boue avant d'atteindre sa cible.

« Je ne répondrai à aucune question, devança le chef de la police. Foutez-moi le camp.

— Et la liberté d'expression, vous en faites quoi ? vociféra l'autre.

— Je l'applique à moi-même. Maintenant, dégagez. »

Bilieux, le type ambitieux remballa son scoop et fit signe au chauffeur de redémarrer le moteur.

Dépêché sur place, son jeune collègue nommé Barning débarqua aux abords de Crescent House cinq minutes plus tard. Il se précipita vers son supérieur en affichant une profonde admiration. À ses yeux novices, l'officier Dudley imposait le respect. Ses états de service remarquables et son sens de l'équité lui assuraient une totale abnégation de la part de ses collaborateurs. Tous s'accordaient à penser qu'aucune affaire ne resterait irrésolue tant que Dudley officierait dans les parages. Et si certains murmuraient qu'un départ en retraite se profilait, c'était bien mal connaître l'obsession de ce fin limier pour son métier.

Barning s'enquit de la situation. Ses joues dodues constellées de taches de son trahissaient bien souvent ses émotions. Elles s'empourpraient au moindre facteur d'appréhension. Et bosser simultanément sur deux enquêtes – dont une avérée criminelle – représentait clairement un vecteur aggravant.

« Une chance que vous ayez patrouillé dans le coin, chef…

— Une chance, oui. Je demande du renfort et on m'envoie un agent fraîchement débarqué de l'école de police… J'appellerais plutôt ça de la guigne, plaisanta-t-il. Le flair ne s'apprend pas sur les bancs de l'école, Barning. Fie-toi toujours à ton instinct. »

L'intéressé secoua vivement la tête. Il avait tout à apprendre de cet homme dont la solide réputation dépassait les frontières du comté.

« Allons nous abriter. Je ne voudrais pas que mon équipier soit cloué au lit avec une fièvre de cheval. »

Ils prirent place dans le véhicule de service. Les gouttes s'écrasaient sur le pare-brise dans un martèlement régulier. Soucieux de recueillir les premiers éléments de l'enquête – qui nécessiterait la rédaction de nombreux rapports –, l'agent Barning demanda :

« Comment s'appelle la victime ?

— Ce qualificatif est un peu prématuré. Ne pas considérer un homme comme un suspect ne fait pas de lui un innocent. Mais, pour répondre à ta question, il prétend s'appeler Dan Willow.

— Prétend ? Vous en doutez ?

— Disons que j'ai de bonnes raisons de m'interroger… », répliqua l'officier Dudley en plaçant le Glock sous scellés.

Son subordonné leva sur lui un regard perdu.

« Votre ronde dans le secteur ne relevait pas du hasard, n'est-ce pas, chef ?

— Tu apprends vite, Barning… Dans notre jargon, on appelle ça une planque "inspirée".

— Vous surveilliez la maison ? » s'étonna-t-il.

Dudley acquiesça. Enseigner les rouages de l'intuition sans paraître illuminé relevait d'un challenge quasi quotidien.

« J'ai entrepris une visite de routine vendredi dernier. Pour tenter de recueillir des témoignages susceptibles de servir l'enquête sur les homicides de Shannon Hills. Le comportement du propriétaire m'a paru étrange. Il se montrait particulièrement nerveux et tenait des propos douteux au sujet d'un harceleur visiblement amateur de vidéos. J'en ai visionné une, par acquit de conscience, et je n'ai rien constaté d'alarmant. Il m'a également rapporté que le véhicule d'un certain Steven aurait subi des dommages sur la route principale, mais aucune voiture abandonnée n'a été signalée à des kilomètres à la ronde. Alors, je suis revenu tous les soirs pour observer. Je crois que lui aussi m'a vu… Mais je ne peux pas l'affirmer.

— Et vous avez obtenu des résultats ?

— Pas sur le moment… », répondit-il, énigmatique.

À travers l'écran de pluie, Barning considéra la façade de Crescent House.

« Dan Willow a bien dit que ses amis couraient un danger ? Vous pensez qu'ils étaient à l'intérieur quand le feu s'est déclaré ? » s'inquiéta-t-il.

Le chef de la police desserra son nœud de cravate.

« C'est ce que cet homme a affirmé, en effet. Mais si la réalité est aussi déroutante que ses accusations au sujet d'un Empereur Blanc, alors, j'ai l'intuition qu'on ne retrouvera jamais leurs corps, Barning… »

L'information fut effectivement confirmée en milieu d'après-midi.

Aucune victime à déplorer.

Si les amis dont parlait Dan Willow se trouvaient dans la maison au moment de l'incendie, ils avaient disparu depuis.

DEUXIÈME PARTIE

Outside

« If it bleads, it leads »
« Le sang, c'est vendeur »

Slogan américain

1

Installé derrière un bureau métallique, l'officier Dudley se renversa sur son siège et s'autorisa une entorse au règlement vestimentaire en desserrant son col de chemise. Ces derniers jours l'avaient éprouvé sur le plan psychologique. D'après son médecin, un stress journalier amplifiait les symptômes physiologiques liés à l'andropause – prise de poids, sudation excessive, insomnies. En vingt-cinq ans de service au sein de l'unité de Shannon Hills, il avait assisté à des drames domestiques, enquêté sur des braquages, des homicides, mais, en dépit de son expérience, rien n'aurait pu le préparer à l'effroyable scène de crime découverte au domicile de la famille Appermind.

Le jeudi précédent, leurs plus proches voisins avaient alerté les autorités en raison de l'odeur dérangeante. Deux agents s'étaient déplacés sans grande conviction, persuadés qu'ils seraient amenés à déterrer un rat mort dans le réseau de canalisations. Mais, derrière la modeste façade d'une maison de ville, cinq cadavres en état de putréfaction les attendaient au centre d'un décor surréaliste où des centaines de plumes s'agglutinaient au sang séché. Dès lors, les investigations avaient mobilisé l'ensemble des effectifs et réveillé le procureur au beau milieu de la nuit.

Rassemblés autour d'un repas infesté par des larves, les Appermind trônaient au milieu d'un tableau vivant. Les chiffons enfoncés dans leur gorge expliquaient l'absence de cris et leurs mains, clouées à la table de la salle à manger, semblaient dotées d'une vie propre. Le pistolet pneumatique utilisé pour les arrimer à la surface en érable appartenait au père de famille – une facture récente trouvée dans l'établi de M. Appermind l'attestait. Le meurtrier avait abandonné l'outil sur place et l'équipe scientifique n'avait relevé aucune empreinte exploitable. Le couteau à l'origine des mutilations infligées aux victimes était posé en évidence sur le plan de travail de la cuisine. L'auteur du carnage défiait manifestement les forces de l'ordre en semant des indices parfaitement inutilisables.

L'examen des lieux tendait à écarter la piste d'un forfait perpétré avec la complicité d'un ou de plusieurs agresseurs. C'était un travail soigné. Méticuleux. Une mise en scène élaborée avec précision. La présence d'une tierce personne aurait favorisé les erreurs. Dans ce genre d'homicides, un partenaire se trahissait toujours en commettant une bévue. Or le théâtre du massacre était vierge de preuves.

L'officier Dudley inspira profondément pour évacuer les souvenirs visuels et olfactifs. En vain. Le bourdonnement des mouches le poursuivait jusque dans son sommeil. La vision d'horreur à laquelle il avait assisté en pénétrant dans la maison aurait mérité un long suivi psychanalytique assorti de quelques séances d'EMDR[1] – il y songerait plus tard. La cervelle apparente de Lydia Appermind n'était qu'un prélude comparé aux lacérations infligées ante mortem.

D'après les premières conclusions, l'individu à l'origine du massacre aurait contraint la famille à s'attabler – probablement sous la menace d'une arme – avant d'immobiliser ses victimes : un couple d'octogénaires entourés de leurs trois enfants. Les linges coincés dans leur gorge auguraient les souffrances qu'ils allaient subir en silence. Il aurait ensuite procédé à de multiples incisions, principalement au niveau des lèvres. Puis, une fois les amputations labiales achevées, il les aurait abattus, à bout portant, d'une balle de calibre 9 mm logée à l'arrière du crâne. Les oreillers éventrés à proximité des corps avaient étouffé le bruit des détonations.

L'arme à feu demeurait en revanche introuvable.

Mais le plus terrifiant résultait du probable scénario consécutif aux meurtres.

Selon les dernières constatations, celui que l'on surnommait désormais « le Monstre de Shannon Hills » aurait séjourné plusieurs jours au domicile de ses victimes. Des éléments matériels tendaient à prouver qu'il avait pris soin de cuisiner, manger, dormir et se laver sans être nullement incommodé par la présence des cadavres. Emballages récents visibles sur le plan de travail, évier parfaitement nettoyé, baignoire récurée, ordures ménagères vidées, les précautions prises par cet

1. *Eye Movement Desensitization and Reprocessing*, méthode utilisée pour traiter les traumatismes.

individu attestaient le degré d'intelligence avec lequel il avait planifié son acte. Autres faits troublants, aucun objet de valeur n'avait été emporté, mais tous les miroirs de la maison avaient été brisés, sans corrélation avec d'éventuels signes de lutte.

Un point non négligeable retint l'attention de l'officier Dudley. Huit jours s'étaient écoulés entre les meurtres et la découverte des corps, laps de temps durant lequel cet individu aurait continué à vaquer à travers la maison sans craindre d'être dérangé dans son rituel macabre. Ce fascinant – et terrifiant – constat affinait le profil psychologique du tueur. Soit il était fou, soit il ne craignait pas d'être appréhendé. Et cette dernière hypothèse, de loin la plus plausible, révélait un trouble caractérisé de la personnalité plaçant le sujet dans le registre des criminels les plus dangereux.

La poursuite des investigations était titanesque. Les équipes coordonnaient leurs efforts, mais passer la demeure au peigne fin nécessiterait encore de longues heures d'un travail minutieux.

Pour la première fois en vingt-cinq ans, la patience de l'officier Dudley était mise à rude épreuve. Il n'avait pas l'ombre d'une piste et rien ne permettait de relier ces crimes à l'agression de Dan Willow. Pourtant, ce drôle de picotement au sommet du crâne – qu'il jugeait comme un indicateur en matière d'intuition – ne cessait de le démanger depuis sa patrouille à Devil Town.

Depuis Crescent House.

Il s'épongea le front à l'aide d'un mouchoir en papier, puis entama la lecture du rapport lié à l'incendie de la plus tristement célèbre maison du comté.

Le détecteur de masse avait confirmé l'origine criminelle de l'incendie. Le point de départ du feu se situait à la cave et, bien que les émanations aient été surprenantes, les dégâts occasionnés se limitaient au sous-sol.

Aucune victime n'était à déplorer.

Dudley relut le compte rendu à deux reprises et sentit poindre une méchante migraine. Pris au piège de ses propres suppositions, il se massa les tempes pour libérer les tensions.

Dans l'attente d'éléments nouveaux susceptibles de faire avancer son enquête, il espérait que le téléphone sonne.

Et il fut exaucé.

2

Le poste de police situé au sud-ouest de Shannon Hills comptait cinq officiers et onze agents pour veiller sur la sécurité de deux mille trois cents habitants. Les locaux en brique récemment rénovés et équipés de minces cloisons garantissaient le partage d'informations sans s'astreindre à quitter son siège.

Aussi, lorsque la tête joufflue de Barning apparut dans l'entrebâillement de la porte, John Dudley cessa son chronométrage. Sept secondes. Sa jeune recrue battait des records en termes de réactivité.

« Vous m'avez appelé, chef ?

— Incroyable ! J'ai à peine haussé le ton…

— Pardon ?

— Ne fais pas attention, il m'arrive d'être joueur, admit-il. Un médecin de l'hôpital Saint-Vincent a appelé. Dan Willow s'est réveillé. J'ai pensé que tu aimerais m'accompagner ? »

L'intéressé hocha vivement la tête.

« Parfait, Barning. Allons donc rendre visite à notre homme ! Mais avant, on part en balade. Le bureau du procureur vient de délivrer un mandat.

— Où va-t-on ?
— Dans le cul du diable. »

Vingt minutes plus tard, le véhicule de service frappé d'un emblème à tête d'aigle dépassait les grilles du 33, Bird Road. Crescent House crevait les terres ancestrales avec l'élégance d'une vieille dame réduite au silence par quelque étrange affection. Une chape nuageuse la survolait tristement, mais elle s'en moquait. Elle avait vaincu les flammes, assisté aux saisons des tornades, résisté aux actes de vandalisme et aux malédictions dont on l'affublait. Sa façade borgne semblait se gausser de la nature mortelle de l'homme. Pour sûr, elle survivrait certainement encore longtemps à la plupart des habitants du comté.

« Rassure-toi, Barning, les pompiers ont sécurisé la zone. Je crains cependant que nous ne devions évoluer à tâtons en raison d'une panne de courant.

— Je ne suis pas inquiet, rétorqua Barning, un tantinet vexé.

— Bien sûr que si. Tu as les joues écarlates. Tu apprendras que la peur n'est pas une faiblesse dans ce métier. Au contraire, c'est notre garde-fou. »

John Dudley ôta les scellés.

L'odeur âcre des cendres froides s'accrochait au mobilier comme les scories d'un souvenir qui ne disparaît jamais. De fines particules stagnaient dans le salon chichement décoré et le jour traversant ne suffirait pas à repousser les ombres qu'elles dessinaient.

« On cherche quoi, chef ?
— Nous le saurons quand nous l'aurons trouvé.
— Et comment fait-on ça ?

— On s'imprègne du lieu et on observe. »

Fort de ces recommandations, Barning inspecta le rez-de-chaussée à l'aide d'une lampe torche. Il passa en revue les meubles encore neufs, les murs nus dépouillés de tout cachet personnel, l'espace kitchenette envahi de cadavres vides du même genre que ceux qu'il côtoyait chez Rony durant ses jours de repos. Une boule de tissu sale traînait sur le comptoir. Il s'en saisit et la porta à son nez pour identifier la substance noirâtre dont le vêtement était maculé. *Des excréments !* Pris d'un haut-le-cœur, il balança sa trouvaille nauséabonde sur les canettes vides comme un boulet dans un jeu de quilles.

Un bruit de métal perturba le silence écrasant. Puis ce fut au tour de la maison de chuchoter. Ses canalisations se mirent à siffler comme des furies, ses murs craquaient à l'instar de vieux os et ses failles s'écartaient sous les assauts de la tempête.

Nauséeux, Barning s'éloigna de la chose souillée. Il promena le faisceau lumineux le long des étagères d'une bibliothèque convenablement fournie en fictions policières. Au demeurant, quoi de plus naturel dans la maison d'un romancier ?

Près du canapé, des feuillets jaunis jonchaient le sol. Leur présence n'avait rien d'incongru dans un monde où l'encre et le papier prévalaient encore sur la technologie numérique. Barning les rassembla et les déposa sur la table basse.

Contrarié par l'absence d'éléments notables, il contourna l'escalier et disparut dans le renfoncement situé à l'arrière. À cet endroit, les émanations nocives irritaient sa gorge nouée par une sourde angoisse. Deux bandes jaunes barraient l'accès au sous-sol dévasté.

L'officier Dudley lui avait rapporté les propos confus tenus par Dan Willow concernant un agresseur se faisant appeler l'Empereur Blanc. Le chef de la police semblait d'ailleurs accorder un intérêt relatif à ces déclarations. Toutefois, il ne s'épanchait pas sur la question. Sans doute garderait-il pour lui le cheminement inhérent à son intuition, au moins jusqu'à ce qu'il soit en mesure d'associer des preuves concrètes. L'incendie volontaire cachait-il une fraude à l'assurance ? S'agissait-il d'un coup médiatique orchestré dans le but de promouvoir les livres de l'actuel propriétaire ? Ou les rumeurs d'une maison maudite renfermaient-elles une part de vérité ?

En dépit d'un malaise grandissant, Barning mourait d'envie de relayer les principes de précaution au dernier rang de ses préoccupations. Il jubilait à l'idée d'explorer la cave. Si forte que fût la poussée d'adrénaline, il y renonça dès lors que les marches au-dessus de sa tête se mirent à grincer.

Son supérieur s'était chargé de vérifier l'étage et, quand il redescendit, John Dudley affichait un air contrarié.

« Un problème, chef ? Vous avez trouvé quelque chose ?

— Justement, non. Et c'est précisément le problème. »

Barning haussa ses sourcils broussailleux.

« Réfléchis, reprit Dudley. Il n'y a rien. Pas la moindre trace d'un résident. Habituellement, quand on prévoit de séjourner plusieurs jours chez un ami, on emporte a minima des vêtements propres et un nécessaire de toilette. Dan Willow prétend que ses comparses étaient encore dans la maison lorsqu'il s'en est échappé. S'ils avaient dû quitter précipitamment Crescent House, je suppose qu'ils auraient abandonné leur barda. Or les chambres sont étonnamment ordonnées, les lits faits au carré et les rangements aussi vides que ceux d'une maison-témoin. Pour en avoir le cœur net, il faudrait accéder à la partie condamnée pour travaux, et je doute que ce satané grenier ouvre ses portes de sitôt. »

Barning assimilait ses déductions comme de précieux enseignements. Cependant, la dernière partie de son exposé l'intriguait.

« Il suffirait de faire intervenir une équipe spécialisée, non ?

— Probablement, éluda Dudley. Et de ton côté ?

— Rien non plus ici. Hormis un vêtement plein de merde, un tas de feuillets abandonnés près du canapé et des bouteilles vides, tout est parfaitement en ordre. »

John Dudley se saisit de la pile de papiers. Un rectangle sépia glissa des liasses jaunies pour échouer sur le sol telle une feuille morte. Dudley ramassa la photographie ancienne et, confronté à ces visages souriants ressuscités d'une autre époque, son intérêt s'éveilla immédiatement. Une pellicule de sueur recouvrit son front dégarni tandis qu'il compulsait le contenu des documents. Il s'attarda longuement sur les rares clichés, étudia les vieux dessins empreints de noirceur en ponctuant le déroulement de ses pensées à grand renfort d'onomatopées.

« Bénis soient les bleus…

— Tout va bien ? s'inquiéta Barning.

— Tu es un génie, mon petit ! »

Bien qu'il ignorât les raisons de ces éloges, la jeune recrue s'en félicita.

« Mettons-nous en route pour Little Rock, ordonna Dudley. Nous reviendrons plus tard afin d'inspecter la grange. »

Sa félicité retomba comme un soufflé.

« Je n'ai pas vu de grange…, objecta-t-il.

— Moi non plus, Barning. Mais il est inutile de voir pour savoir ! Cette vieille ruine est au bout du terrain, derrière la maison. Tu n'es pas de la région, ce qui te confère une excuse recevable. Tous les habitants du comté connaissent l'existence de cette grange. Elle fait partie intégrante du folklore de Devil Town.

— Ah ? Et pourquoi ne pas y aller maintenant ? »

Dudley consulta sa montre.

« Parce que les visites autorisées à l'hôpital se terminent dans une heure ! Et parce que, si tu cherches nos quatre auteurs disparus, tu ne les trouveras pas là-bas. Les pompiers de la caserne centrale ont déjà vérifié. Leur rapport mentionne la présence d'un véhicule et la scientifique de Little Rock a déjà été sollicitée pour un relevé d'indices.

— Et cette grange, qu'a-t-elle de si particulier ?

— Tu sais, les anciens racontent qu'elle abritait le siège du King Kleagle[1] chargé de superviser les recruteurs locaux du Klan. On y imprimait des manifestes censés enrôler toutes les classes de la société, qu'il s'agisse de petits fermiers, de médecins ou de législateurs. Une sorte de quartier général pour dégénérés. »

Depuis sa récente affectation, Barning découvrait au compte-gouttes les différentes versions liées au sacrifice

1. Chef du recrutement du Ku Klux Klan pour chaque État.

d'un écrivain noir en marge des conventions. Ses investigations sur le comté de Saline s'étaient limitées aux rares manuels d'histoire empruntés à la bibliothèque et, bien sûr, les potins de voisinage n'y figuraient pas.

« Vous ne me dites pas tout, n'est-ce pas, chef ? Au sujet de vos intuitions… »

L'officier Dudley éclata de rire.

« Tu as du flair, mon garçon ! C'est bien. Mais ce n'est pas suffisant. Il te faudra apprendre à le dompter. Si j'étais redescendu cinq minutes plus tard, tu aurais bravé les interdits en t'engouffrant dans la cave, dans l'espoir insensé d'exhumer quelque squelette enfoui sous les cendres. Et tu aurais perdu ton temps. »

Le chef de la police agita le dossier qu'il tenait fermement.

« J'ai la conviction que la solution est là, Barning. Inscrite noir sur blanc… »

3

Les collines surplombaient les entrelacs de bitume sinuant au milieu des forêts denses piquées par endroits de rosiers sauvages. Le drapeau confédéré flottait encore au balcon des habitations les plus reculées de la ville, Little Rock ayant abrité une concentration importante de ségrégationnistes jusqu'à la fin des années soixante-dix. En ce début de soirée maussade, les rafales de vent ratatinaient les derniers lambeaux de haine comme de vulgaires chiffons agités dans un acte de résistance.

Durant ces vingt-cinq années passées en Arkansas, John Dudley avait assisté au recul de certains principes amoraux pour en voir éclore de nouveaux. Satan avait désormais son église – le Satanic Temple – et, depuis peu, une statue à l'effigie de Baphomet se dressait au pied du capitole de Little Rock. Ils dépassèrent la créature ailée assise sur son trône de fer et remontèrent Woodlane Street.

« À propos des documents trouvés dans la maison, pensez-vous qu'on les ait abandonnés là sciemment ?

— Je n'en sais fichtre rien ! répliqua John Dudley.

— Mais vous disiez qu'ils renfermaient la solution…

— Imagine une passerelle suspendue au-dessus du vide, coupa-t-il. Elle relie deux affaires, mais il nous faut la traverser pour savoir où elle mène. Tant que nous l'ignorons, comment savoir si la passerelle a été conçue dans le but de nous aiguiller ou de nous perdre ? »

La jeune recrue en perdit surtout son latin. Sa capacité à visualiser les allégories de son supérieur le menait immanquablement à un cul-de-sac. Il supposa que ce vieux dossier représentait la fameuse passerelle, mais il n'osa pas demander confirmation.

« Crois-tu en Dieu, Barning ? »

Bien qu'il fût surpris par la question, celui-ci répondit fièrement :

« J'assiste à l'office du dimanche. Votre épouse m'en est témoin ! Oh… Pardon, je ne voulais pas…

— Tout est OK, mon garçon, assura Dudley. Mais tu ne réponds pas à ma question. »

Le jeune homme hésita, puis d'un air las :

« Eh bien… L'humanité est un puits de vices qui ne cesse de déborder, alors j'espère surtout que Lui croit encore en nous. »

Le visage de John Dudley se froissa d'un sourire. En ces temps troublés, Mary aurait certainement soulevé les mêmes inquiétudes sans attendre son assentiment.

Les yeux rivés à la route, il observait un silence solennel sans rapport avec une quelconque religion. Pour expliquer la malveillance et le crime, il leur préférait les notions de libre arbitre et d'équilibre. Personne ne naissait foncièrement bon ou mauvais. En revanche, chacun demeurait libre de choisir son camp.

Sa réflexion s'arrêta aux portes de l'hôpital Saint-Vincent. Une jeune infirmière quitta le comptoir des admissions pour les accueillir. Arborant un large sourire, elle les conduisit en salle de repos réservée au personnel soignant.

« Le Dr Duke vous rejoint dans un instant » dit-elle, avant de s'éclipser.

Cinq minutes plus tard, la porte battante s'ouvrit à nouveau sur une femme en blouse blanche, âgée d'une cinquantaine d'années. Une coupe à la garçonne mettait en valeur l'ovale de son visage, et le pétillement de son regard produisait un effet hypnotique. Elle leur tendit une main franche et se présenta :

« Dr Amber Duke, ravie de faire votre connaissance.

— Enchanté. Officier Dudley et voici l'agent Barning. Police de Shannon Hills.

— Vous souhaitiez interroger l'un de mes patients ?

— Dan Willow, précisa Barning. Il a été admis en fin de matinée à la suite d'un incendie survenu à Devil Town. »

La bouche du médecin se tordit légèrement.

« À Crescent House, plus exactement… Tout le monde en parle. Les couloirs d'un hôpital sont aussi bavards que des pies sous ecstasy. Surtout lorsqu'ils renferment une célébrité. »

Circonspect, Dudley haussa les sourcils.

« Dan Willow est un romancier à succès, expliqua-t-elle. De toute évidence, vous l'ignoriez… Je suis moi-même une inconditionnelle de son œuvre et je ne manque jamais une parution ! J'avoue d'ailleurs que son apparence m'a quelque peu surprise. Je l'imaginais autrement… Cependant, si vous espérez appréhender son agresseur, je crains que mon patient ne vous soit d'aucune utilité pour le moment. »

L'officier Dudley tiqua.

« Quelqu'un lui a-t-il rendu visite depuis son admission ?

— Non. Mais attendez que les médias ébruitent l'information et vous verrez débarquer un attroupement de lecteurs fanatiques que vos services auront beaucoup de mal à contenir.

— A-t-il au moins mentionné le nom d'un proche à prévenir en cas d'urgence ?

— Pas à ma connaissance. J'ai cru comprendre qu'il n'avait plus de famille. »

Sans aucune arrière-pensée, l'attention de Dudley se porta sur la poche de sa blouse généreusement bombée. Le nom d'Amber Duke était épinglé au-dessus de sa spécialité.

« Vous êtes psychiatre ?

— Vous êtes futé, répliqua-t-elle en souriant. Outre les séquelles physiques, mon patient souffre manifestement de confusion mentale nécessitant une prise en charge thérapeutique.

— De confusion mentale ?

— Il présente des troubles du comportement consécutifs à un important traumatisme. Cet homme a subi de graves sévices, expliqua-t-elle. À son arrivée ici, il semblait totalement désorienté. Les premiers examens ont révélé une arythmie cardiaque ainsi qu'une asthénie physiologique liée à un effort prolongé. Et son état demeure instable.

— Je doute qu'il ait couru un marathon compte tenu de ses déclarations. Dan Willow prétend avoir été séquestré par un individu surnommé l'Empereur Blanc. Vous en a-t-il fait part ?

— Comprenez, ses propos sont confus et parfois même totalement décousus. Quand il accepte de parler, évidemment… Le mutisme sélectif traduit une anxiété sévère dont il faut isoler les causes. Ce trouble affecte généralement l'enfant. Les cas recensés à l'âge adulte sont extrêmement rares. Il serait illusoire d'attendre des réponses cohérentes. Croyez-moi, messieurs, vous n'obtiendrez rien de lui.

— Nous aimerions quand même essayer. »

Le Dr Duke acquiesça à contrecœur et les accompagna jusqu'au deuxième étage.

Le crissement métallique des chariots prédominait dans cet univers aseptisé ponctuellement troublé par les râles des patients. La psychiatre s'arrêta devant la porte 212 pourvue d'un hublot et regarda au travers avec une évidente appréhension.

« Je suis dans l'obligation de m'absenter, mais un personnel de santé assistera à l'entrevue. Vous avez quinze minutes », prévint-elle avant d'entrer.

Les deux policiers opinèrent. C'était plus qu'il n'en fallait pour confirmer les suspicions de Dudley.

« Monsieur Willow, ces policiers souhaiteraient s'entretenir avec vous. »

Le Dr Amber Duke tapota son poignet pour leur rappeler que le temps était compté, puis elle céda la place à une jeune infirmière.

John Dudley s'approcha de l'homme étendu sur des draps immaculés. Son visage et ses avant-bras disparaissaient sous des bandages chirurgicaux vaguement similaires à ceux utilisés dans la confection d'un déguisement de momie. Seules deux billes noires fixaient un monde invisible sans dévoiler la moindre émotion.

Relié à une machine mesurant sa fréquence cardiaque, l'homme ne manifestait aucun signe de vie. Un bip régulier attestait cependant le contraire.

« Monsieur Willow ? Vous me reconnaissez ? »

Le silence s'éternisa. L'enveloppe de l'auteur à succès semblait vide, inaccessible. Mais, alors que Dudley s'apprêtait à renoncer, deux lèvres charnues se mirent à trembler :

« Vous étiez là… Vous m'avez secouru…

— Hum… Oui. Et j'espère vous aider encore.

— Vous ne pouvez rien pour moi. »

Les mots projetés par un souffle douloureux brisaient temporairement le mutisme évoqué par le Dr Duke. Dudley avait conscience du créneau providentiel – et éphémère – dont il disposait. Alors, il l'exploita. Pleinement.

« Si vous m'expliquiez ce qui vous est arrivé, peut-être que…

— Il est là… Je sens sa présence…

— Vous parlez de l'homme qui vous a séquestré ?

— Ce n'est pas un homme.

— OK, Dan. Vous permettez que je vous appelle Dan ? Parfait. Revenons à la chronologie des faits. Quand êtes-vous arrivé à Devil Town ?

— Quel jour sommes-nous ?

— Lundi 22 avril, indiqua Barning.

— Lundi…, répéta Dan. J'ai débarqué du Missouri jeudi dernier en début de soirée. Mes amis et moi devions séjourner quelques jours à Crescent House.

— Vos amis ?

— Mes confrères, rectifia Dan. Nous sommes tous écrivains.

— Leurs noms ? »

Son souffle s'accéléra. Il supportait la douleur diffuse consécutive à ses brûlures, mais peinait à articuler correctement.

« Anton Desmond, Rachel Carr, Sue Liddle et Steven Dawson. Vous ne prenez pas de notes ? »

Le chef de la police marqua un temps d'arrêt.

« Non. Pas de notes. Vous êtes-vous arrêté au Rony's Bar ce jour-là ?

— Oui. J'avais faim.

— Hum. Plus tard, vous avez roulé jusqu'à Devil Town. Que s'est-il produit ensuite, Dan ?

— Je suis entré dans la maison…

— Vos amis étaient-ils présents ? intervint Barning.

— Non. Il n'y avait que moi.

— À quelle heure sont-ils arrivés ?

— Je ne sais pas…

— Vous ne savez pas ? s'étonna Dudley.

— Je n'ai vu aucun d'entre eux. Anton m'avait prévenu de son retard. Je pensais donc être seul. Mais je me souviens de la photographie…

— Quelle photographie ?

— Quelqu'un l'avait coincée en haut d'une porte. Nous figurions tous les cinq sur le cliché, et nos lèvres avaient été mutilées… »

John Dudley se voûta comme sous l'effet d'un coup violent porté à l'estomac. Les images indélébiles de la scène de crime au domicile des Appermind le frappèrent de plein fouet.

« Où se trouve cette photo, Dan ?

— Je ne sais pas… Il y a eu ce reflet aveuglant… On aurait dit la lame d'un couteau… et quand je suis revenu à moi… »

Ses paupières cessèrent de papilloter. Ses yeux semblaient subitement frappés de cécité. Conscient du sablier imaginaire suspendu au-dessus de leurs têtes, John Dudley l'encouragea à poursuivre :

« Où vous trouviez-vous ?

— Il faisait si sombre… et froid, comme dans un bunker… J'étais prisonnier de mon corps. J'entendais leurs voix "dans" les murs…

— Celles de vos confrères ?

— Ils hurlaient ! J'ignore pourquoi il m'a gardé en vie, mais… »

Son rythme cardiaque s'accéléra. Les pulsations s'affolaient sur l'écran de contrôle. Dan revivait mentalement l'épreuve imposée par cet énigmatique Empereur Blanc. L'infirmière fronça les sourcils en guise d'avertissement.

« Mais quoi, monsieur Willow ? s'impatienta Barning.

— Le feu me brûlait la peau… J'étais désorienté… Alors, je suis sorti en trombe de la maison… Vous étiez là ! ajouta-t-il en fixant John Dudley.

— Effectivement. Et vous teniez une arme. »

Dan se rembrunit.

« Elle n'est pas à moi…

— Alors, à qui appartient-elle ?

— Je l'ignore… »

Les voyants et les courbes s'emballèrent dans une succession de pics inquiétants. La poitrine de Dan se soulevait puis s'affaissait comme un ballon de baudruche malmené. Prise de panique, l'infirmière s'interposa :

« Messieurs… Le patient n'est pas en état de répondre à vos questions.

— Encore une minute, contra Dudley. Nous sommes-nous déjà rencontrés, monsieur Willow ?

— Quoi ?

— Chef… », dit Barning en posant la main sur l'avant-bras de son supérieur.

Dudley le repoussa fermement.

« Essayez de vous rappeler. Nous sommes-nous déjà vus avant l'incendie ?

— Non.

— Connaissiez-vous Lydia et Karl Appermind ?

— Non… Qui sont ces gens ?

— Étaient, rectifia-t-il. On les a exécutés d'une balle dans la tête. Mon visage ne vous dit vraiment rien, monsieur Willow ?

— Faites revenir le Dr Duke ! » s'écria Dan à l'intention de l'infirmière.

Se sentant impuissante à contrer l'autorité policière, la jeune femme quitta précipitamment la chambre. Sa voix porta jusqu'au bout du couloir.

« Calmez-vous, reprit Dudley. J'essaie seulement de comprendre ce qui s'est réellement passé dans cette maison… Pourriez-vous décrire votre agresseur ?

— Je… non… Pourquoi faites-vous ça ?

— Que faisons-nous, monsieur Willow ?

— Vous m'embrouillez les idées.

— Mes questions vous embarrassent ? »

Écarlate, le jeune Barning hésitait à intervenir, mais l'attitude inhabituelle de son supérieur l'en dissuada. Dudley suivait manifestement un cheminement bien défini et mieux valait éviter de le contrarier.

« Parlez-moi de la maison, Dan.

— Je n'ai rien à en dire…

— Vraiment ?
— Crescent House appartient à Anton…
— D'accord. Reprenons, voulez-vous ?
— Je ne me sens pas très bien…
— Vous prétendez être arrivé le premier, reprit Dudley sans considérer ses plaintes. Comment êtes-vous entré dans ce cas ?
— Je suppose que la porte n'était pas verrouillée…
— Vous supposez ? Pratique, effectivement. »
Gagné par l'agitation, Dan haussa le ton :
« Docteur Duke !
— Vous savez ce qui me chagrine, Dan ? Pas une seule fois vous ne m'avez interrogé au sujet de vos confrères. Leur état ne vous préoccupe pas ? Vous disiez pourtant qu'ils se trouvaient dans la maison au moment de l'incendie. Hé ! Vous m'écoutez ? »
Dudley claqua des doigts pour attirer son attention, mais, en une fraction de seconde, tout bascula.
Les indicateurs envoyèrent des signaux alarmants. Les yeux révulsés, Dan Willow se tendit comme un arc. Un étrange mal convulsait son corps protégé d'une chute par deux barrières de sécurité.
La porte s'ouvrit à la volée. Amber Duke se précipita vers son patient.
« Sortez ! Immédiatement ! » cria-t-elle à l'intention des deux hommes.
Un second médecin pénétra dans la chambre au moment où le duo d'enquêteurs s'apprêtait à quitter les lieux. Dans le couloir, ils croisèrent la jeune infirmière, son regard si doux désormais chargé de reproches.
Quand ils eurent regagné le véhicule de service, Barning resta un instant médusé. Les mains cramponnées

au volant, John Dudley sondait un point invisible situé au-delà de la brume. Sa mâchoire serrée grinçait comme si elle contenait quelque insulte indicible.

« Que s'est-il passé dans cette chambre, chef? Je veux dire… Ça ne vous ressemble pas de brusquer un pauvre type…

— Mutisme sélectif… Mon cul ! s'emporta Dudley. Ce pauvre type, comme tu dis, se fout ouvertement de ma gueule, Barning.

— Je ne comprends pas », avoua celui-ci, désabusé à l'idée d'avoir manqué une étape cruciale dans le déroulement de l'interrogatoire du témoin.

Le silence perdura un instant dans l'habitacle. Dudley inséra la clef de contact, prêt à démarrer, puis il se ravisa. Il était temps de reléguer ses intuitions derrière les éléments factuels.

« Barning, je ne t'ai pas tout dit à propos de ma visite inopinée à Crescent House, vendredi dernier. L'homme qui m'a ouvert s'est présenté sous le nom d'Anton Desmond. Je n'avais aucune raison d'en douter. Jusqu'à aujourd'hui.

— Pourquoi ça ?

— Parce que ce même homme est actuellement alité dans la chambre 212 sous une identité différente.

— Vous voulez dire que…

— Anton Desmond "est" Dan Willow. »

4

« Un mardi pas comme les autres » aurait pu clignoter sur les façades de l'hôpital qu'Amber Duke n'aurait pas pris garde au message tant elle se dévouait à sa mission. Depuis presque trente ans, les impondérables rythmaient son quotidien et rayaient d'une croix sa vie privée. Traiter des patients atteints de troubles psychiques exigeait abnégation et don de soi. Et ce matin-là, le hasard du calendrier la privait de ses trois petits-enfants. Quinze jours pour élaborer un planning solide dans l'espoir de s'octroyer quelques heures de liberté, rêver de câlins assaisonnés de pop-corn, de minois émerveillés, de rires propres à l'innocence, de regards insouciants si souvent transformés en regards de détresse une fois atteint l'âge adulte… Pour tout effacer d'un simple clic.

Un bonheur évincé, la veille, par l'admission de Dan Willow.

Même l'ambitieuse infirmière Pug, habituellement si centrée sur ses objectifs de carrière qu'une paire d'œillères cloisonnaient son cœur, parut s'émouvoir de ce contretemps.

« Docteur ? Je ne m'attendais pas à vous voir…

— Pas plus que je n'imaginais rencontrer un jour le patient de la chambre 212… »

Et c'était vrai. Aucune trace d'ironie dans sa voix. Rien qu'un ressenti brut expulsé avec un sourire courtois. Les livres de Dan Willow l'avaient accompagnée dans son lit plus souvent qu'un amant. Ses mots procuraient davantage de frissons qu'une caresse et, dix-sept ans après sa parution, *Les Affamés* demeurait un orgasme littéraire. Elle en avait oublié qu'à l'origine de ses nuits blanches se cachait un homme ordinaire. *Ou presque*. Difficile d'apposer des caractéristiques physiques sur la base du talent, surtout quand l'auteur lui-même fuyait les objectifs. Les journaux l'avaient souvent qualifié d'inabordable et mystérieux. Une sorte d'icône sacralisée aliénée à son clavier.

Plus tard dans la journée, tandis qu'elle s'engageait dans le couloir du deuxième étage, Amber Duke se remémora le visage de cet homme sanglé au brancard après l'incendie de Crescent House, la terreur accrochée à ses yeux émergeant des brûlures, la confusion sur ses lèvres tordues par la douleur. Et ce filet de voix rauque qui martelait sans cesse son identité pour s'accrocher au peu d'humanité épargnée par le feu.

Le mythe s'était incarné, annihilant son approche fantasmée du romancier intouchable. Mais, bien qu'elle mît un point d'honneur à porter une attention égale à tous ses patients, certains d'entre eux fissuraient le cadre strict défini dans le déversoir des lamentations que représentait sa profession.

L'écrivain alité dans la 212 était de ceux-là.

Les secrets de son corps mutilé accentuaient cet attachement complexe contraire à la déontologie. Et l'acharnement patent exercé par le chef du département de police de Shannon Hills à l'encontre de Dan Willow jouait également un rôle déterminant. Outre la notoriété littéraire ramenée dans le sillage d'un fait divers, cet homme portait un fardeau psychologique qui ne laissait aucun soignant indifférent.

« Bonjour, Dan.

— Bon… jour, docteur Duke. »

Les bandages trop serrés écrasaient les contours de sa bouche et la douleur affectait manifestement sa diction.

« Comment vous sentez-vous aujourd'hui ? s'enquit-elle.

— Mal. Tout… me fait… mal. La tête. La peau. Jusqu'au bout des orteils. La lumière… aussi. Et j'ai faim. »

En dépit de son élocution maladroite, Dan Willow semblait disposé à communiquer. Amber hocha la tête en signe de compassion et se dirigea vers l'interrupteur. Les néons grésillèrent une fraction de seconde. Puis leur agressivité céda la place à la fadeur d'un jour gris. Selon les examens cliniques effectués peu après son admission, cet homme avait enduré bien pire qu'une brûlure au cours de sa vie. Et, si sa charge émotionnelle s'avérait critique, les séquelles physiques dépassaient tous les seuils d'alerte.

Elle débuta la séance par une série de questions basiques destinées à recueillir des éléments sur sa vie personnelle, susceptibles de l'orienter vers une décision thérapeutique adaptée. La relation de confiance qu'elle serait en mesure de créer favoriserait indéniablement son évaluation.

« Quel âge avez-vous, Dan ? demanda-t-elle en tirant une chaise inconfortable destinée aux visiteurs fantômes de son patient.

— Quarante-quatre ans. »

Dan s'était légèrement redressé, comme s'il entendait affirmer son territoire dans un monde inconnu. Son langage corporel indiquait une ouverture à l'échange dans laquelle Amber Duke s'engouffra aussitôt. Elle l'interrogea successivement sur son degré d'anxiété, ses souvenirs à propos de l'incendie, puis remonta lentement l'échelle du temps en le questionnant sur les raisons qui l'avaient amené à écrire, sur sa petite enfance et les événements marquants de sa vie – autre que son expérience entre les mains d'un psychopathe. Sa tentative de régression progressive n'obtint cependant aucun résultat concluant.

Dan Willow répondait par des phrases courtes dénuées d'affect, comme un spectateur décrivant les scènes d'un film insipide. Indépendamment de la gêne occasionnée par les ulcérations cutanées s'enclenchait un mécanisme de sauvegarde inhérent au traumatisme de sa séquestration. Quand elle l'interrogea à nouveau sur son âge, elle nota une contradiction déroutante liée à un état fréquent de confusion après une exposition à la violence.

« Cinquante-quatre ans. »

Puis, brusquement, il cessa de parler.

« Dan ? Tout va bien ? »

Redoutant une nouvelle crise psychotique, Amber Duke vérifia l'écran de contrôle. Les constantes demeuraient stables, et rien ne semblait indiquer la moindre perturbation capable d'expliquer ce black-out. À contre-courant des recommandations, elle décida de nouer un contact physique avec son patient et posa délicatement la main sur son avant-bras emmailloté dans la gaze. Au même instant, la paupière gauche du souffrant se mit à tressauter avec une rapidité inouïe. Le cerveau de l'écrivain verrouillait les portes dès que la psychiatre s'en approchait d'un peu trop près. Le seul moyen d'en forcer l'accès était de braquer les projecteurs sur quelqu'un d'autre.

« Dan, j'aimerais que vous me parliez de vos amis. »

Une longue expiration fila entre ses lèvres. Comme un soupir de soulagement.

« Pourquoi, docteure ? »

Amber était parvenue à ramener son patient d'entre les limbes, pourtant, le regard rivé au sien n'avait plus rien d'amical.

« Pour comprendre ce que vous avez subi, j'ai besoin de me familiariser avec votre environnement immédiat au moment de l'agression. Et, par extension, avec toute personne présente dans la maison durant les faits.

— Et qui souhaitez-vous décortiquer en premier ? »

Elle consulta rapidement la liste des noms fournie – à sa demande – par l'infirmière Pug.

« Eh bien… Commençons par votre hôte. Anton Desmond, c'est bien cela ?

— Que voulez-vous savoir au juste ?

— Quels étaient vos rapports avec lui ?

— J'ai lu son premier… roman. Une gentille histoire de tueur en série, truffée de clichés et de poncifs dignes d'un débutant. Il faut lui reconnaître une surprenante évolution, car son dernier livre est excellent ! Je déplore cependant son attitude complaisante envers le lectorat féminin qui ne jure que par sa belle gueule… »

Amber Duke observa une étonnante mutation psychologique. L'angle adopté pour l'entretien fonctionnait. Dan Willow rechignait à se livrer sur les aspects personnels de sa vie, mais devenait intarissable lorsqu'on évoquait son cercle d'auteurs. Même la douleur ne parvenait plus à freiner sa volubilité.

« Et Steven Dawson ?

— Ah ! Celui-là… Après le drame qui l'a frappé, il s'est fait une place dans le monde du polar comme on creuse une tombe… À coups de surenchères malhabiles ! Personne n'a jamais rien su de son passé, à part moi… »

Amber Duke haussa les sourcils en signe d'incompréhension et l'invita à poursuivre.

« Il se croit génial en déballant des descriptions sanglantes, expliqua-t-il, mais ce n'est qu'un auteur médiocre doublé d'un alcoolique confirmé qui tente désespérément d'explorer le genre macabre à la demande des lecteurs. Je crois surtout qu'il est en proie au syndrome du survivant… »

Sa voix grave traduisait l'ampleur du drame auquel Steven aurait été confronté. Selon Dan Willow, le futur maître de l'épouvante dormait dans son berceau quand un homme s'était introduit dans la chambre conjugale pour massacrer ses parents.

La psychiatre intégra posément l'information proche de l'affabulation. En tant que personnalité publique, comment Steven Dawson avait-il pu échapper à l'exposition médiatique d'un si lourd précédent ? Quand elle posa la question à son patient, celui-ci répondit :

« Tôt ou tard, ça aurait certainement fini par se savoir, docteur Duke. On ne peut pas éternellement dissimuler la vérité. Elle finit toujours par trouver sa place dans nos mensonges… »

Amber marqua une pause et tapota la liste de noms avec la pointe de son stylo. Le détachement émotionnel dont faisait preuve Dan Willow n'était qu'une carapace destinée à masquer une douleur profondément ancrée. Son apparente indifférence l'aidait sans doute à prendre de la distance avec la réalité et, pourtant, il restait suspendu à ses lèvres dans l'attente de la prochaine question. *Comme un bon élève, impatient de réciter sa leçon.*

« Comment qualifiez-vous Rachel Carr ?

— Elle ne dupe personne avec ses polars à l'eau de rose. Tout le monde sait qu'elle enchaîne les passions désastreuses et destructrices… Je ne l'aime pas. Et vous ne devriez pas non plus, docteur. »

Sans se départir de son flegme, Amber Duke consigna sa mise en garde par écrit.

« Et que diriez-vous à propos de Sue Liddle ? »

Le silence retomba dans la chambre. Une absence plus courte, cette fois, rompue par une voix affaiblie.

« C'est une écorchée vive. Une solitaire qui vit en recluse avec son chat… À se demander lequel des deux sortirait les griffes en premier si quelqu'un osait les attaquer… »

Amber Duke sourit. C'était sans conteste le portrait le plus attachant des quatre auteurs. Cependant, avant de clore la séance, il restait un abcès à crever. Alors, sans quitter ses notes des yeux, elle enchaîna :

« Dan, vous ne semblez pas beaucoup apprécier vos *amis*…

— Bien vu, doc… »

Elle releva lentement la tête.

Quelque chose n'allait pas.

« Alors, pourquoi avoir accepté de passer le week-end avec eux ? » demanda-t-elle d'un air détaché.

Le patient de la 212 brandit dans sa direction un poing aux allures de moignon. Au bout de son bras, les plaies suppurantes imprégnaient la gaze d'auréoles brunes.

« Vous devriez creuser ailleurs, doc… La vraie question est : *Pourquoi ce week-end devait-il avoir lieu ?* »

Intriguée par sa défiance, Amber Duke s'apprêtait à l'interroger sur son positionnement quant aux raisons qui, selon lui, les avaient tous réunis à Crescent House lorsqu'un geignement inhumain monta de la poitrine du blessé.

Comme un mal le consumant de l'intérieur. Une fièvre de l'esprit. Une folie.

Et, contre cela, il n'existait aucun remède.

5
Dan

Rien n'avait vraiment changé depuis son évasion de Crescent House.

Dan était limité au cadre d'un lit. Les barrières métalliques remplaçaient seulement les entraves. Des blouses blanches tourbillonnaient autour de lui tels des experts étudiant un sujet expérimental. Ils plantaient parfois une aiguille au creux de son bras et le brouillard se densifiait à nouveau, annihilant ses perceptions sensorielles comme si le seul remède à toute chose demeurait le déni. Dan luttait pour ne pas sombrer, mais le monde se parait d'une membrane opaque qui paralysait temporairement ses capacités motrices. On le plongeait dans un état apathique. Encore. On enfermait sa conscience pour mieux contrôler les mots qui dérangeaient. Ceux d'un homme atteint de démence, à en juger par les réactions du Dr Duke.

Plus tôt dans l'après-midi, elle l'avait interrogé et son approche maternelle aurait pu être rassurante sans l'infantilisation produite par ses questions navrantes.

Dan s'était prêté à l'exercice assommant visant à décortiquer son esprit et sa vie. Il venait d'atteindre le cap des quarante-quatre ans. Oui, l'anxiété représentait son pain quotidien. Non, il ignorait totalement ce qu'il était advenu de ses confrères, mais avait accepté de les dépeindre sommairement. Son envie d'écrire remontait au jour de sa naissance. Rien à ajouter.

Curieux, cet air chagrin subitement étalé sur son visage comme du beurre rance recouvrant du pain rassis. Le Dr Duke n'avait manifestement pas obtenu les réponses escomptées, car elle avait préconisé des séances quotidiennes dans le but de gommer les événements traumatisants responsables d'un état psychique dégradé.

Trente-six heures s'étaient écoulées depuis son admission dans cet enfer clos où l'on vous gavait de médocs tout en vous bombardant de questions. Pas la peine d'espérer tirer une taffe quand on vous laissait à peine respirer. Pourtant, Dan aurait donné n'importe quoi pour s'en griller une.

Progressivement libéré de sa camisole chimique, Dan avait repris le contrôle de ses pensées. Les médecins étaient sans doute parvenus à le stabiliser, car la chambre s'était vidée en silence. La perspective reluisante de se retrouver seul avec lui-même s'effondra lorsqu'il se souvint de la visite des deux policiers. Un jeune rougeaud timide, fraîchement diplômé. Et un autre. Un vieux roublard en fin de carrière, agressif et nettement moins enclin à l'aider. Pourquoi n'avait-il pas entendu sa détresse ? Pourquoi s'était-il acharné à l'interroger à propos d'Anton et de sa maudite baraque ? Son cœur s'était emballé sous le choc. Revivre le calvaire de sa séquestration, se remémorer l'expérience avilissante dont il avait été victime, tous ces facteurs concouraient aux attaques de panique successives admirablement maîtrisées par le Dr Duke.

Mais, en dépit de l'administration par intraveineuse d'une substance neuroleptique, la peur demeurait latente et s'ancrait plus profondément en lui. Privé de réflexes et de moyens défensifs, le brillant écrivain se sentait vulnérable et inutile. Le vieil officier l'avait à peine interrogé au sujet de son ravisseur. Croyait-il un seul mot de son histoire ?

Dan ne devrait compter que sur lui-même pour affronter cet Empereur Blanc autoproclamé. Car son agresseur reviendrait achever ce qu'il avait commencé. Sans le moindre doute. Il ressentait sa présence dans les couloirs de l'hôpital. C'était inexplicable. Irrationnel. Aussi invraisemblable que la plupart des écrits pondus par ses semblables. Et pourtant, chacune des paroles prononcées par ce parfait étranger sonnait comme une vérité incontestable.

Je suis celui qui voit. Celui qui sait.

À l'évocation des images singulières suscitées par ses mots, les plis adipeux déformant son corps frissonnèrent entre les draps blancs serrés à la manière d'un corset. Le message qu'ils délivraient faisait écho à un passé lointain. Aux heures sombres et inaccessibles de sa venue au monde.

Dan s'ébroua. Du moins en eut-il la conviction.

À travers les stores baissés, la ville endormie projetait des ombres chinoises sur les murs. Les repères temporels ne manquaient pas dans un hôpital : repas servis à heures régulières, traitements prescrits selon le même rythme, brouhaha étouffé au terme des visites autorisées. La nuit tombait quotidiennement sur les chambres comme la mort s'abat sans surprise sur des malades en sursis.

Contrairement à la sensation d'engourdissement permanent, le sommeil refusait obstinément de s'emparer de son esprit. Luttant contre les symptômes d'une nouvelle crise de panique, Dan se concentra sur le sujet initial de son roman.

Madness Street…

La folie. Celle d'un autre. Peu importait. La matière gagnait en substance par le biais de sa propre expérience. Kidnappé, séquestré, humilié, ces derniers jours condensaient tous les ingrédients d'un thriller à succès. *Inspiré d'un fait réel* viendrait orner le bandeau de son prochain best-seller. Les réalisateurs se bousculeraient pour adapter le nouveau roman de Willow à l'écran. Une sorte de *Misery* version *True Crime* dans lequel Dan incarnerait son propre rôle. Cependant, son incapacité physique à prendre des notes provoquait une frustration éprouvante. Son pouls s'accéléra. Sa bouche aspira l'air surchauffé. Sous les bandages, la peau le démangeait au point qu'il aurait voulu en arracher des lambeaux entiers.

C'est alors qu'il entendit la porte s'ouvrir.

Ses yeux fiévreux roulèrent dans leurs orbites pour atteindre leur cible.

Une légère odeur d'éther flottait dans le sillage d'une ombre déchirant le brouillard artificiel dans lequel les médecins l'avaient plongé.

« Docteure Duke ? »

Sa vision brouillée l'empêchait de distinguer avec précision la silhouette évoluant dans son univers ouaté. Ce n'était qu'une tache informe sur fond d'obscurité.

Il reconnut alors sa voix, suave, empathique. Ensorcelante.

Sur les écrans, les extrasystoles se muèrent soudain en une brusque chevauchée.

Tu vois, ton heure n'a pas encore sonné. J'ai tenu parole, n'est-ce pas, Dan ? En revanche, c'est une promesse qui ne vaut pas pour tes amis. Je présume qu'ils ne te manqueront pas ? Ces quatre-là représentaient de sérieux concurrents. Reconnais qu'ils te volaient la vedette !

Dan déglutit péniblement. Le visage de Sue s'accrocha subitement à ses souvenirs. Sa fragilité, prisonnière d'une carapace taillée dans le roc, les blessures invisibles dont elle magnifiait ses écrits.

Je sais la tristesse que tu éprouves, Dan. Sue était la plus digne du cercle. Moi aussi, je l'aimais bien... Sa disparition me peine, mais elle était nécessaire, crois-moi.

Dan se mit à gémir :

« Elle est enceinte… »

Oh, non, Dan ! Bien que son vœu d'enfanter existât bel et bien, Sue était dans l'incapacité physique de procréer. Tu me crois assez monstrueux pour éliminer un fœtus dans le ventre de sa mère ? Voyons, c'est mal me connaître…

« Mais justement, je ne vous connais pas ! »

Tsst ! Cesse de jouer l'idiot. À présent, j'ai une faveur à te demander... Montre-toi coopérant lorsqu'on t'interrogera à mon sujet. Dans le cas contraire, nous en subirions tous les deux les conséquences. Tu ne voudrais pas disparaître prématurément, Dan ? »

Sa pression intracrânienne augmenta au son rapproché de la voix. Les chuchotements instillés dans sa tête propageaient leur fiel à chacune de ses cellules.

« Et si je refuse ? »

Tu n'as pas vraiment le choix.

« Bon Dieu, pourquoi ?! »

Je te l'ai déjà dit. Nous avons encore tant besoin de toi…

Son cœur battait à tout rompre. Un ballet vertigineux de signaux visuels et sonores envahit l'espace, mais Dan demeurait inerte, privé de liberté et d'oxygène. La pièce se renversa subitement, comme perturbée par une anomalie gravitationnelle. Le mini-téléviseur effectua une rotation de cent quatre-vingts degrés et la desserte s'accrocha au plafond en emportant les rares effets personnels trouvés dans ses poches – un trousseau de clefs, un Caran d'Ache numéroté et une barre chocolatée.

Nauséeux, Dan serra les poings et contracta la mâchoire comme on repousse une hallucination en se convainquant de son inexistence. Une agitation inédite s'empara soudain de la pièce. Le microcosme dans lequel il évoluait fourmillait d'un million de bruits stridents, de souffles affolés et d'injonctions inexorables.

« Calmez-vous. Tout va bien… »

Les mots heurtaient son subconscient tels des mensonges éhontés.

« Quoi que je fasse, vous me tuerez aussi…

— Personne ne vous tuera, Dan. »

Le timbre employé était si délicat qu'il ne pouvait appartenir à ce monstre bouffi d'orgueil.

« Docteur Duke ?

— Je suis là. Respirez. Lentement. C'est ça…

— Il ne s'arrêtera jamais… *Je suis celui qui voit*, se souvint-il à voix haute. Vous ne comprenez donc pas ? »

Même sur un lit d'hôpital, poser les mauvaises questions appelait toujours de mauvaises réponses.

La piqûre au creux de son bras le lui rappela. Tout comme les quelques secondes de béatitude précédant la perte de conscience.

Penchée au-dessus de son patient, Amber Duke soupira.

En trente ans de pratique, elle avait rarement été confrontée à ce type de cas clinique. Délires, hallucinations, apathie, désorganisation, incohérence de la pensée et déficits neurocognitifs. Elle exigerait une IRM cérébrale pour écarter toute affection médicale.

Plus les aiguilles tournaient, plus la santé mentale de Dan Willow déclinait. Au point qu'il représenterait bientôt un danger pour lui-même. Et pour les autres.

6

Les pâles lueurs de l'aube caressaient le corps blotti à ses côtés. John Dudley avait eu tout le loisir d'en apprécier les courbes pleines et les reliefs imparfaits durant la nuit. C'était à cela que servaient les insomnies. Apprécier le bonheur sans craindre qu'il se cache. Mary grimaça dans son sommeil. Vingt-cinq années de vie commune ponctuée de ces adorables mimiques adoucissaient la perspective d'une rude journée. Ces dernières semaines, l'activité criminelle connaissait une expansion inédite dans la région. Mary pouvait en témoigner. Elle avait grandi sur les terres marécageuses à la lisière de Devil Town avant de rencontrer un jeune officier originaire du Mississippi, fraîchement affecté dans le comté. Le bienheureux John Dudley. Un an plus tard, leur nid douillet avait pris la forme d'une petite maison de ville située au sud de Shannon Hills. Affaiblie par une maladie orpheline, Mary avait abandonné l'enseignement dans l'espoir de s'occuper d'une ribambelle de marmots qu'elle chérirait plus que tout. Mais son infertilité avait été décelée durant leur première année de mariage et ses prières quotidiennes n'y avaient rien changé. La foi en un miracle tant attendu s'était estompée avec l'apparition des premiers cheveux blancs. Les ridules – celles de la sagesse, assurait-elle – couraient autour de ses yeux perpétuellement ébahis. Dans l'incapacité d'exercer à nouveau, Mary s'était alors réfugiée dans la passion des livres. Elle avait développé son propre blog en ligne. L'alimentait assidûment. Pour combler un vide inextricable. « Lire, c'est vivre mille vies sans bouger de son canapé, disait-elle. C'est un voyage auquel nous convie l'auteur en nous offrant la liberté de débarquer à tout moment. » Son mari franchissait rarement l'espace d'embarquement. La réalité de son métier le clouait sur un quai où les morts s'enchaînaient.

Comme à son habitude, John Dudley s'extirpa doucement du lit conjugal pour descendre à la cuisine. Il enclencha la cafetière et remonta se doucher en prenant soin de réduire le jet d'eau pour ne pas réveiller Mary. Et comme d'habitude, à peine eut-il achevé ses ablutions qu'elle le rejoignit au rez-de-chaussée.

Elle l'embrassa tendrement. Un rituel immuable dont ils appréciaient la saveur à sa juste valeur. Mary s'attabla devant un mug frappé de ses initiales et contempla son vis-à-vis.

« Tu devrais consulter le Dr Lynch, mon chéri. On ne peut décemment pas vivre sans dormir et, sans vouloir t'offenser, tu as vraiment une mine affreuse ce matin…

— Ne t'inquiète pas. Je vais bien. Dès que j'aurai élucidé cette affaire…

— Le Monstre de Shannon Hills… », déclara-t-elle sans ambages.

Il hocha la tête, conscient que le surnom créé par les médias se parait d'une banalité affligeante.

« Nous finirons par l'appréhender.

— Oh, mais je n'en doute pas ! Tu t'acharneras à le traquer, même au détriment de ta santé.

— C'est mon boulot, Mary. On n'avait pas connu de crimes d'une telle brutalité depuis…

— Depuis le massacre des Ellison. Je sais. Tu n'arrêtes pas de le répéter. Quand j'étais gamine, mon père m'interdisait d'approcher Crescent House et j'ai dû entendre mille fois l'histoire de ce pauvre homme. Et maintenant, c'est au tour de la famille Appermind… »

L'enquête de voisinage n'avait abouti qu'à un concert d'éloges. Les habitants décrivaient Lydia et Karl comme des personnes discrètes et sans histoire. *Tout le monde a une histoire*, songeait John. D'après les témoignages – souvent spontanés –, le couple avait emménagé en 1954. À cette époque, Shannon Hills n'existait pas encore. Les parcelles formaient une zone sous-développée, comptant principalement de vastes champs abandonnés avant la construction de logements destinés aux ouvriers de race blanche. Mais, en vase clos, les langues se déliaient aisément et les zones d'ombre étaient apparues dans ce tableau faussement idyllique. Certaines rumeurs incriminaient les activités secrètes de Lydia Appermind. Elles consistaient à confectionner des tenues pour les membres du Klan, très actifs à cette époque, et, le cas échéant, à fournir des alibis devant les tribunaux. La position de son mari dans l'industrie textile appuyait cette théorie. Bien sûr, il serait désormais impossible de confirmer ces allégations et totalement exclu de les relier à leur exécution. En soixante ans, les trois quarts de la population s'étaient renouvelés et le dernier quart s'accrochait à son déambulateur. L'une des rares – et valides – héritières de cette époque partageait sa vie. Mary connaissait parfaitement la région et son éclairage objectif l'aiderait peut-être à cerner les fondements de ces accusations.

« C'était une triste période, reconnut-elle. Mes parents tentaient de me préserver des tensions raciales, mais les soupçons à l'encontre des Appermind ont fleuri après le drame de Crescent House. Tout le monde savait qu'ils fréquentaient Myra et Bill Ellison. Mais certains propos accablants relayés dans la presse ont jeté le doute sur leurs relations. Ils ne sortaient pratiquement plus. Une barrière végétale s'était dressée devant chez eux, si bien qu'on ne distinguait même plus la fontaine aux anges depuis la rue. Leurs trois enfants ne quittaient la maison familiale que pour se rendre à l'école. Certains militants noirs prétendaient que les parents se livraient à des pratiques douteuses avec des hommes peu recommandables. Bien sûr, aucun d'eux ne fut en mesure de le prouver. Le commerce du textile connaissait une véritable expansion et les affaires fructifiaient. Alors, l'influence de Karl Appermind a progressivement sonné le glas des rumeurs… Mais un jour, j'ai assisté à un événement marquant… »

Mary piocha une pomme abîmée dans la corbeille de fruits et joua machinalement avec le pédoncule, comme si elle était nerveuse.

« J'avais six ou sept ans, reprit-elle. Il m'arrivait de faire un détour en rentrant de l'école pour m'arrêter chez le marchand de bonbons ambulant au coin de la rue. Ce jour-là, j'ai quitté l'établissement plus tôt que d'habitude en raison de l'absence de l'enseignante. En passant devant leur maison, j'ai entendu de petits cris étouffés derrière les taillis. Je me suis approchée... Les Appermind possédaient un chat. Tout le quartier connaissait Dove...

— Dove ? s'étonna John.

— Le chat. Il visitait régulièrement les jardins avoisinants pour déposer des trophées. Des oiseaux morts, le plus souvent. J'ai pensé que Dove était blessé, mais j'ai très vite pris conscience qu'il y avait quelque chose d'humain dans ces pleurs. J'ai enfoui mon visage dans les haies... Les petites branches piquantes s'accrochaient à mes cheveux, mais la curiosité m'incitait à regarder de plus près. C'est alors que je l'ai vu... J'ai basculé vers l'arrière en criant avant de prendre mes jambes à cou.

— Qu'as-tu vu, Mary ? »

Elle inspira profondément.

« Un œil baigné de larmes. Difficile à décrire autrement. En tout cas, c'est l'image que j'en garde.

— En as-tu parlé à quelqu'un ?

— Pour dire quoi ? Les enfants Appermind terrorisaient une gamine dans la cour du collège voisin quand j'en suis partie. Ils ne pouvaient décemment pas se trouver à deux endroits à la fois ! J'ignore quelle était la chose cachée derrière la clôture. Je n'étais sûre de rien... Aujourd'hui encore, je m'interroge sur ce que j'ai vu. »

John enveloppa ses mains dans les siennes. Mary posa sur lui un regard pétillant dépourvu d'âge.

« Je te connais, John Dudley. Tu n'es pas de ceux qui frissonnent pour si peu et pourtant, mon anecdote te préoccupe... »

John se resservit un café noir. Sans sucre. Il sonda le fond de la tasse comme s'il espérait résoudre deux enquêtes simultanées dans le marc épais.

« Je suis intervenu à Crescent House avant-hier, dit-il enfin.

— Notre chère voisine m'a appris qu'elle était à nouveau habitée. Je n'y croyais pas sur le moment. Qui souhaiterait vivre dans cette maison ?

— Pour une fois, cette commère t'a bien renseignée, confirma-t-il avec un sourire entendu. Mais elle a omis de préciser l'hospitalisation dont fait l'objet l'un des résidents.

— Seigneur, que s'est-il passé ?

— Un incendie s'est déclaré à la cave, résuma-t-il. L'homme prétend avoir été agressé.

— C'est affreux !

— Rassure-toi, il s'en tire bien. Est-ce que le nom de Dan Willow t'évoque quelque chose ? »

Partagée entre étonnement et excitation, Mary se renversa sur son siège puis s'exclama :

« Et comment ! Ces romans remportent l'entière adhésion de notre petit groupe de lecture. Si ma mémoire est bonne, sa première publication remonte à 1986. Le livre s'intitulait *Cannibales*, mais je crois que le tirage est épuisé. Dix ans plus tard, il écrit *Le Festin des Ogres* et remporte un prix, mais Dan Willow ne se présente pas à la cérémonie officielle de remise. Son absence remarquée a fait couler beaucoup d'encre à l'époque. Personnellement, j'ai particulièrement apprécié *Les Affamés*, paru en 2003. Et puisque tu sembles totalement subjugué par mon érudition, sache que son neuvième roman est prévu pour le début de l'année prochaine ! »

John manqua de s'étouffer. Il savait Mary prompte à cultiver et à partager sa passion via son blog, mais pas au point de se transformer en encyclopédie vivante.

« Impressionnant, reconnut-il. Et Anton Desmond ?

— Tu plaisantes ? Il a également reçu un prix récemment pour son thriller sociétal *Les Couleurs du crime*. Un jeune homme prometteur. Mais pourquoi me poses-tu toutes ces questions ? Tu n'es pas du genre à verser dans la littérature policière, John Dudley. »

Un large sourire teinté d'admiration illumina son visage fatigué. Le contre-jour estompait les cicatrices émotionnelles gravées par les épreuves. Mary rayonnait par son aura et si, parfois, la tristesse ou la crainte venaient à grignoter un peu de son éclat, elle dénichait toujours une combine pour narguer les sensations indésirables. John comprit que l'impliquer dans son enquête ajoutait de la fierté à son éternelle joie de vivre. Alors il poursuivit son énumération. Et contre toute attente, Mary maîtrisait parfaitement la bibliographie de chaque écrivain. Selon elle, Sue Liddle écrivait des romans d'ambiance qui divisaient son lectorat et lui valaient le surnom « *Sorceress* ». Rachel Carr excellait dans les histoires de crimes passionnels et Steven Dawson exploitait davantage le registre horrifique.

« Et maintenant, donne-moi les raisons de ce subit intérêt pour les auteurs de polars…

— Ils sont portés disparus.

— Comment ça, disparus ?

— Apparemment, ces cinq sommités s'étaient donné rendez-vous à Crescent House pour un séjour d'écriture collective. Une sorte de cercle littéraire élitiste, visiblement. Mais à part Dan Willow, aucun d'eux n'a pu être localisé… »

John s'abstint d'évoquer la ressemblance frappante – voire indiscutable – entre Dan Willow et Anton Desmond.

La veille, il avait perdu une grande partie de son temps à surfer sur Internet pour récupérer des photos susceptibles de confirmer son constat. Sans succès. Pas un article illustré, aucune photo officielle ni même un cliché pris au détour d'une dédicace par un lecteur posant fièrement aux côtés de son écrivain préféré. *Rien.* Il avait alors étendu ses recherches aux quatre autres auteurs. Leur notoriété s'étalait en pleine page des magazines, mais leurs visages demeuraient tout aussi anonymes.

Une seule entrée s'associait fréquemment au nom de Dan Willow : InkWell Management. L'une des principales agences littéraires du pays. *Un os à ronger.*

L'état mental de son « client » restait à confirmer sans toutefois l'impliquer directement dans le cadre légal d'une enquête criminelle. Alors, pourquoi sa quête d'identité tournait-elle à l'obsession ?

« En tant que fervente admiratrice, reprit-il, serais-tu en mesure de me décrire Dan Willow ? »

Mary saisit un couteau et trancha vigoureusement le cœur de la pomme au point d'écorcher la toile cirée.

« Tu soulèves une question épineuse, John. Personne n'est jamais parvenu à dégoter la moindre photo de lui. Certainement une manière de cultiver sa part de mystère. »

Dudley émit une sorte de grognement. Quelqu'un était forcément au parfum.

Qui mieux placé que son agent ?

« Où vas-tu ? s'inquiéta Mary.

— Ça t'étonnera sans doute, mais j'ai moi aussi quelques lectures en retard. Comment dis-tu déjà ? Dans ma PAL ?

— Je serais curieuse de découvrir ta "pile à lire" ! s'exclama-t-elle, amusée.

— J'en doute, ma chérie… »

John s'isola dans la pièce adjacente à leur chambre. Le cadre austère évoquait davantage une cellule monacale qu'un bureau de travail. Un vieil ordinateur récalcitrant occupait un petit espace sur une planche en bois posée sur tréteaux et la paperasse domestique complétait la surface restante.

Les feuilles volantes trouvées par le jeune Barning, lors de leur virée à Crescent House, trônaient au centre de la pagaille. Sa « pile à lire » contenait moins de feuillets qu'une nouvelle et, pourtant, il fut happé dès les premières pages.

7

Arkansas, 1975.

Il fait nuit. Tout le temps. Depuis toujours. Il faut changer la lampe. L'ampoule. Tout changer. Il leur a dit, mais rien n'a bougé. Pas la peine de pleurer ni de parler. Les mauvais mots ramènent souvent de mauvaises choses. Alors il attend, dans le noir. Il écoute le silence. Respire la poussière, transpire la crasse, subit la honte. Il ne connaît pas le sens de tous les mots qu'il emploie, mais s'amuse à les assembler parce qu'ils sont à la fois beaux et cruels comme dans les contes de fées. Madame descend parfois pour lui en lire un extrait. Il aime l'écouter et s'endort parfois au chant du rossignol[1].

Elle lui apprend aussi à lire. À lire la misère du monde. « Tu ne mérites pas mieux », dit-elle. Ça n'a aucun sens, le monde est misérable, de toute façon… C'est ce que Madame affirme quand elle prétend l'éduquer. Chaque leçon est illustrée pour l'aider à mémoriser, chaque mot reste gravé. *Coupure* est une entaille inscrite sur son bras. *Brûlure* est une marque de cigarette sur sa

1. Hans Christian Andersen, « Le Rossignol et l'Empereur de Chine » (1843).

jambe. *Plaisir* se décline de différentes manières – un sourire, une caresse. *Peur* s'installe durablement dans son vocabulaire. Peur est une minute, une heure, dix ans. Mais ceux qui reviennent fréquemment sont *corvée* et *labeur*. Il connaît pourtant le sens de ces mots, mais Madame insiste pour les lui enseigner quotidiennement. Alors, il s'épuise à l'apprentissage du verbe *travailler*.

Il *récure* les sols, *se blesse* aux fourneaux, *astique* les chaussures, toutes, sauf les siennes puisqu'il n'en porte pas. *Nettoie* leurs habits, *reprise* leurs tenues, *décrasse* la cuvette, *brosse* la baignoire et parfois *s'effondre* d'épuisement. Ces jours-là, Madame le ramasse en chuchotant :

« Ils ont tué ton père, Baidi. Ils te tueront aussi si tu ne fais pas tout ce que je te dis. Tu m'entends ? »

Il la croit. Même quand elle répète que les mots peuvent tuer. Ce sont les mots qui ont tué son père. Mais les mots ne lui font pas *peur*. Ils entrent dans la catégorie du *plaisir*. Elle l'a compris. Et lui a même rapporté des feuilles de papier et des crayons. Ce sont des *récompenses* pour le travail accompli. Alors, l'enfant d'en bas s'invente des histoires et bute irrémédiablement sur l'avant-dernière lettre de l'alphabet. Madame se veut rassurante et rapporte, tout sourire, qu'on l'a bercé trop près du mur. Ce doit être follement drôle parce qu'elle s'esclaffe aussitôt.

Mais s'ils ne tuent pas, les mots font mal, parfois. Il refuse pourtant d'arrêter. Au risque de souffrir, il noircit des pages entières. S'amuse à raturer. En un trait de crayon, la souffrance, la faim, la soif, l'humiliation, tout disparaît...

Muni d'une baguette à pointe fine, Baidi se transforme en magicien ! Personne, là-haut, n'imagine l'étendue de son pouvoir. Et quand les mots ne le trouvent plus, l'enfant se rabat sur le dessin pour exprimer ses émotions. Des couleurs manquent à la panoplie de feutres. Il lui faudrait plus de rouge, moins de rose et tellement de sombres dégradés.

Soudain, des pas lents frappent les marches. Leur résonance est à l'image du tourment qui l'attend. Quand les bruits se font lourds, que l'escalier semble trop fragile pour les supporter, c'est qu'ils portent en eux tout le poids de la cruauté dont Madame est capable.

Baidi se cache derrière une chaise clouée au sol. Comme ces mots qu'il aime tant, il voudrait disparaître. Mais le placard dans lequel on l'enferme ne compte qu'une seule issue. La porte coulisse sur ses gonds en grinçant. Madame sait où le trouver mais, faisant semblant de l'ignorer, elle tourne dans le cloaque en répétant : *Baidi, Baidi, où es-tu, mon petit ?*

La cuvette encore fumante oscille entre ses mains gantées de caoutchouc. *C'est l'heure de la toilette, mon garçon ! Tu ne veux donc pas te réchauffer ?*

Il a soif. Et froid aussi. De l'intérieur. L'eau brûlante ne suffit pas. Elle lui fait mal. Décolle sa peau en dessinant des marques qui ne s'effaceront jamais. Madame *frotte*. Madame *récure*. Madame *grimace*.

Ne t'en fais pas, Baidi, je ne tenterai rien qui présenterait l'inconvénient d'abîmer mon instrument de travail...

Madame rit. L'enfant pleure. Et lorsque l'eau tiédit, elle s'en va, remonte dans ses hauteurs, laissant son ventre vide se tordre de douleur.

Baidi a faim.

Il faut nourrir la petite chose blottie dans un coin, sinon la petite chose mourra...

DIS, TU PEUX FAIRE QUELQUE CHOSE, TOI ?

8

John Dudley referma le dossier avec l'étrange sensation d'abandonner un accidenté sur le bord de la route. Le café ingurgité dix minutes plus tôt refusait de suivre le chemin habituel et stagnait douloureusement au creux de son estomac. Comment Mary – si douce et délicate – prenait-elle plaisir à dévorer ce genre de lectures ? Quelle satisfaction tirait-elle de ces immersions récurrentes dans la noirceur humaine ? John relativisa. La fiction n'atteindrait jamais les tristes sommets de la réalité. Les pages qu'il avait parcourues entraient-elles dans le cadre d'un projet de roman ou décrivaient-elles l'authentique calvaire d'un enfant prénommé Baidi ?

À contrecœur, il rouvrit le dossier et tira l'unique photo perdue au milieu d'une série de dessins, celle qui avait attiré son attention à Crescent House – la fameuse passerelle à laquelle il faisait allusion en s'adressant au jeune Barning. Le couple Ellison posait avec un bébé dans les bras près d'une fontaine aisément identifiable en raison de ses angelots. Il lut à voix haute l'inscription figurant au dos. Une manière d'absorber la véracité des informations condensées en quelques mots.

Myra, Bill et Baidy Ellison.
8 mai 1965

La date indiquée sur les feuillets fournissait une indication approximative sur l'âge de l'enfant présumé. Ce pauvre gamin – s'il existait vraiment – avait dix ans quand il avait rédigé ces lignes douloureuses. L'orthographe de son prénom différait, mais John n'y prêta guère attention. Il parcourut à nouveau le texte daté de 1975 et entoura un passage pour isoler l'un des nombreux actes de maltraitance psychologique qu'il décrivait.

Alors, l'enfant d'en bas s'invente des histoires et bute irrémédiablement sur l'avant-dernière lettre de l'alphabet. Madame se veut rassurante et rapporte, tout sourire, qu'on l'a bercé trop près du mur !

La tête plongée entre ses mains, Dudley sentait croître une furieuse migraine.

À qui appartenaient ces documents ? Étaient-ils aussi anciens que leur aspect le laissait supposer ? Pourquoi ressurgissaient-ils précisément à Crescent House ? Après tant d'années ? Le propriétaire de la maison – ou l'un de ses invités fantômes – avait-il eu accès à ces transcriptions en raison de recherches documentaires ?

Le breuvage matinal moulinait au creux de son estomac. Le marasme induit par ce jeu de questions sans réponses l'agaçait fortement.

Il quitta l'espace confiné de sa pièce de travail. Pensif, il déambula dans les couloirs comme s'il visitait pour la première fois sa propre maison.

« John ? Tout va bien ? »

Dudley fixa son épouse avec la même absence dans le regard. À l'autre bout du corridor, Mary serrait un livre de poche contre sa poitrine.

« Ma chérie, Bill et Myra Ellison avaient-ils un enfant ?

— John… Que se passe-t-il ?

— Réponds-moi. S'il te plaît. »

Elle réprima un frisson.

« Il y a bien eu des rumeurs au sujet de la grossesse de Mme Ellison… Mais crois-moi, ce bébé n'aurait pas survécu sans la protection de ses parents. Le simple motif d'un mariage mixte entraînait une surveillance accrue des groupuscules extrémistes. Ils l'auraient forcément découvert… et l'enfant aurait fatalement connu le même sort que ses parents. »

John secoua la tête et murmura le plus sereinement du monde :

« À moins que le couple Ellison ait été plus malin qu'une brigade de racistes invétérés. »

Accrochée à sa lecture du moment, Mary approcha, soucieuse.

« John ? Qu'est-ce que tu ne me dis pas ? »

La sonnerie de son portable l'affranchit de toute réponse. Il s'empressa de décrocher, le regard toujours vissé aux yeux inquiets de sa femme.

« Dudley, j'écoute. Salut, Barning… Répète ? J'arrive tout de suite. »

Il abandonna Mary à ses interrogations en lui promettant de rentrer plus tôt que la veille. Elle accepta ses vaines promesses et l'observa quitter leur foyer avec les habituelles incertitudes d'une femme d'officier.

À moins de trois kilomètres de là, le jeune Barning guettait l'arrivée de son supérieur sous la guérite attenante au poste de police. Quand le véhicule apparut dans son champ de vision, il se précipita sous une pluie battante et s'engouffra dans l'habitacle. Le souffle court et les joues rougies par l'excitation, il répéta au mot près les propos tenus au téléphone :

« L'analyse balistique a révélé que les microtraces des rainures du canon correspondent aux fragments des balles extraites de la tête des victimes. Officiellement, l'arme détenue par Dan Willow a servi à abattre la famille Appermind.

— Et merde, lâcha Dudley. Le Dr Duke va nous maudire. »

Dix heures sonnèrent au clocher de l'église de Little Rock lorsqu'ils traversèrent le hall de l'hôpital sans s'annoncer. La jeune et ravissante infirmière avait visiblement terminé sa garde et la relève semblait moins commode. Une femme corpulente d'âge mûr – et moins alerte – les talonna depuis le comptoir d'admission jusqu'à la salle de repos réservée au personnel. Aucun des regards rivés sur eux ne détenait la malice hypnotique d'Amber Duke. Dudley referma doucement la porte en s'excusant d'un signe de la main, puis il se tourna vers l'infirmière remplaçante. Une éventuelle filiation avec un bouledogue ne l'aurait pas étonné outre mesure, mais il s'abstint d'en faire mention à l'intéressée.

« Auriez-vous l'extrême amabilité de nous indiquer le bureau du Dr Duke ? »

La vieille chipie rentra le menton dans les plis de son cou.

« Elle ne reçoit que sur rendez-vous. »

Le jeune Barning commençait à s'échauffer et ses trépignements auguraient quelque maladresse tactique.

Le chef de la police sourit et poursuivit calmement :

« Il s'agit d'une affaire urgente, madame. Veuillez nous annoncer, s'il vous plaît.

— Pour qui me prenez-vous ? Je ne suis ni secrétaire ni standardiste !

— Je le vois bien, répondit poliment Dudley. Cependant, j'ai la certitude que votre contribution à la résolution d'une enquête criminelle ferait bon effet pour l'obtention d'une promotion. »

Son visage s'illumina miraculeusement. Si elle devait exceptionnellement faire une entorse à sa conscience professionnelle, c'était maintenant ou jamais. Le statut d'infirmière en chef dépendait de sa décision.

« Suivez-moi. Je vais vous conduire à son bureau. »

Jamais ils n'auraient eu l'idée de s'aventurer au niveau inférieur pour dénicher la planque du Dr Duke. Pourtant, la carriériste en blouse blanche les promena le long des couloirs silencieux situés sous l'hôpital. Avec ses portes dotées de gros verrous semblables à des cellules d'une prison, l'endroit était propice à la concentration autant qu'à la dépression.

« Nous y voilà.

— Merci, jeune fille. Nous ne manquerons pas de signaler votre aimable collaboration à qui de droit. »

L'espace d'une seconde, l'expression d'un doute tordit les lèvres de l'infirmière. Elle s'apprêtait certainement à exiger des garanties plus convaincantes, mais Dudley estima que la comédie avait assez duré.

« Attendez ! Vous ne pouvez pas entrer comme ça ! »

Oh que si ! Et c'est exactement ce qu'il fit, tandis que Barning repoussait gentiment la femme-bouledogue.

Sans se départir de son aplomb, Amber Duke leva les yeux du dossier qu'elle était en train d'examiner.

« Docteur, je suis désolée… je leur ai dit d'attendre, mais…

— Ce n'est rien, madame Pug. Tout va bien. Vous pouvez nous laisser. »

Pug[1] *?* s'étonna mentalement John Barning. Seigneur, la pauvre femme ne présentait pas seulement les caractéristiques physiques d'un chien, elle en portait également le nom ! Il regretta presque de l'avoir fait tourner en bourrique. Manifestement, le sort s'en chargeait déjà depuis longtemps.

Quand l'infirmière eut refermé la porte en pestant, le Dr Duke se redressa avec une prestance toute naturelle.

« Décidément, messieurs, vous avez l'art – sans la manière – de vous imposer. J'ignore comment vous êtes parvenus à amadouer l'infirmière Pug, mais il y a fort à parier qu'elle me serinera à ce sujet pendant des semaines, voire des mois. Je ne vous remercie pas.

— Nous enquêtons sur un quintuple meurtre, dit Dudley. Pardonnez-moi, docteur, mais si vous espériez me faire sourire, sachez que mes zygomatiques sont un peu rouillés en ce moment.

— Très bien. En quoi puis-je vous aider, cette fois ?

— Nous aurions besoin d'auditionner Dan Willow.

— À propos des crimes commis à Shannon Hills ? Quel rapport avec mon patient ?

— Nous n'avons pas mentionné cette affaire, intervint Barning, suspicieux.

— Vous, non. Mais les médias en font leurs choux gras. De plus, deux affaires du même acabit dans un périmètre aussi réduit semblent statistiquement improbables. »

---

1. « Carlin ».

La jeune recrue piqua un fard sous le regard amusé de la psychiatre.

« Alors, je vous le demande à nouveau. Quel rapport avec mon patient ?

— Il est dorénavant considéré comme un suspect, répliqua John Dudley. Nous le plaçons en garde à vue. L'étude balistique atteste qu'il était en possession de l'arme utilisée pour exécuter cinq membres d'une même famille. »

Sa déclaration eut l'effet d'une gifle. Momentanément déstabilisée, Amber Duke les considéra à tour de rôle comme si elle assistait à un mauvais sketch improvisé.

« Vous faites erreur, officiers. Dan Willow est incapable de commettre de tels actes.

— Éclairez-nous…

— L'élaboration de ces crimes, tels qu'ils sont dépeints dans la presse, requiert une planification minutieuse, une confiance en soi exacerbée et une parfaite maîtrise émotionnelle. Et mon patient est totalement dépourvu des trois paramètres.

— Certains éléments n'ont pas été portés à la connaissance du public. Vous êtes loin de tout savoir sur son mode opératoire », précisa Dudley, admettant cependant que l'analyse d'Amber Duke se révélait très juste quant à la classification d'un tueur organisé.

Celle-ci réfléchit un instant, pianotant sur son bureau du bout des ongles, puis elle demanda :

« Avez-vous seulement envisagé que cette arme ait pu appartenir à l'agresseur de M. Willow ?

— Le dénommé Empereur Blanc ? Faudrait-il encore que nous ayons la preuve de son existence.

— Vous plaisantez ? Dan Willow présente des brûlures au deuxième degré profond, au visage et aux bras, une blessure infectée au niveau de la cheville ainsi que des signes évidents de traumatisme consécutifs à un choc émotionnel important. Vous n'insinuez pas qu'il aurait pu lui-même s'infliger de telles souffrances ? »

Le chef de la police tira une chaise et s'installa bien à son aise.

« La psychiatrie est-elle une science exacte, docteur Duke ? demanda-t-il le plus sereinement du monde.

— Pas plus que certains principes de criminologie dont les paradoxes suscitent de nombreux débats. Dois-je vous rappeler les failles du système, officier Dudley ? En dépit des progrès en matière de techniques scientifiques, combien d'erreurs judiciaires ont déjà conduit des innocents dans le couloir de la mort ? Comprenez-moi bien, je ne suis pas votre ennemie. Nous devrions unir nos efforts, plutôt qu'entamer une guerre de pouvoirs qui vous laisserait sur le carreau, ajouta-t-elle avec un sourire espiègle.

— Parfait, consentit Dudley. Alors, votre expertise sera la bienvenue lors de l'audition.

— Comptez sur moi pour établir un rapport objectif et veiller au respect des règles d'interrogatoire.

— Bien. Vous comprendrez également qu'en raison de la gravité des accusations, nous devons nous assurer que votre patient ne quittera pas votre établissement le temps que durera son hospitalisation.

— Faites votre travail, officier Dudley. Je ferai le mien. »

9
Dan

La garde à vue fut prononcée le mercredi 24 avril à 11 h 40.

Des claquements secs. La morsure du métal sur son poignet. La sensation de revivre continuellement le même calvaire.

Le jeune agent assermenté lui notifia ses droits – garder le silence ou demander la présence d'un avocat. Dan avait renoncé aux deux. Depuis quand bouclait-on une victime sur un lit d'hôpital ? Même ses plus mauvais polars n'engendraient pas de telles aberrations ! Lui, suspecté de meurtres ? Étaient-ils tous devenus fous ?

Dix minutes après que les menottes s'étaient refermées sur sa liberté, l'officier en bout de carrière l'avait interrogé sur son identité, son âge, son lieu de résidence, avant d'entrer dans le vif du sujet. Comment s'était-il retrouvé en possession d'une arme ayant servi à abattre une famille entière ? Bon Dieu, l'histoire criminelle regorgeait de faits semblables dont les condamnés clamaient haut et fort leur innocence ! Le véritable auteur des crimes l'avait forcément piégé ! Il avait calculé sa libération et chronométré son évasion à la minute près ! Il contrôlait tout. Le moment de parler et celui de se taire. Il bernait les sens, brouillait les repères à la manière d'un chacal diverti par sa proie.

Dan s'était abstenu de leur révéler que ce monstre revenait la nuit murmurer à son oreille comme une mouche à merde s'entiche d'un dormeur éprouvé. Il n'avait aucune confiance en la justice. Pas plus qu'en ces deux flics. Ils ne renonceraient jamais. Dan avait perçu leur ineffable frustration à l'idée de repartir sans aveux circonstanciés.

Depuis la fin de l'audition, Dan hurlait à l'intérieur. Et personne ne l'entendait. En prévention d'une nouvelle crise de panique, le Dr Duke lui avait administré du clonazépam qui sabordait toute expression émotive, mais n'entamait ni sa perception de l'environnement ni sa mémoire à court terme.

Dans cet entourage hostile, elle était la seule à mériter ses confidences au sujet de l'intrus qui s'amusait à le persécuter jusque dans sa chambre. Malheureusement, ses questions infantilisantes s'inscrivaient dans un programme élaboré par des manuels de psychiatrie limitant considérablement le champ de discussion. Elle le croyait quand il soutenait ne rien comprendre à la situation. Dans son regard perçant brillait l'admiration qu'elle vouait à son talent de conteur et nul doute qu'elle incarnait une alliée de choix dans un camp déserté.

« Dan, vous m'entendez ?

— Oui, docteur… Je vous entends. »

L'après-midi touchait à sa fin lorsque Dan ouvrit lentement les yeux. Sa vision s'accoutuma progressivement à l'agressivité lumineuse des néons. Les bandages comprimaient toujours son visage et, s'il avait été en mesure d'arracher les croûtes formées sous la gaze, sans doute aurait-il tenté l'expérience.

« J'aimerais poursuivre nos séances. Vous en sentez-vous capable ? »

Les menottes cliquèrent contre les barreaux du lit. Dan suppliait silencieusement qu'elle daigne ôter ces entraves abusives, mais Amber Duke afficha un sourire impuissant.

« Je suis désolée pour ce désagrément. Le département de police de Shannon Hills juge cette mesure de précaution indispensable.

— Et vous, qu'en pensez-vous, docteur ?

— Ce que j'en pense importe peu. Mais le principe élémentaire serait de démontrer qu'ils ont tort. »

Les yeux brillants, Dan hocha la tête comme un enfant bercé de promesses.

« Bien. Commençons. Avant toute chose, acceptez-vous que nos entretiens soient désormais enregistrés ? demanda-t-elle en désignant le dictaphone posé sur la desserte.

— Oui. »

Dan n'avait rien à cacher. Autant qu'il demeure des preuves de son intégrité.

« Êtes-vous le Monstre de Shannon Hills ? »

Les mots le percutèrent comme un train en vitesse de pointe. Devait-il réellement répondre à cela ? Il supposa que le Dr Duke souhaitait jauger ses réactions afin d'écarter définitivement les soupçons à son encontre. Sans lui en tenir rigueur, il répondit en toute honnêteté :

« Je l'ai déjà dit aux enquêteurs ! Je n'avais jamais vu cette arme auparavant. Et pour être franc, je ne saurais même pas situer Shannon Hills sur une carte routière.

— Très bien. Parlez-moi de votre agresseur. Pourquoi l'appelez-vous l'Empereur Blanc ?

— C'est ainsi qu'il s'est présenté.

— Seriez-vous en mesure de l'identifier ?

— Il m'a attaqué par surprise. Ensuite, il m'a drogué. J'étais dans les vapes la plupart du temps. »

Amber Duke nota cette dernière remarque sur son carnet. Quel intérêt ? Le dictaphone retranscrivait fidèlement le moindre mot prononcé dans cette chambre aseptisée.

« L'infirmière présente lors de la visite des deux officiers m'a rapporté que vous décriviez, je cite : un bunker, sombre et froid. Et d'après la police, l'incendie s'est déclaré à la cave. Alors, vous semble-t-il cohérent que cet individu vous ait séquestré à cet endroit ? »

Dan se raidit. Pourquoi implantait-elle ces images en lui ? Une bouffée d'angoisse reflua de cette geôle étouffante. Les relents de terre et de moisissure, l'étrange résonance des sons dans un univers ouaté, l'absence d'aération, l'impression d'étouffer, ses poignets entravés…

« Par des bracelets d'acier.

— Pardon ?

— Une cave, oui, peut-être…, admit-il en faisant tinter le métal contre la barre du lit. Mais il aurait pu m'enchaîner n'importe où. Ici même, dans cette chambre, avec vous… Je vous l'ai déjà dit, docteur, son grand jeu consistait à m'abrutir de calmants. »

Amber Duke cherchait à débusquer dans ses yeux un soupçon de facétie. *Ou de reproche*. Mais de toute évidence, ne rien déceler du tout était pire encore. En témoignait son air consterné.

« Pourquoi s'en est-il pris à vous, Dan ? reprit-elle.

— Parce que ce gars est dingue ! Du genre, fanatique, vous voyez ? Je doute qu'il ait simplement repéré un type obèse à la sortie d'un bar avant de décider de faire joujou avec. Quoiqu'il y aurait matière à écrire un bouquin… Non, tout était prémédité et soigneusement planifié. Il connaissait des détails intimes…

— Et donc, par recoupements, cet homme serait potentiellement l'auteur des meurtres de Shannon Hills, selon vous ? »

Une fine pellicule de sueur recouvrit son cou et ses mains. Il avait besoin de temps pour réfléchir. Analyser la situation. Mais le Dr Duke ne lui accorda aucun répit.

« La police vous a maîtrisé alors que vous teniez l'arme ayant servi à abattre cinq membres de la même famille », rappela-t-elle.

Horrifié, Dan acquiesça à cette éventualité. La probabilité qu'un lecteur déséquilibré l'ait sciemment pris pour cible tenait la route. Il avait évoqué cette hypothèse au cours de son audition lors de la garde à vue et, contrairement aux flics, le Dr Duke l'avait écouté attentivement.

Cependant, elle émit une réserve.

« Lors de notre dernier entretien, vous avez évoqué des voix derrière les murs et des hurlements. Ceux de vos confrères, apparemment. Pour quelle raison l'Empereur Blanc se serait-il attaqué à eux, si son but était de vous faire endosser ses crimes ? L'entreprise se révélait risquée, même pour un détraqué de son envergure. »

Dan eut soudain l'impression que la psychiatre lui intentait un procès. Que cherchait-elle au juste ?

« Ils ont tous disparu, dit-il en fermant les yeux. Il ne reste plus que le gros lard de service, menotté à un lit trop étroit.

— L'apparence est-elle un problème pour vous, Dan ? »

L'air se raréfia subitement dans la chambre. Comme si le monde retenait son souffle. Un rire gras explosa dans sa gorge.

« Voilà enfin la psy à l'œuvre ! »

Sa paupière gauche s'était mise à tressauter sous l'effet de la nervosité, mais le ton de sa voix demeurait étrangement calme.

Amber Duke fronça les sourcils. Elle griffonna quelques mots sur son carnet et abandonna ce terrain manifestement sensible pour se recentrer sur les séquelles inhérentes à l'agression de son patient.

« Le choc émotionnel provoqué par un acte de soumission engendre une perte d'estime qu'il conviendra de restaurer. Mais c'est en bonne voie. Votre tortionnaire a fait preuve de lâcheté en vous maintenant impuissant. Autrement, vous l'auriez certainement broyé à mains nues.

— Il m'a laissé baigner dans ma merde, doc. Croyez-moi, je n'avais pas le choix. Il m'a humilié, manipulé. J'ai tenté de le raisonner, mais ce type est inébranlable.

— Oui, comme la plupart des malades mentaux. »

La vision de Dan se brouilla. Ces foutus néons l'aveuglaient. La contraction du muscle orbiculaire s'intensifia au point de découper le visage sérieux du Dr Duke en une série de diapositives mal réglées.

« L'Empereur Blanc…, répéta-t-elle en gloussant. Quel surnom idiot ! Encore un ego démesuré qui mériterait un passage aux urgences psychiatriques… »

Les murs ondulèrent telles des vagues écumeuses prêtes à le submerger. Dan tenta d'alerter le Dr Duke. Quelque chose n'allait pas… La chambre se réduisait à la taille d'une vignette luminescente aspirée par un trou noir. Mais la psychiatre poursuivait son monologue assommant sans se préoccuper de son état.

« Lors de votre attaque de panique, vous avez crié : *Quoi que je fasse, vous me tuerez aussi*. Cela signifie-t-il que vos amis sont morts, Dan ? Savez-vous ce que leur a fait cet homme ? »

Au bout d'un tunnel sombre et étroit, Dan distinguait désormais son environnement à l'échelle d'un timbre-poste. Les sons indistincts lui parvenaient par échos successifs.

« Dan ? Je suis votre alliée, rappelez-vous. Vous ne courez aucun danger. Un agent de police est en faction devant la porte. Personne ne peut plus vous atteindre. Vous êtes en sécurité.

— C'est ce qu'il veut vous faire croire… »

Son œil cligna une dernière fois avant de se fermer totalement.

Séance terminée, doc…

10

Arkansas, 1978.

Aujourd'hui, c'est une date un peu spéciale. Dans quelques heures, l'enfant d'en bas soufflera treize bougies colorées, plantées sur un gâteau qu'il aura lui-même confectionné, comme tout le repas de fête destiné à engraisser Madame, Monsieur et leurs trois petits monstres. Il ne goûtera qu'une part infime de son festin silencieux et retombera bien vite dans l'anonymat d'un placard. Quel cadeau lui balancera-t-on depuis la première marche de l'escalier ? L'an passé, un petit livre écorné s'est échoué à ses pieds. Madame est peut-être cruelle, mais, à défaut de nourrir correctement son corps, elle abreuve son esprit de contes macabres. Sans doute pense-t-elle que l'enfant relativisera sa condition d'esclave en découvrant les sombres horizons décrits entre ces pages. *Le malheur est divers. La misère sur la Terre est multiforme.* Mais ce que Madame oublie, c'est que Baidi n'est plus un enfant. Il a beaucoup appris de ses leçons quotidiennes dispensées au fond d'une cave. S'il ne fallait retenir que la torture de ses méthodes, sans doute serait-il déjà mort, comme son père avant lui. Et pourtant, il se sent plus vivant que jamais. Tous les verbes ont désormais un sens et leur puissance s'inscrit sur les milliers de pages dont il tapisse les murs de sa prison.

Un soir de grand froid, Madame a menacé de tout brûler. Sous sa veste mouchetée de neige, elle puait le tabac et l'alcool bon marché. Il lui arrivait parfois de se mettre en colère si violemment que le monde d'en haut devait frémir sous une avalanche d'échos. Madame ne justifiait jamais ses accès de rage. Elle se bornait à les lui faire subir. Cette nuit-là, retranché derrière sa baguette à pointe fine, Baidi n'a pas bronché. Les terreurs d'antan finissaient par s'estomper. Il l'a laissée procéder à sa toilette, supportant la friction par le crin et la morsure de l'eau brûlante. Le lendemain, précédée d'un sourire, Madame est descendue avec une nouvelle palette de feutres et une liasse de feuilles vierges. C'était sa manière de faire pénitence pour les mauvais traitements qu'elle lui infligeait. S'il ne pardonnait pas, l'enfant d'en bas s'en contentait.

Mais aucune attention n'effacerait jamais treize années d'enfer.

À présent, Baidi songe qu'il aimerait contempler la couleur du ciel. Respirer le parfum des roses printanières fleurissant près de la fontaine. Courir à travers les grands espaces verdoyants d'une saison en perpétuelle renaissance. Si les mots lui offrent un semblant de liberté, il n'aspire désormais qu'à l'embrasser de tout son être.

Un jour viendra où il volera l'essence de ces paysages inaccessibles en les magnifiant sous sa plume.

Mais pas aujourd'hui.

La porte s'ouvre en grinçant. Encore et toujours les mêmes bruits, la répétition des visages et des odeurs figés dans l'obscurité de sa cave. En cette journée spéciale, Baidi s'est éreinté à récurer, cuisiner, laver, astiquer, se plier aux quatre volontés de ses maîtres, pâles comme les icônes fantomatiques illustrant les contes. Un jour ordinaire en somme, durant lequel il se prend à rêver de parcourir le monde autrement qu'entre les pages d'un livre.

Les pas dans l'escalier sont d'une extrême lenteur et leur anormale délicatesse le déstabilise un instant. Une silhouette longiligne se profile dans une semi-obscurité. Habituellement, la fille de Madame ne descend jamais. Il ne la croise qu'en de rares occasions. Là-haut, le monde est si vaste qu'il pourrait s'y perdre. Mais Madame veille. Les yeux plissés, elle contrôle ses moindres déplacements et soupire d'aise chaque fois qu'elle verrouille la porte.

Immobile en bas des marches, celle que l'on nomme Shirley penche légèrement la tête, comme en présence d'une bête curieuse.

Ses longs cheveux ressemblent à des fils de soie tombant en cascade sur ses épaules laiteuses. Baidi baisse les yeux. Sa beauté l'accule au mur opposé. Elle évolue gracieusement dans la puanteur, faisant mine d'ignorer la crasse et l'immondice d'une geôle aménagée sous le plancher. Quelques pas suffisent pour que la distance entre eux ne soit plus qu'un souvenir.

« Tu peux me regarder. Je ne vais pas te manger ! »

Baidi obéit. La fille de Madame est une princesse dans ce royaume de servitudes. Il aimerait détourner le regard, mais la splendeur des sentiments éclate à l'intérieur de son ventre. Un parfum savonneux s'engouffre en lui dans un léger vertige. Il a du mal à croire que

Madame ait engendré une si douce créature. Shirley doit avoir à peu près son âge, mais ses formes généreuses tendent déjà ce ravissant chemisier qu'il ne cesse de repriser.

« Maman m'a donné la permission de descendre », explique-t-elle pour le tranquilliser.

Baidi se tait. Rien ne saurait mieux le rassurer qu'être seul. Surtout à cet instant... Une bosse s'est formée sous le tissu élimé de son pantalon et il sait que c'est mal parce que Madame crache dessus chaque fois qu'elle entrevoit cet asticot répugnant.

« Tu veux une cigarette ? » propose-t-elle en tirant un étui argenté de sa poche.

Baidi ne répond pas. Il voudrait qu'elle s'en aille. Mais elle insiste et s'étend sur le matelas à la manière d'une sirène. Ses jambes vertigineuses se déploient sous une jupe plissée à peine plus grande qu'un mouchoir de poche.

« Tu peux me toucher, si tu veux. »

Son cœur le voudrait, mais son esprit s'y refuse.

Quelque chose cloche dans l'improbable autorisation délivrée par Madame. Et plus encore dans le comportement de sa progéniture, si désirable soit-elle.

Devant sa réticence, elle saisit sa main pour le forcer. Lui la retire prestement. Alors, la mâchoire serrée, la jeune fille déboutonne son chemisier. Ses gestes ont perdu toute élégance et son visage, toute bonté. Les yeux écarquillés, Baidi observe l'effeuillage se muer en crise d'hystérie. Shirley plante les ongles dans sa peau blanche et la griffe sauvagement, jusqu'à ce que des lignes de sang s'étirent de sa gorge à la naissance de ses seins. Reproduisant les mêmes gestes douloureux sur ses cuisses, la fille de Madame se met à geindre en riant tandis que lui pleure en silence. Baidi mesure déjà les conséquences de son manège. On le pendrait haut et court pour avoir souillé son innocence. Ses vaines protestations n'aideraient qu'à resserrer le nœud autour de sa gorge. Baidi comprend alors que les mots ne suffiront jamais à rendre libre, car la justice de l'homme leur est odieusement supérieure.

Et comme si la vie s'employait à le lui prouver, il surprend la fille de Madame, fixant la bosse honteuse sous son nombril. Le diable danse dans ses yeux tandis qu'elle aspire une longue bouffée. La cigarette se consume. Le bout rougeoyant s'écrase sans ménagement, crépite, lui brûle l'entrejambe.

D'un ton triomphant, elle s'exclame :

« Joyeux anniversaire, sale nègre ! »

Ils ne l'ont pas tué ce jour-là. Pas vraiment.

Peu de temps après, Madame est descendue. Elle n'était pas seule. Ses deux rejetons l'accompagnaient pour effectuer la sale besogne. Ils étaient la force dont elle avait besoin pour maintenir Baidi plaqué contre un matelas. Madame tenait dans ses mains une paire de cisailles. Les lames écartées cherchaient une plante vivace à sectionner. Mais aucune fleur ne poussait ici-bas… Alors, elles tranchèrent ce dont la nature avait pourvu l'enfant.

Il faut sauver la petite chose blottie dans un coin. Sinon, la petite chose mourra.

DIS, TU PEUX L'AIMER, TOI ?

11

Shannon Hills s'éveillait à peine lorsque John Dudley repoussa d'un geste las les feuillets découverts à Crescent House. Au-delà des fenêtres, le pépiement des oiseaux célébrait le jour naissant nimbé d'une luminosité mordorée digne d'un temps d'été. Pourtant, la perspective d'une météo clémente ne parvint pas à défroisser son teint fatigué. Les résultats balistiques à l'origine de la détention de Dan Willow soulevaient de nombreuses interrogations. Pourquoi cet auteur reconnu aurait-il assassiné toute une famille ? Et comment se serait-il ensuite retrouvé piégé par les flammes sans l'intervention d'une tierce personne ? Cet Empereur Blanc existait-il réellement ? Le Dr Duke défendait l'intégrité de son patient sur des bases médicales qu'elle jugeait solides. Dudley n'avait aucune légitimité à mettre en doute son expertise et, pourtant, seules les preuves matérielles représentaient à ses yeux des pistes fiables.

Mary toqua à la porte.

« Entre, ma chérie. »

Camouflée sous une robe de chambre à fleurs et chaussée de petites pantoufles assorties, elle se faufila vers son bureau et lui tendit une thermos de café.

« J'ai pensé que tu en aurais besoin. »

Bienveillante, Mary anticipait souvent ses envies, comprenait les implications de ses silences prolongés sans jamais se plaindre du manque de réciprocité. Sa femme était le socle de sa vie. Il veillerait à le devenir pour elle aussi.

« Tu étudies de nouveaux éléments ? Je ne voudrais pas te déranger…

— Je suis dans une impasse, avoua-t-il. Viens près de moi. Un regard neuf serait le bienvenu. »

Le sourire enjoué de Mary s'évanouit à la lecture des deux premières pages. Puis, sans émettre le moindre commentaire, elle étudia la photo du couple Ellison posant fièrement avec un bébé, ainsi que les dessins visiblement tracés par la main d'un enfant. Sur l'un d'eux, cinq personnages formaient une chaîne reliée par des traits grossiers. Leurs figures barbouillées au feutre rouge démontraient l'accès de rage à l'origine de ce carnage artistique.

« C'est à peine croyable, John… », dit-elle d'une voix chevrotante.

Elle s'abîma dans la contemplation d'un second dessin représentant un œil peint sur fond noir. À l'instar du souvenir qu'elle en gardait, une larme s'accrochait aux cils immenses fondus à l'obscurité.

« Où as-tu trouvé ces documents ?

— À Crescent House. »

Elle hocha vigoureusement la tête comme s'il s'agissait d'une évidence.

« La rumeur était donc vraie… Bill et Myra ont donné naissance à un fils. Mon Dieu, crois-tu que cet enfant soit réellement l'auteur de ces épouvantables textes ?

— Je l'ignore, Mary. Mais si ces récits sont authentiques, le fils Ellison aurait eu un mobile pour l'assassinat de la famille Appermind. Cependant, ces pages ne prouvent absolument rien. »

Elle soupira, dévorée par le remords.

« Je connaissais Shirley, reprit Mary. C'était une véritable peste. Tout comme ses frères, Brandon et Will. Je présume que tu as remarqué la corrélation entre ces dessins et la manière dont on les a massacrés. Regarde leurs lèvres… Et cet œil… Seigneur, j'aurais dû intervenir ce jour-là ! Si seulement j'avais alerté mes parents ou… »

Elle retomba dans un silence désespéré.

« Mary, ce ne sont que des suppositions établies à partir de bouts de papier.

— Peut-être, mais tu n'as pas grandi ici, John. Les drames se sont succédé comme une malédiction jetée sur le comté. Je me souviens de l'histoire d'un jeune garçon retrouvé assassiné au milieu des années quatre-vingt. On lui avait fracassé le crâne en pleine rue… Le pauvre gamin était pensionnaire à l'orphelinat catholique de Maumelle Lake. Ce jour-là, il avait échappé à la vigilance des surveillants. Son seul crime était d'avoir piqué une bicyclette pour partir en balade ! On n'a jamais retrouvé le coupable… Et sais-tu pourquoi les élus ont baptisé Devil Town ainsi ? »

John secoua la tête. Jamais auparavant elle ne lui avait confié les zones sombres de son enfance. Par crainte de son jugement peut-être, ou pour se convaincre que rien de tout cela n'avait existé. Alors, en dépit de sa volonté d'oublier, Mary raconta :

« C'était au début du siècle dernier. De nombreuses disparitions avaient été rapportées dans la région. Étrangement, les gens se volatilisaient dès qu'ils dépassaient les zones marécageuses en périphérie de Little Rock. Comme s'il existait une ligne de démarcation imaginaire entre deux mondes. La plupart des randonneurs égarés s'évanouissaient dans la nature et les avis de recherche atterrissaient inévitablement au département des affaires classées. Mais en 1920, après le passage de l'ouragan Gavelston, des milliers d'ossements sont remontés à la surface. Chaque jour, les pelleteuses emportaient les squelettes vers un charnier improvisé en lisière de forêt. La majeure partie des personnes disparues étaient de race noire. À l'époque, les comptes rendus factuels ont fait preuve d'une grande complaisance vis-à-vis de cet épisode troublant, allant jusqu'à parler de coïncidence. C'est ainsi qu'est née la ville du diable[1], John. Dans le sang, la haine et le déni. Après ça, une nouvelle génération de fanatiques a pris le relais à travers le comté. Plus discrets que leurs aînés, mais tout aussi redoutables. Et je ne serais pas étonnée de compter Lydia et Karl Appermind parmi les partisans. »

Le témoignage poignant d'un enfant mulâtre serré entre ses doigts tremblants, Mary se replia sur elle-même. Elle portait le poids d'une culpabilité injustifiée. John respectait le raisonnement qu'elle exprimait

1. Devil Town.

à demi-mot, sans toutefois le cautionner totalement. Le profil irréprochable des victimes s'écroulait sous le vernis peu reluisant de l'esclavagisme. Leur adhésion probable à l'idéologie d'une race pure aurait pu constituer un motif de représailles, mais pouvait-on réellement se fonder sur ces textes narratifs pour en imputer la responsabilité à ce mystérieux Baidy ?

John attrapa les mains de sa femme et les enveloppa d'une infinie tendresse.

« Il nous faut des preuves concrètes pour étayer cette piste, Mary. Et jusqu'à présent, les éléments en notre possession orientent le viseur en direction de Dan Willow. L'expertise balistique a révélé une correspondance avec son arme.

— D'après ce que tu m'as raconté, il assure ne jamais l'avoir vue auparavant, contesta sa femme. Et la psychiatre de Saint-Vincent confirme son incapacité à commettre de tels actes. Tu te mens à toi-même, John ! Tu ne trouves pas curieux que ces papiers aient atterri précisément à Crescent House ? Si tu estimes vraiment qu'ils n'ont aucune importance, pourquoi les as-tu rapportés chez nous ? Pourquoi t'isoles-tu à une heure indécente sans même avoir pris la peine de boire un café ? Ça ne te ressemble pas du tout… »

Son regard se troubla quand il répondit :

« Tu as raison. Mes intuitions tournent à l'obsession. J'ai la désagréable sensation de passer à côté de l'essentiel…

— Écoute, je crois que Dan Willow dit la vérité. Il s'est produit quelque chose à Crescent House… Et je ne serais pas étonnée d'apprendre que le Monstre de Shannon Hills est également impliqué dans l'incendie de la maison. Peut-être même dans la disparition des quatre auteurs… »

Au tout début de son enquête, John s'était mis en tête de partager une quantité modérée d'informations afin de ne pas perturber l'insouciant quotidien de sa femme. Au final, c'est elle qui bouleversait le sien. En l'absence d'indices exploitables au domicile des Appermind, et compte tenu de l'attitude incohérente de Dan Willow, John s'était focalisé sur ce dernier comme on persécute un bouc émissaire. Ce type ne lui inspirait aucune confiance, mais son jeu de dupes en faisait-il pour autant un assassin ?

En revanche, si Baidy Ellison avait échappé à la vigilance de l'expédition punitive responsable du martyre de ses parents, lui – ou toute autre victime de persécution raciale – détenait une raison criante d'exercer sa vengeance. Cet enfant avait-il seulement survécu ? À l'ère de la surveillance numérique où toute activité était scrupuleusement stockée, comment son existence avait-elle pu échapper aux radars technologiques ? La prochaine étape consisterait à démêler le vrai du faux. Et dans cet exercice périlleux, le jeune Barning jouerait un rôle crucial.

La froide lumière du jour glissait à travers les persiennes quand l'officier Dudley descendit au salon, une pochette étiquetée « B. Ellison » coincée sous son bras. La perspective printanière s'effaçait déjà derrière l'amoncellement des nuages annonciateurs d'orages. Comme à son habitude, Mary l'embrassa affectueusement avant de s'installer sur le canapé du salon, un livre de Dan Willow entre les mains. Sans doute espérait-elle dénicher entre les lignes quelque indice susceptible de cerner la personnalité de l'auteur ? Mais dès qu'il aurait tourné le dos, elle s'empresserait d'activer les moteurs de recherche en quête de renseignements profitables à l'enquête. Non par curiosité malsaine, mais par dévotion. Elle était comme ça, Mary. Profondément humaine.

L'officier Dudley s'installa au volant de son véhicule de service. Et, comme un fâcheux présage, le martèlement de la pluie couvrit la mélodie de son portable. L'écran s'illumina comme une guirlande de Noël. Malgré l'heure matinale, sa jeune recrue avait déjà tenté de le joindre à cinq reprises. Non sans éprouver une légère appréhension, le chef de la police décrocha au sixième appel.

« Je t'écoute, Barning. »

Un flot d'informations se perdit alors dans le vrombissement du moteur.

Emportant avec lui toute forme de réjouissance.

12

Une demi-heure plus tard, l'officier Dudley s'engagea sur le ruban de gravier situé 33, Bird Road. La radio locale diffusait un vieux tube repris par Nina Simone dans les années soixante. Son intensité vocale emplissait l'habitacle avec *I'm feeling good*[1].

Il fredonna à son tour *It's a new dawn, It's a new day, It's a new life for me*[2], espérant que la chanteuse disait vrai. Crescent House, dressée devant lui comme une sombre illusion, le contraignit à l'évidence. L'optimisme était une notion arbitraire, en partie inhérente à l'environnement immédiat.

Dudley coupa le contact et progressa à pied jusqu'à la grange dont le sinistre tableau s'accordait en tout point avec le passé macabre de Devil Town. Il bloqua prudemment les portes en bois pour chasser l'obscurité qui régnait sous les poutres délabrées. Adossé contre une vieille barrique de sucre, le jeune Barning patientait,

1. « Je me sens bien. »

2. « C'est une nouvelle aube/ C'est un nouveau jour/ C'est une nouvelle vie pour moi. »

la lampe torche de son téléphone braquée sur l'entrée comme s'il redoutait la visite d'un intrus.

« Où est l'équipe scientifique ? s'étonna Dudley.

— Je l'ai devancée… mais rassurez-vous, je n'ai touché à rien !

— Qu'est-ce qui t'a pris de venir ici sans renforts ? Inutile de répondre, quelle qu'en soit la raison, elle est mauvaise. »

Au-dehors, la pluie s'intensifiait, occultant les plates excuses de sa jeune recrue. Il avait agi sans réfléchir aux conséquences, oubliant les principes inculqués à l'école de police. Aucun enseignement théorique ne préparait efficacement aux réalités du terrain.

Entre deux regrets marmonnés, Barning éternua dans son coude.

« Allergique à l'autorité ? plaisanta Dudley en se dirigeant vers la berline stationnée au fond de la grange.

— Non, chef. Seulement au foin… »

Braquant le faisceau de sa lampe sur les vitres, le chef de la police tenta de le rassurer :

« J'ai commis les mêmes erreurs à ton âge, gamin. J'étais fougueux, consumé par ce besoin impérieux d'épater mes supérieurs par mes aptitudes à courir plus vite que le temps. Considère tout manquement comme les bases d'un bon apprentissage. Et toute sanction également. Tu es désormais de corvée pour la rédaction des comptes rendus ! J'ai toujours eu une sainte horreur de la paperasse… »

Dudley inspecta le modèle récent pourvu de jantes chromées et fit signe à son agent d'approcher.

« Alors ? Le service des immatriculations est formel ?

— Oui. La plaque est enregistrée au nom de… Freddy Olde, confirma-t-il en parcourant ses notes. Le propriétaire a signalé son vol il y a près d'un mois.

— Quoi d'autre ? »

Barning hésita. Ses joues dodues se teintèrent de pourpre.

« Le maire a fait savoir que ces désordres le désolaient profondément. Je crois qu'il entend étouffer le scandale provoqué par la mise en garde à vue de M. Willow… Il exige un rapport complet sur ces affaires avant la fin de la semaine. »

Dudley s'abstint de tout commentaire désobligeant. Mike Kemp entendait surtout réhabiliter son image après l'arrestation pour vol et injures raciales dont il avait fait l'objet l'année précédente. L'intervention imminente des fédéraux dans une affaire pour meurtre au premier degré risquait fort de pointer le curseur sur ses propres exactions.

« Je me charge d'expliquer la situation au procureur. L'examen des pièces à conviction nous fournira peut-être des indices », ajouta-t-il en désignant le téléphone portable abandonné sur le siège passager.

Le jeune Barning opina du chef. Dudley s'apprêtait à rejoindre la sortie quand il fit volte-face, l'index pointé au niveau de la casquette.

« Une dernière requête, gamin. Visionne tous les enregistrements de télésurveillance sur le secteur de Devil Town pour la période comprise entre mercredi dernier et aujourd'hui.

— Je cherche quoi, au juste ?

— Tu le sauras quand tu le découvriras, assura Dudley avec un clin d'œil. Et contacte également

InkWell Management à New York. Dan Willow s'offrait certainement les services d'un agent. Trouve-le-moi.

— Vous allez où ? s'inquiéta Barning.

— Rendre une visite de courtoisie au Dr Duke… »

Vingt minutes plus tard, les structures de l'hôpital Saint-Vincent se découpèrent dans le brouillard d'un temps maussade. Sous la clameur des revendications, une foule compacte se concentrait devant l'entrée principale. Comme obéissant à des pulsions primaires, les manifestants appelaient à rendre justice eux-mêmes pour les meurtres commis à Shannon Hills.

Une main plaquée au ceinturon, l'officier Dudley fendit la meute instable. Une fraction de la communauté levait un poing vengeur face à l'abomination perpétrée sur cinq des leurs. Les vieux démons grondaient à gorge déployée, et les esprits s'échauffaient sous couvert d'arrogance intellectuelle. Légèrement en retrait, le journaliste éconduit à Crescent House commentait en direct les premières émeutes d'une longue série. Et de toute évidence, il se délectait déjà de l'audience générée par ses théories fantasques.

Un fermier de sa connaissance interpella Dudley, l'exhortant à livrer des informations. Le chef de la police le repoussa fermement tandis qu'une petite bonne femme endimanchée s'accrochait à sa veste en hurlant :

« La chaise électrique ! C'est tout ce qu'il mérite !

— Laissez-moi passer… », dit-il calmement.

Les doigts s'agrippaient sur son passage avec force conviction. Le soulèvement général traduisait le malaise latent d'une population stigmatisée par les violences passées.

Un homme aux allures de vagabond remonta la marée humaine pour l'aider à se frayer un chemin jusqu'à l'entrée.

« Je l'ai vu, moi, votre gars », confia-t-il à Dudley.

L'hystérie collective le força à hausser le ton.

« Quand ?

— Jeudi dernier. Au Rony's Bar. Je l'ai prévenu. C'est pas un endroit pour les vivants ! Mais il a rien voulu entendre… Personne n'écoute jamais Larry Barns ! »

Dudley n'osa pas contredire les propos délirants du pauvre homme. Il tenta même une approche compatissante.

« Avez-vous remarqué un détail particulier, monsieur Barns ?

— Il avait l'air nerveux. Vous savez, quoi, comme un étranger paumé dans une ville malsaine… Et pis, il bougeait bizarrement. Je saurais pas dire ce qui clochait chez lui. On aurait cru que sa fourchette pesait une tonne chaque fois qu'il la portait à la bouche. En fait, je dirais qu'il avait plutôt la tête d'un type qu'a la frousse. Pas celle d'un meurtrier. Mais ça vaut pas tripette, une intuition, pas vrai ?

— Ça dépend…, éluda Dudley. Présentez-vous au poste de Shannon Hills. Un agent enregistrera votre déposition. »

L'homme hocha la tête.

Celle-ci dodelinait encore en signe d'assentiment quand l'officier franchit les portes de l'hôpital.

Depuis le point d'accueil, l'infirmière Pug lui lança un regard peu amène sans toutefois s'opposer à son intention de pérégriner dans les couloirs soumis à une agitation inhabituelle. Les tensions extérieures généraient un climat plus pesant qu'à l'accoutumée. Un interne l'informa que le Dr Duke prenait sa pause en salle de repos. Cinq minutes plus tard, il fut confronté à une réaction polie mais ferme.

« Officier Dudley ! Que me vaut l'honneur ? s'exclama la psychiatre.

— Je viens m'enquérir de la santé de notre détenu, toussota-t-il.

— J'espérais que vous parviendriez à dissiper le nuage de fans qui bloque l'entrée de mon hôpital, mais, de toute évidence, ils sont incontrôlables. »

Dudley lui rendit un sourire navré. Museler la colère d'un peuple était un pari risqué.

« Trêve de plaisanterie, reprit-elle. Vous tombez à pic ! Je m'apprêtais à ôter ses bandages. Suivez-moi. »

Puis elle ajouta, hésitante :

« Cependant, si M. Willow s'oppose à votre présence, je serai contrainte de vous renvoyer dans la fosse aux lions.

— J'en prends note. »

L'agent en faction les salua et replongea aussitôt le nez dans la gazette locale tandis que Duke et Dudley pénétraient silencieusement dans la chambre 212. Les stores baissés plongeaient la pièce dans la pénombre comme si le jour avait choisi de ne plus jamais se lever. La psychiatre en expliqua brièvement les raisons. La faible luminosité s'adaptait à l'état de son patient, récemment diagnostiqué hypersensible aux stimuli visuels.

« J'ai observé des fasciculations au niveau de l'œil gauche en cas d'exposition prolongée à la lumière », conclut-elle.

Dudley la crut sur parole.

Calé contre un oreiller, Dan Willow fixait la porte d'un regard inexpressif. Dans cet environnement tamisé, difficile d'évaluer son degré de léthargie.

« Monsieur Willow ? Vous souvenez-vous de l'officier Dudley ? »

Dan hocha la tête sans paraître contrarié par cette visite impromptue.

« Acceptez-vous qu'il m'assiste dans cette étape importante ? »

Nouvel accord muet.

La pesanteur de l'air s'accentuait dans le silence.

Amber Duke se pencha lentement au-dessus du lit.

« Nous allons vous rendre votre visage. Êtes-vous prêt ? »

Même assentiment apathique.

« Parfait. Commençons. »

Elle découpa délicatement les bandes de gaze à l'aide de ciseaux chirurgicaux, puis déroula le masque jusqu'à ce qu'il n'en reste qu'un lambeau taché. Le menton volontaire de son patient se dessinait sous une plaie suintante. Des cloques percées, concentrées sur la partie supérieure de son visage, présentaient une légère décoloration.

« Bien. À présent, je vais vous tendre un miroir et vous inviter à ouvrir les yeux. Les brûlures occasionnées par l'incendie ont atteint les vaisseaux sanguins et les terminaisons nerveuses. Ce type de lésion peut paraître impressionnant, mais, rassurez-vous, la cicatrisation nécessitera deux à trois semaines, tout au plus. »

Amber Duke fit signe à l'officier Dudley de relever très légèrement le store. La triste lumière du jour s'immisça à travers les lamelles, enveloppant d'un linceul les traits boursouflés du patient menotté.

Le chef de la police eut un mouvement de recul involontaire. Le faciès méconnaissable pivota lentement dans sa direction et ses yeux noir charbon s'emplirent de larmes. Au-delà d'une profonde détresse, on devinait un sentiment d'effroi, semblable à celui d'une bête traquée.

La voix empathique du Dr Duke brisa cet échange troublant.

« Dan ? Vous êtes prêt ? » demanda-t-elle.

Il acquiesça une dernière fois.

Le miroir s'éleva dans l'air surchauffé, ralenti par un geste d'une extrême prudence.

Dudley s'attendait à tout – pleurs, gémissements, stupéfaction.

Mais rien ne l'avait préparé à ça.

Confronté à son propre reflet, Dan Willow se mit à hurler, si puissamment que le monde se recroquevilla sur lui-même. Dehors, les oiseaux cessèrent leurs discrets pépiements et le chant des manifestants s'évanouit, solidaires d'une affliction plus grande que la leur.

Celle d'affronter une peau écorchée qui n'était pas la sienne.

La peau d'un Noir.

13

« De quoi souffre Dan Willow, exactement ? D'amnésie ? Aurait-il pu occulter sa couleur de peau ? » interrogea Dudley.

Une heure après *l'incident*, Amber Duke l'avait rejoint dans la salle de repos réservée au personnel. Le temps de stabiliser le patient de la chambre 212. Incapable d'exprimer son tourment, celui-ci s'était muré dans le silence, ses yeux d'ébène balayant avec angoisse les visages penchés sur lui. *Comme s'il n'en reconnaissait aucun*, songea la psychiatre.

Elle se servit un café et vint s'asseoir face à Dudley. Les allées et venues des blouses blanches entretenaient un brouhaha rassurant.

« Ce n'est pas si simple, chuchota-t-elle. Mais il semblerait effectivement qu'il n'ait pas toujours conscience de la réalité. Comme je vous le disais, mon patient souffre de troubles psychiques importants. Il lui arrive de faire preuve d'incohérence dans son discours et sa vision de lui-même est totalement erronée. C'est la raison pour laquelle nous procéderons à un bilan neurologique. »

Perplexe, Dudley se mordit l'intérieur de la joue pour s'empêcher d'en rire. Allait-elle réellement lui faire gober qu'un homme croyait se coucher « blanc » pour se réveiller « noir » le lendemain ?

« Il joue la comédie, contra-t-il. Compte tenu des éléments à charge, plaider la folie lui éviterait la peine capitale… »

Le Dr Duke secoua la tête comme en présence d'un élève indiscipliné et borné.

« Selon moi, vous faites fausse route, officier. Il est encore trop tôt pour établir un diagnostic fiable, mais cet homme ne simulait pas.

— Très bien. Convainquez-moi. »

Tous deux savaient que seul un témoignage en justice autorisait le médecin à rompre le sceau du secret professionnel. Au stade de l'information judiciaire, elle commettrait une grave erreur qui pourrait lui valoir de lourdes sanctions. Mais leurs quêtes de vérité se croisaient au détour d'un chemin dangereux qu'elle décida d'emprunter. Dans l'intérêt de son patient.

« De toute évidence, il ne portait pas ses confrères en haute estime, avoua-t-elle. Pas plus qu'il n'a de considération pour lui-même. Ce qui ne signifie pas qu'il ait un lien quelconque avec leur disparition… Ensuite, lorsque j'ai évoqué l'Empereur Blanc, son attitude a subitement changé. Il s'est montré agressif.

— Agressif ?

— Je vois où vous voulez en venir, officier Dudley. Ne me faites pas regretter d'enfreindre l'éthique. Je peux vous assurer que mon point de vue n'a pas changé. Dan Willow est incapable de commettre des actes violents.

Sa réaction s'inscrit dans un schéma défensif tout à fait légitime.

— Mais vous l'avez trouvé agressif?

— Laissez-moi continuer. Dan Willow a prétendu que son assaillant l'avait maintenu inconscient durant la majeure partie de sa séquestration. Or nous n'avons détecté aucune drogue ou psychotrope dans son organisme. Et lors de notre premier entretien, je lui ai posé une série de questions basiques. J'ai considéré l'inexactitude de ses réponses comme des indicateurs de confusion. Il s'est trompé sur son âge, entre autres. »

Conscient de la situation embarrassante dans laquelle il mettait Amber Duke, Dudley tenta un trait d'humour :

« Enfermez-moi alors, docteur. J'ai une fâcheuse tendance à tricher sur ce point.

— Vous ne certifiez pas avoir quarante-quatre ans pour ajouter une décennie dans les minutes suivantes ?

— Personne n'y croirait.

— C'est exactement là où je veux en venir… Avez-vous trouvé ses papiers d'identité, officier Dudley ?

— Il ne les avait pas sur lui. Et nous n'avons rien trouvé dans la maison. Chou blanc également du côté des empreintes digitales. Le fichier n'a établi aucune correspondance. Même nos recherches sur Internet n'ont rien donné ! Aucune photo, pas de biographie détaillée, rien !

— Oui… Ma propre curiosité s'est traduite par un échec aussi cuisant que le vôtre. Mais alors, comment être sûrs que l'homme allongé dans ce lit est bien Dan Willow ? »

Manifestement préoccupé par sa question, le chef de la police se mordit la langue avant de répondre :

« C'est bien là le problème. Le jeune Barning a effectué des recherches et ce nom ne figure dans aucune base de données. Il s'agit manifestement d'un pseudonyme. Et j'ai du mal à croire que l'on puisse jouir d'une telle notoriété en tout anonymat. Mais, sauf erreur de ma part, vous l'aviez formellement reconnu…

— Ne tirez pas de conclusions hâtives, protesta-t-elle. Évoquer un auteur dont on admire l'œuvre donne parfois l'image de le connaître intimement et, si vous avez eu cette impression, vous m'en voyez désolée. J'ignorais à quoi ressemblait cet homme avant son admission. Vous et moi nous sommes fondés sur ses propres déclarations. Et nous n'avions aucune raison d'en douter. »

John Dudley se renversa sur le siège inconfortable comme sous la déflagration d'une bombe.

« Connaissez-vous Anton Desmond ?

— Pas personnellement. Mais j'ai cru comprendre qu'il fait partie des quatre écrivains portés disparus.

— Pas exactement, docteur. Lors de ma première visite à Crescent House, le propriétaire s'est présenté sous ce patronyme. Et cet homme est actuellement enregistré dans votre hôpital sous le nom de Dan Willow. »

Amber Duke se rembrunit. Une confiance unilatérale achèverait toute collaboration.

« C'est une plaisanterie ? Et vous attendiez quoi pour m'en parler ?!

— Sur le moment, j'ai pensé à un canular orchestré par un groupe d'auteurs éméchés. Le type déblatérait à propos d'un harceleur, d'une voiture accidentée, d'une disparition inexpliquée… Et j'avais un quintuple homicide à élucider. Mais je suis du genre curieux… Alors j'ai observé. Bien m'en a pris, semble-t-il. »

Un groupe de médecins débarqua bruyamment en salle de repos, s'appropriant l'espace et la confidentialité d'une discussion inachevée. Les débordements générés par la manifestation s'ancraient au cœur de leur discussion enflammée, et nul ne prêta attention au duo attablé au fond de la pièce.

Contrariée, Amber Duke se leva d'un bond et manqua renverser son gobelet. Le café était froid. Comme son humeur.

« Pardonnez-moi, mais je vais devoir écourter notre entrevue.

— Attendez... J'aimerais vous soumettre ceci », dit-il en déposant une pochette devant lui.

Elle lorgna le dossier étiqueté « B. Ellison ». Piquée par la curiosité, elle se dandina d'une jambe sur l'autre dans l'attente de précisions.

« C'est en rapport avec votre enquête ?

— Probablement. En fait, je compte sur vous pour me le dire. Ce sont principalement des textes, mais vous y trouverez également des dessins. Plutôt sinistres, à vrai dire. »

D'un doigt lascif, elle caressa la couverture cartonnée.

« B. Ellison comme Bill Ellison ?

— Non. Comme Baidy Ellison. »

Le mécontentement céda la place à l'étonnement.

« Qu'attendez-vous de moi exactement ?

— Un avis éclairé sur la personnalité de l'enfant à l'origine de ces horreurs. »

À contrecœur, Amber Duke saisit la chemise en promettant d'y jeter un coup d'œil.

« Je ne vous garantis rien, ajouta-t-elle avec aplomb. Dresser un profil psychologique relève d'une compétence spécifique. »

Compréhensif, il hocha la tête. Son esprit fourmillait de nouvelles questions.

« Encore une chose, docteur… Vous disiez que Dan Willow avait subi de graves sévices. Pourriez-vous m'en dire plus ?

— Je vous ferai parvenir une copie du rapport médical par la voie officielle. »

Estimant mériter son intonation sentencieuse, Dudley la remercia et prit congé sous son regard inquisiteur.

Après son départ, Amber Duke se retrancha dans l'isolement du sous-sol avec l'intime conviction d'avoir agi dans l'intérêt de son patient. Elle exploitait la moindre information afin de définir le mal dont il souffrait et, même s'il lui fallait sonder au-delà des apparences, ses présomptions s'affinaient à chaque nouveau rebondissement. L'officier Dudley traquait un coupable sur la base d'éléments irréfutables tandis qu'elle défendait un innocent en s'appuyant sur un diagnostic précoce. Convaincre à partir de théories controversées ne jouait pas en sa faveur, mais tout homme méritait d'être équitablement traité. Et si sa propre hypothèse se révélait fondée, le patient de la chambre 212 présentait un réel danger pour lui-même.

En début de soirée, l'infirmière Pug l'avertit d'un report de consultation avec le patient de la chambre 223, en raison d'une crise d'épilepsie nécessitant une prise en charge prioritaire. La psychiatre tira un trait net sur son agenda comme s'il s'agissait d'une simple formalité.

Sa garde s'achevait dans deux heures.

Un laps de temps suffisant pour remonter quarante ans en arrière.

14

Arkansas, 1979.

Il est incapable de bouger. Engourdi, il observe le seuil baigné de soleil, cette infranchissable frontière entre lui et le monde. Il s'étonne de l'absence de cris, de pleurs. Au-delà des portes, c'est un havre de paix à peine troublé par le pépiement d'un oiseau.

Comme tous les jours, Monsieur est parti travailler tôt et les trois monstres ont rejoint *le collège des Blancs*. Madame tricote dans la pièce voisine. Les aiguilles s'entrechoquent à un rythme effréné comme s'il fallait courir après le temps plutôt que de savourer l'instant. Il connaît bien la cadence infernale du labeur, l'enfant d'en bas. C'est son pain quotidien depuis bientôt quinze ans. Mais force est de constater que Madame a menti. En surface, tout est étrangement paisible et la menace, invisible.

Baidi n'a pas peur. Pas vraiment. Une douce chaleur s'engouffre dans l'entrée. Quelques pas seulement le séparent de la liberté, pourtant il reste planté là, une serpillière dégoulinante dans une main, un seau d'eau sale dans l'autre.

Le chat non plus ne craint rien. Il se faufile par l'ouverture et demeure un instant sur le perron. Ses oreilles pointues frémissent sous la caresse de l'été. Le museau tourné vers lui, la petite boule de poils paraît guetter un compagnon de balade. Qui reste campé sur deux tiges abîmées par les brûlures, les contusions, les chairs à vif.

Las d'attendre, le chat s'en va. Et disparaît dans un halo de lumière.

C'est le moment, Baidi ! Cours !

Pour aller où ?

Existe-t-il un enfer pire qu'ici ?

Fuis !

Son corps trop maigre s'élance, maladroit, dégingandé comme ces phénomènes de foire exhibés devant une foule hilare. Les oiseaux ont remplacé les spectateurs avides, ils ricanent en chantant au-dessus du Grand-Guignol. La serpillière lui échappe, tombe comme un rat mort sur le tapis coûteux de Madame. Et le contenu du seau l'inonde inexorablement.

Baidi manque de trébucher sur l'herbe fraîche et peut-être le veut-il au fond, tomber, fusionner avec une nature si belle qu'elle en devient presque irréelle ? Mais il poursuit sa course, cavale tel un fou, les pieds griffés par les orties et le cœur vaillant d'un homme éprouvant dans sa chair toutes les souffrances de sa race. Il aperçoit la fontaine aux anges ; ces anges qui versent des larmes étincelantes pour célébrer sa liberté.

Baidi sanglote, lui aussi, entre deux éclats de rire qui aliènent sa raison.

Il n'existe pas plus belle souffrance que celle d'un bonheur caressé avant qu'il ne vous soit ôté.

Et quand la voix de Madame résonne dans un orage de colère, il ne se retourne pas, rit encore, les mains tendues vers les grillages en fleurs. Il se cramponne aux branches coupantes, s'accroche à l'espoir d'un *après*.

Mais subitement le ciel s'assombrit lorsqu'elle arme son fusil. Baidi sent la mort pointée dans son dos. Et tandis qu'il plonge la tête dans les branchages, la vision magnifique d'un ange blond flotte de l'autre côté de l'enfer.

Aide-moi !

Les mots rongent l'intérieur de sa bouche comme un trop-plein de salive acide. Ces mots qu'il ne prononce pas sont ceux d'une vie aussi misérable que les efforts qu'il déploie.

Et l'ange blond s'en effraie. Sa beauté se fane dans un cri, puis tout s'enfuit. Il n'y a plus qu'un grand vide, le cruel parfum de la solitude.

C'est terminé… Madame a déjà chaussé ses sabots de diablesse et le cueille par le collet. À défaut de le fusiller, elle le piquera peut-être avec sa paire d'aiguilles jusqu'à ce qu'il retombe dans cet état de vague somnolence où les abîmes deviennent plus supportables.

Le chat trône sur la margelle, le dos rond d'avoir échoué. Son pelage hérissé est un présage au supplice qui attend l'homme-enfant. Curieusement, le félin ne semble nullement effrayé par son apparence. Il porte au contraire un regard bienveillant sur la chose qui s'engouffre, tête baissée, vers une existence à huis clos. Le chat souffrirait-il de cécité ? Même l'ange blond a pris peur !

Baidi comprend alors que ses traits grossiers font corps avec la laideur. Il est ce nègre répugnant que Madame décrit. Sur ce point, elle n'a pas menti.

Il faut rassurer la petite chose blottie dans un coin. Sinon, la petite chose mourra.

DIS, TU PEUX L'EMBELLIR, TOI ?

15

Ses collègues du comté de Pulaski, dont dépendait le département de police de Little Rock, dispersaient encore la foule anarchique quand John Dudley s'était éloigné de l'hôpital sous le mauvais œil d'un ciel orageux. Il avait regagné le poste de Shannon Hills où les rares agents s'affairaient à rassurer les concitoyens terrorisés. Dans l'un des box ouverts sur la salle d'attente s'épanchait le vagabond croisé plus tôt dans l'après-midi. Le dos voûté, l'homme au visage creusé de sillons détaillait sa rencontre fortuite au Rony's Bar avec le célèbre écrivain. *Je l'ai prévenu. Crescent House, c'est pas un endroit pour les vivants. Mais personne n'écoute jamais Larry Barns.* Ses mains tremblantes trahissaient la nécessité de s'accouder au comptoir, et nul doute qu'il y prendrait place pour le restant de ses jours.

Dudley remonta le couloir menant à son bureau avec la ferme intention de verrouiller son esprit au hurlement entendu dans la chambre 212. La folie capturait bien souvent l'imprudent qui s'en approchait. Personne n'était à l'abri de son abord sournois. Autant l'admettre.

Deux portes battantes claquèrent dans le dos de l'officier comme un écho à la douleur abominable qu'il avait laissée derrière lui. Barning bondit comme un diable dans sa direction, la langue aiguisée par le succès de ses investigations.

« J'ai suivi vos instructions, chef. InkWell Management est une véritable usine, mais j'ai obtenu le nom de l'agent qui représente Dan Willow : Brian Witeboard. Ses bureaux sont à New York. Et voici ses coordonnées personnelles. Il attend votre appel.

— Bon boulot, gamin. »

Cinq minutes plus tard, Dudley composait le numéro inscrit en pattes de mouche sur un Post-it rescapé des coupures de budget. Il enclencha le haut-parleur, imaginant Barning aux aguets, l'oreille collée à la cloison. Trois sonneries. *Un déclic*. Brian Witeboard déclina son identité et sa fonction avant même d'énoncer une formule de politesse.

« À qui ai-je l'honneur ? demanda-t-il enfin.

— Officier Dudley, chef du département de police de Shannon Hills. »

Un silence religieux perdura au bout de la ligne.

« Monsieur Witeboard ?

— Oui… Désolé, la liaison est mauvaise en raison de la tempête qui frappe actuellement New York… »

Dudley perçut cependant le cliquetis des touches en toile de fond. À juste titre, l'interlocuteur tenait à s'assurer de la crédibilité de son contact. Le numéro affiché en clair acheva visiblement de le convaincre.

« En quoi puis-je vous être utile, officier Dudley ? »

À sa voix assurée, John se représenta un homme franc, ambitieux, déterminé. Et particulièrement jeune.

Dans la limite du secret de l'enquête, il exposa la situation embarrassante à laquelle Dan Willow était confronté. Victime probable d'un psychopathe et rescapé d'un incendie alors qu'il séjournait dans la région. Puis soupçonné, deux jours plus tard, d'avoir commis un quintuple meurtre perpétré à Shannon Hills. *Une histoire de fous*, manqua-t-il d'ajouter. En réponse, les onomatopées fusaient à travers la pièce, amplifiées par le volume sonore du haut-parleur. John ne jugea pas opportun d'aborder les disparitions présumées des quatre autres romanciers. Inutile de transformer une vague en raz-de-marée.

Vinrent alors les inquiétudes légitimes suivies de réponses franches et directes.

Les médias nationaux ne s'étaient pas encore emparés de l'exclusivité relative à son agression. Aucune fuite non plus en dehors de l'État concernant sa prochaine mise en examen. Oui, Dan Willow aurait besoin d'une défense solide pour échapper au couloir de la mort. Ce n'était qu'une question de temps. La moindre étincelle clouerait au pilori l'écrivain vedette.

« Seigneur… Comment va-t-il ? s'enquit Brian Witeboard. Physiquement, je veux dire…

— Mal. »

La friture sur la ligne semblait un prétexte idéal pour digérer la révocation possible des contrats mirifiques qui liaient l'agent à son auteur. Dudley respecta ce deuil éprouvant. L'espace d'une minute seulement.

« J'ai besoin que vous confirmiez son identité.

— Je ne comprends pas.

— C'est pourtant simple. J'aimerais vous transmettre une photo prise durant sa garde à vue. Il vous suffira de me dire si, oui ou non, cet homme pourrait être votre client. »

Brian Witeboard s'essoufflait à force d'arpenter les problématiques insolubles générées par l'entretien. Malgré les efforts déployés, ses facultés d'anticipation échouaient lamentablement à remplir leurs fonctions.

« Vous perdrez votre temps. Je n'ai jamais rencontré Dan Willow. »

Un bruit sourd ébranla le bureau mitoyen, attestant la présence d'oreilles indiscrètes tout aussi stupéfaites que John par ce qu'elles venaient d'entendre.

« Bienvenue dans le monde de l'édition au XXIe siècle, officier Dudley. »

L'agent littéraire expliqua sa position impuissante dans un système établi. Recruté un an auparavant par l'agence, il avait succédé à son défunt père dans le rôle de bâtisseur de carrières. Il agissait en tant que médiateur auprès des éditeurs, négociait les contrats, défendait les intérêts de son auteur, endossait même parfois la responsabilité en cas de défection à une remise de prix – *et encaissait les chèques*, compléta mentalement Dudley. Dan Willow comptait parmi les actifs de longue date, et personne ne trouvait rien à redire dans la gestion de ses œuvres. S'ensuivit un cours magistral sur les modalités administratives. Les échanges de fichiers s'opéraient par mails et les contrats étaient envoyés vers une boîte postale. La pratique était courante. *Et légale*, crut-il bon d'ajouter.

« Vous ne savez donc rien à propos de Dan Willow ?

— Hormis ses chiffres de vente ? Non. Je sais seulement ce que mon père en disait. Il avait repéré sa prose dans la presse hebdomadaire. Ça remonte à plus de trente ans. À l'époque, Dan vendait des nouvelles à des rapaces pour subsister. Mon père désirait révéler cette plume singulière. Brutale. Puissante. Authentique. Alors, il a fini par contacter les responsables des publications pour obtenir ses coordonnées. Un mois plus tard, Dan Willow lui transmettait un texte poignant, publié en 1986 sous le titre *Cannibales*. Et ce fut un franc succès. »

Dudley inspira profondément pour absorber ce déballage inconsistant. Ses attentes s'écrasaient sous un discours pompeux couronné de gloriole.

« Et feu votre père, l'avait-il déjà rencontré ?

— Il restait toujours vague à son sujet. D'après lui, Dan Willow tenait à conserver l'anonymat. "Celui d'un homme que l'expérience de la rue rendrait éternellement invisible", disait mon père. Une discrétion poussée à l'extrême, vous en conviendrez. Cependant, aucune clause aux contrats n'exige une exposition publique. A fortiori quand l'auteur envisage d'utiliser un pseudonyme pour ses futures publications. Beaucoup d'écrivains ont recours à des noms de plume quand ils changent littéralement de genre. C'est un subterfuge efficace pour éviter de déstabiliser les fans assidus tout en attirant de nouveaux lecteurs. Par exemple, saviez-vous que Dean Koontz a utilisé pas moins de dix alias différents ? »

Dudley soupira. Assez fort pour laisser sourdre un ennui profond. Occultant la question, il abattit sa dernière carte comme un magicien épuisé, parvenu au clou d'un interminable spectacle.

« Se pourrait-il alors que Dan Willow ait écrit sous le nom d'Anton Desmond ? »

Un rire amer précéda la réplique dénuée de compassion.

« Si c'est le cas, je déplore qu'il n'ait pas fait appel à mes services pour son dernier roman paru chez Harper ! Un carton au box-office ! Sérieusement, officier Dudley, que cherchez-vous au juste ?

— Des réponses, monsieur Witeboard. Des réponses… »

Après avoir raccroché, le chef de la police s'octroya le droit de retourner dans le seul refuge capable de préserver sa santé mentale.

Mary l'attendait sur le pas de la porte. Le fumet d'un rôti embaumait le jardin inondé. Une heure plus tard, tous deux attablés devant un repas gastronomique digne de faire pâlir les meilleurs chefs cuisiniers, Mary leva les yeux vers son époux, dans l'attente évidente d'une confession.

« Tu ne dis rien… Tout va bien, John ?

— C'est délicieux, ma chérie.

— Ne joue pas les idiots avec moi. »

Vaincu, John survola sa journée en prenant soin d'atténuer la sensation désagréable qui le pourchassait depuis sa visite à l'hôpital. Pour une raison obscure, Dudley passa sous silence l'épisode de la chambre 212. Les hurlements inhumains. La détresse palpable d'un homme en quête d'identité. Il évoqua la plaque d'immatriculation volée, les attentes du maire, son entrevue avec le Dr Duke et même sa conversation avec l'agent littéraire de son principal suspect.

Sans manifester une once d'étonnement, Mary servit le dessert – une tarte aux pommes caramélisées – et, comme à son habitude, elle souriait. Mais cette fois, une lueur de malice animait sa bonté perpétuelle.

« En ton absence, j'ai surfé un peu sur le Net… Tu ne veux pas savoir ce que j'y ai trouvé ? »

Dudley manqua de s'étouffer avec un trognon de pomme malencontreusement oublié. Entre deux gorgées d'eau, il lui enjoignit de poursuivre.

« Tout d'abord, j'ai visité chacun des profils des auteurs disparus. Aucun d'eux n'a posté la moindre publication depuis des jours, hormis une vidéo largement diffusée via le compte de Sue Liddle. »

Troublé par l'initiative de son épouse, il visionna trois minutes de séquence d'une chambre parfaitement ordinaire. Le vent s'engouffrait par la fenêtre ouverte et, dans ce décor chaotique, l'ondulation des rideaux créait une illusion fantomatique. Hormis l'atmosphère lugubre générée par la foudre, rien ne justifiait la connotation tragique de la légende : *Quand cinq auteurs s'exilent pour écrire dans un trou perdu de l'Arkansas, que deux d'entre eux disparaissent et que les trois autres reçoivent ça… #HELP US !* La majorité des commentaires vilipendaient cette infructueuse tentative d'attirer l'attention sur une menace inexistante.

L'intérêt de Dudley s'éveillait soudain. La publication avait été validée dimanche dernier à 6 h 05, soit deux jours après sa visite. Sue Liddle évoquait *deux* disparitions, indication qui laissait supposer que les confrères de Dan Willow s'étaient volatilisés les uns après les autres. Par quel sombre sortilège disparaissait-on de la surface de la Terre ? Cet insaisissable Empereur Blanc existait-il autrement que dans l'esprit malade d'un auteur à succès ?

Les photos.

« Chacun d'eux a utilisé la couverture de son dernier livre pour illustrer son profil, constata Dudley. Rien non plus dans la banque d'images. Nous avons déjà vérifié. Même l'agent de Dan Willow est infoutu de nous livrer une description. »

Les épaules tombantes, Dudley sembla chercher sa fabuleuse intuition perdue dans le dernier quart de tarte. Quand Mary le surprit encore une fois :

« J'ai sollicité le responsable de la communication chez Harper pour obtenir un entretien exclusif avant la parution de son prochain roman. »

Il s'étrangla totalement.

« Tu as fait *quoi* ?

— Apparemment, ils considèrent mon blog comme suffisamment influent pour m'accorder une entrevue avec l'auteur. Ils m'ont briefée sur la possibilité que celui-ci refuse, comme à l'accoutumée. Mais avec un peu de chance, tu l'auras, ta photo, John… »

Mary refusait de regarder la réalité en face. Même dans un futur proche, décrocher ce tête-à-tête impliquerait un détour par la case « prison ». *Ce n'était qu'une question de temps*.

Dudley terminait tranquillement de suffoquer quand on frappa à la porte.

Le jeune Barning se tenait voûté sous une pluie battante, agité comme la fourche des branches émergeant en arrière-plan.

« Pardon de débarquer à l'improviste, chef. J'ai visionné les bandes de surveillance comme vous l'avez ordonné… Faut vraiment que vous voyiez ça par vous-même. »

16

Le ciel électrique déchargeait sa colère sur le centre-ville de Shannon Hills. Et les vieilles rumeurs lui fournissaient mille raisons de s'abattre sur les terres imprégnées du sang des innocents. Les deux policiers dépassèrent *la maison de l'horreur.* Ses volets clos, son aura inquiétante, ses secrets autopsiés au même titre que ses occupants. Un peu plus loin, le poste de police s'érigeait comme un sanctuaire préservé de la folie humaine. Pourtant, quand il pénétra en salle de projection, Dudley traînait toujours derrière lui le sentiment dérangeant de perdre tout contrôle sur les événements.

« Nous avons isolé l'essentiel », fit Barning en saluant le spécialiste chargé de la télésurveillance.

Le chef de la police scruta l'écran avec l'expression déroutée d'un spectateur en parfaite immersion dans un thriller excessivement réaliste. Plan fixe sur une langue de bitume mal éclairée qu'une végétation dense étouffait. Un spectacle sans intérêt. Qu'était-il censé voir, au juste ?

Le technicien se pencha sur sa console et enclencha la lecture.

« Le jeudi soir à 18 h 12, un modèle de berline similaire à celui saisi dans la grange s'engage sur la route principale, expliqua Barning. L'heure correspond à celle où Dan Willow prétend être arrivé à Devil Town. Le patron du Rony's Bar a confirmé qu'il s'agissait du type de véhicule conduit par son client. Mais regardez… Deux heures plus tard, le véhicule apparaît à nouveau à l'intersection de Bird Road et Cannege Street.

— Donc, contrairement à sa version des faits, Dan Willow est ressorti de Crescent House.

— À ce stade, difficile d'identifier le conducteur avec certitude. Les conditions météo n'étaient pas favorables et la définition des images de piètre qualité.

— Qu'est-ce qu'il fout, bordel ? » lâcha Dudley.

Le véhicule réapparaissait en sens inverse dix minutes plus tard. L'individu au volant freina brusquement au milieu de la route avant de faire une légère embardée. Sa silhouette désorientée quittait à présent la voiture accidentée.

« C'est là que ça devient vraiment étrange, poursuivit Barning. Observez ses déplacements. Il fait preuve d'une grande agitation avant de se raidir comme un piquet au milieu de la route. Il fixe un instant la caméra. Ensuite, on perd l'image…

— C'est insensé… »

Barning pinça les lèvres. Après une courte hésitation, il poursuivit son analyse, images à l'appui.

« À 20 h 32, on observe quelqu'un qui longe la route avant de disparaître hors champ. Quinze minutes plus tard, la voiture s'engage à nouveau en direction de Crescent House. »

Le chef de la police inspira profondément pour chasser le ballet vertigineux de ces allées et venues incessantes. *Démentielles*. Son jeune adjoint lui accorda cinq secondes de répit avant de poursuivre :

« Le lendemain, l'individu ressort. À pied, cette fois. Tenez, il marque un temps d'arrêt à l'endroit où la voiture a fait une embardée. Sauf que la bagnole n'est plus là… »

Dudley avait la désagréable impression qu'un esprit farceur passait sa cervelle à la centrifugeuse. Il guettait l'infime détail avalé par les pluies torrentielles.

« Là ! Qu'est-ce qu'il tient à la main ? »

Zoom avant.

« Un téléphone portable. »

Rien de significatif, en somme. Alors, pourquoi Dudley sentait-il un écho malsain le traverser ?

« Ensuite ?

— Le type réapparaît sur les écrans une heure plus tard, répondit Barning. Mais cette fois-ci, il boite. Remarquez sa démarche… Elle a changé, comme si… »

Comme si ce type était blessé…, songea Dudley.

« Ce sont les dernières images enregistrées. Un technicien a procédé à des agrandissements. Il est parvenu à isoler une séquence, au moment où le gars revient sur les lieux du dérapage. »

Les yeux rivés à l'écran, Dudley sentit son cœur s'endurcir face au gouffre de questions qui le narguaient à travers des millions de pixels.

« C'est bien notre homme, lâcha-t-il.

— Regardez l'expression de son visage… »

Envahi de sueurs froides, Dudley murmura :

« Putain… Il sourit à la caméra. »

17

Arkansas, 1982.

Ce soir, le petit chat est mort.

Il a choisi le monde d'en bas pour venir s'éteindre tout contre l'homme-enfant, comme s'il avait reconnu en lui sa propre condition animale.

Sa patte blessée a tressailli sous l'effet d'une douleur qu'il supportait depuis que ce maudit piège s'était refermé sur ses errances. Madame n'a rien tenté pour le soigner, arguant haut et fort qu'il méritait bien son sort pour avoir fureté dans le voisinage ! De jour en jour, le chat vieillissant s'est affaibli dans l'indifférence générale. Son triste regard fixait constamment la porte comme on s'abîme dans le souvenir des jours heureux.

Et Baidi avait reconnu en lui sa propre condition humaine.

Ce soir, le petit chat est mort.

Dans le concert de ses miaulements, un souffle, si faible, a soulevé ses babines pour la dernière fois. Alors, faisant de ses bras protecteurs un berceau, Baidi l'a serré, tellement fort qu'il a entendu ses os se briser un à un.

Ils sont restés blottis de longues heures dans un cachot tout juste dimensionné à la taille d'un enfant.

Tapissés de ses écrits, les murs jaunissaient, absorbant chaque lettre dans ses fissures humides. Bientôt l'œuvre de sa vie s'effacerait totalement et il n'en resterait que des débris de papier.

Mais Baidi ne voulait pas qu'il en soit ainsi pour son ami.

À l'aube, il se mit à hurler, si fort que le plafond trembla sous les pas précipités de Madame.

« Qu'est-ce que tu veux encore ? »

Encore.

Comme s'il avait déjà exigé quoi que ce soit en dix-sept ans d'esclavage. Alors, Baidi répondit :

« Le chat est mort. »

Madame fronça ses sourcils outrageusement maquillés.

Pas comme une femme éplorée, mais comme un esprit démoniaque cherchant le meilleur moyen de le lui faire payer.

« Creuse un trou au fond du jardin. Et enterre-le. Cette bête empeste. »

Les coups de cravache, les brûlures, l'avilissement, l'injustice, aucune souffrance n'était comparable à celle qu'il éprouva en enveloppant son compagnon dans une couverture, comme une mère préserve son bébé d'une nuit froide et sans lune.

Chaque pelletée de terre jetée sur le linceul informe crucifiait son cœur d'un mal encore plus grand que la mort.

« Creuse une autre tombe pendant que tu y es ! Celle-ci sera pour toi ! Au cas où tu nous causerais des ennuis… »

Impassible aux menaces, Baidi exécuta les ordres de Madame. Peu lui importait de quitter ce monde façonné de sévices, de préjugés et d'interdits.

Mais, tandis qu'il s'attelait à l'ouvrage, une lumière intense traversa les grillages renforcés de barbelés. De l'autre côté, les phares des voitures éclairèrent l'encadrement d'une porte dissimulée sous un amas de branchages.

Ce soir, le petit chat est mort.

Pour lui montrer la voie.

Il faut protéger la petite chose blottie dans un coin, sinon la petite chose mourra…

DIS, TU PEUX LE DORLOTER, TOI ?

18

L'austérité de son bureau s'apparentait à une cellule monacale propice à la concentration. L'évaluation d'un patient tenait en partie à la tranquillité d'esprit du praticien et, d'ordinaire, ce refuge tamisé favorisait l'étude de certains dossiers épineux.

Mais pas ce soir.

Amber Duke repoussa délicatement le dossier étiqueté « B. Ellison ». Il comportait si peu de feuillets, mais tant de souffrances. Sans se soucier de l'heure, elle avait parcouru l'intégralité des textes en écartant l'affect, susceptible de fausser son jugement. Puis, reprenant individuellement chacun d'entre eux, elle s'était mise à griffonner ses observations sur un carnet spécialement dédié.

L'emploi de la troisième personne du singulier signalait une distanciation vitale vis-à-vis des épreuves traversées. Un recul nécessaire à l'acceptation d'une situation insoutenable. Cependant, l'intervention d'une tierce personne n'était pas à exclure. Quelqu'un aurait-il été témoin des sévices infligés à cet enfant ? Aurait-il pu coucher par écrit son calvaire avec autant de précision ? S'agissait-il seulement d'une affabulation ?

Curieusement, les termes employés par leur auteur livraient une résonance dérangeante qu'elle ne parvenait pas à isoler. L'analyse des dessins lui laissait cette même impression de *déjà-vu* alors même qu'elle les découvrait pour la première fois.

Elle délia ses bras engourdis et s'enfonça sur son siège.

Le grondement du tonnerre déferlait jusqu'au sous-sol dans une succession de vibrations atténuées, mais perceptibles. En focalisant son attention sur l'environnement immédiat, Amber Duke devinait le martèlement de la pluie sur le béton, le fracas de la foudre, le ruissellement le long des rues inondées, la clameur passive des derniers manifestants noyés sous le déluge, le cri des sirènes d'urgence dans un paysage effondré. Se focaliser sur les perceptions sensorielles l'aidait à se connecter au-delà du seuil mental limitant sa réflexion. Bien souvent, les carcans de l'esprit nuançaient les pensées dans le but de façonner une zone de confort incompatible avec sa profession. Ils l'isolaient de l'évidence et l'empêchaient d'accéder à un degré de conscience éclairé.

La psychiatre déboutonna sa chemise. Inspira profondément et relâcha les tensions accumulées. Elle observa les documents étalés sur son bureau telles les pièces éparpillées d'un immense puzzle. Les entretiens récemment consignés trônaient sur une pile de dossiers plus anciens.

« Comment ai-je pu passer à côté ? » maugréa-t-elle en saisissant les comptes rendus des séances relatives à Dan Willow. Elle se mit à feuilleter mécaniquement ses notes, entourant fiévreusement au crayon certains passages.

Sue, l'écorchée vive du groupe, cultivait son indépendance au point de vivre en recluse avec un chat pour seul compagnon.

Les propos de son patient remontaient à la surface en offrant un nouvel éclairage sur leur sens véritable.

Rachel enchaînait les passions désastreuses.

Amber se souvint que le dédain dans la voix de Dan avait atteint une dimension proche de l'insolence.

Anton jouait la carte de la séduction pour appâter ses lecteurs.

Un gouffre d'envie s'était ouvert sous ses mots acerbes.

Steven souffrait assurément du syndrome du survivant qui lui valait un sérieux penchant pour la bouteille.

L'évocation du meurtre des parents du « maître de l'épouvante » n'avait provoqué aucune empathie chez son patient.

Incrédule, elle compara ces déclarations avec le dossier remis par l'officier Dudley.

Tout était là. Écrit noir sur blanc.

Elle tenait enfin les clefs essentielles à l'établissement d'un diagnostic et, contre toute attente, l'officier Dudley les lui avait lui-même livrées.

Néanmoins, quelques zones d'ombre subsistaient autour de ce cas clinique rare. L'écran de veille de son ordinateur créait une illusion de clair-obscur, scindant son visage en deux parties distinctes. Elle manipula la souris pour relancer la bécane et pianota sur le clavier. Le moteur de recherche subissait un ralentissement probablement dû aux déflagrations de l'orage. Au bout d'un temps qui lui parut infini, sa première requête fournit plusieurs entrées relatives à Bill Ellison. La majorité d'entre elles portaient sur les conditions tragiques de sa mort. Certaines retraçaient une brève carrière fauchée prématurément par le spectre du KKK. L'*Arkansas Democrat-Gazette* titrait « Un écrivain noir fait l'objet d'un massacre sans précédent », quand la manchette du *Northwest Arkansas Times* orientait plus largement son article sur « La malédiction de Devil Town ».

Amber Duke parcourut quelques lignes isolées dans un encart.

Défenseur des droits civiques, Bill Ellison avait épousé une femme blanche, et le soulèvement à la suite de cette union mixte marquait le point de départ d'une longue série d'émeutes dans un État encore fragilisé par la sécession.

Toutefois, aucun document ne mentionnait l'existence d'un enfant prénommé Baidy.

La psychiatre s'affaira à nouveau, frappant les touches avec dextérité.

Sa deuxième tentative fut mise en échec en raison de l'absence de données. Orientée vers d'autres suggestions, elle effaça « Ellison » et se concentra sur « Baidy ».

Une nouvelle page s'ouvrit.

« Baidy – Prénom masculin d'origine africaine signifiant "Celui qui enseigne". »

Insatisfaite, elle planta son menton au creux de ses mains. Il n'y avait rien à glaner de ce côté-là. Par acquit de conscience, elle tenta l'orthographe utilisée par l'auteur des textes.

Baidi.

Le résultat s'afficha en quelques secondes.

Médusée, le Dr Duke décrocha son téléphone et composa le numéro du poste de Shannon Hills. Une musique d'attente se déclencha aussitôt. Les appels d'urgence se multipliaient en raison de l'orage, et l'ensemble des patrouilles devaient déjà sillonner le comté. Après dix minutes de cornemuse, une voix masculine filtra enfin la communication.

« Je souhaiterais parler à l'officier Dudley. »

L'agent d'astreinte lui fit part de son absence et l'interrogea sur l'objet de sa demande.

« Dites-lui de contacter le Dr Duke à l'hôpital Saint-Vincent. »

Les yeux toujours rivés à l'écran, elle raccrocha sèchement. Un froid glacial remonta le long de son échine lorsqu'un léger crépitement électrique fit vaciller la lumière de la lampe.

Non, pas ça…, supplia-t-elle intérieurement.

Un bref sifflement précéda l'extinction totale, plongeant l'hôpital dans l'obscurité. Amber Duke tâtonna à l'aveugle pour atteindre la porte de son bureau. Le couloir souterrain s'étirait sur des ténèbres insondables. Seule l'ombre d'une desserte roulante se découpait sous le faible éclairage d'une sortie de secours.

La psychiatre progressa à pas feutrés le long des portes fermées. Le souffle court, elle devinait l'affolement de ses confrères bloqués aux niveaux supérieurs. La coupure générale de courant provoquerait de nombreuses inquiétudes avant la mise en route du générateur de secours. Les groupes électrogènes prendraient le relais dans quelques minutes, mais ce court laps de temps suffisait à semer la panique au sein d'une équipe médicale pourtant rompue à l'imprévu.

Une peur diffuse ponctua sa démarche erratique jusqu'à l'escalier de service. Un mauvais pressentiment glissait dans son sillage sans qu'elle puisse s'en défaire. Ses récentes découvertes s'agglutinaient derrière elle comme un boulet trop lourd à traîner.

Rez-de-chaussée.

Elle poussa la porte coupe-feu et se projeta dans un environnement faiblement éclairé par le clignotement sporadique des voyants de contrôle. L'agitation enflait à tous les étages. La tempête heurtait les vitres, sectionnait les câbles d'alimentation dans un feu d'artifice improvisé. Elle crut apercevoir l'infirmière Pug disparaître dans la chambre d'un patient placé sous oxygène tandis qu'un confrère se précipitait à sa rencontre.

« Amber, j'allais t'apporter les conclusions de l'IRM prescrite à Dan Willow… Mais le moment est malvenu », ajouta-t-il en brassant l'air avec l'enveloppe contenant les résultats.

Elle réceptionna le bilan au vol et remercia le neurologue d'un vague signe de tête. Immobile au centre de la fourmilière, Amber ignora les plaintes des malades terrifiés autant que les appels de détresse des équipes médicales dépassées par la situation.

Le chaos s'abattait sur la ville comme un acte de désaveu.

Cinq minutes plus tard, le générateur de secours s'enclencha.

Mais, en dépit des soupirs de soulagement, il était déjà trop tard pour le patient de la chambre 212.

19

Minuit sonna quelque part.

Mais l'homme alité dans la chambre 212 se moquait éperdument du jour ou de l'heure. La tempête avait soufflé toute lumière comme on éteint les bougies sur un gâteau d'anniversaire. Le moniteur relié à son index par un capteur n'indiquait plus aucun tracé. Pourtant, il ne s'était jamais senti aussi vivant qu'à cet instant.

Dans le couloir, un état de panique générale dissipait la fourmilière en blouses blanches ; le roulis des chariots de soins annonçait l'urgence d'une prise en charge à destination des patients les plus fragiles. Aux aguets, l'homme s'attendait à l'entrée imminente d'un personnel soignant, mais, visiblement, son nom ne figurait pas sur la liste des patients prioritaires.

Il se souvenait vaguement de son transport vers l'hôpital, mais ne conservait qu'une mémoire toute relative des événements mis en cause. En revanche, l'homme était sûr d'une chose : il lui fallait quitter cet endroit au plus vite.

Le cliquetis du bracelet autour de son poignet lui rappela la situation inconfortable dans laquelle il s'était fourré. Il fit jouer la chaîne en acier pour en tester la résistance, mais, à moins d'embarquer le lit derrière lui, impossible de fuir cet enfer aseptisé.

Dehors, les éléments explosaient dans un concert de craquements et de sifflements lugubres. La nature tout entière s'était mise à son service pour assurer une diversion. Plongé dans les ténèbres, le monde s'affolait. Une occasion inespérée dont il escomptait bien tirer profit.

L'adorable « doc » chargée de triturer sa cervelle avait évoqué son placement sous surveillance policière. Mais ce détail l'inquiétait moins que la tournure des événements. Chaque séance renouvelait ses airs stupéfaits et, à force de creuser dans son esprit, elle finirait par déterrer ses innombrables travers.

Entretien terminé, doc !

Gémissant doucement, le patient tenta d'attirer l'agent en faction par de pauvres larmes.

La porte demeura désespérément close.

« Aidez-moi ! » lança-t-il d'une voix aussi pathétique que ses vaines tentatives pour attirer l'attention. Il haussa le ton. Pas trop, pour éviter d'ameuter l'ensemble du corps médical, mais suffisamment pour que le flic censé le surveiller exécute son job en rappliquant illico.

Il avait dû correctement doser le niveau des décibels, car le type en uniforme ouvrit timidement la porte. Derrière sa stature de jeune puceau, le ballet des soignants battait son plein dans une totale indifférence.

« J'ai besoin d'aller aux toilettes », supplia-t-il.

Le flic prépubère – certainement un jeune cadet de l'école de police – parut fébrile à cette idée. Son regard de chien battu roula vers la porte entrouverte comme s'il cherchait une assistance pour honorer le sale boulot.

« Détachez-moi, s'il vous plaît, insista-t-il.

— Monsieur, je ne suis pas autorisé à…

— Bien sûr que vous l'êtes ! Évitez-moi une humiliation supplémentaire… Vous savez ce que ça fait de baigner dans sa merde ? Vite… Je sens que… »

Appuyant bruyamment ses supplications, une salve de flatulences satura l'air.

Jugeant finalement le risque modéré face à cet homme noir d'une cinquantaine d'années indéniablement mal en point, l'agent manipula maladroitement un trousseau de clefs avant d'ôter ses entraves.

« Merci infiniment », fit le patient dont la paupière supérieure gauche battait frénétiquement son homologue inférieure.

Quand le patient ressortit du cabinet de douche, deux minutes plus tard, le générateur de secours réactivait machines et néons comme lors d'une gigantesque fête foraine. Les soupirs de soulagement se multipliaient à l'étage comme autant de prières exaucées.

Excepté dans la chambre 212.

Où les hurlements explosèrent comme des fusées.

20

La sonnerie du téléphone retentit au milieu de la nuit à la manière d'une alarme, agressive et insistante. En dépit des grésillements dus à l'orage, l'urgence couvait à l'autre bout de la ligne. Sur le qui-vive, le chef de la police écouta le flot ininterrompu des paroles déversées par le Dr Duke.

« J'arrive immédiatement. »

Dix minutes plus tard, Mary le regarda enfiler une tenue propre et disparaître sous la voûte déchaînée formée par les cimes. Elle ne posa aucune question. Ne s'offusqua pas davantage de le voir s'éloigner sans un mot. Et Dudley lui en fut reconnaissant.

Les deux heures de trajet pour effectuer une distance de quinze kilomètres parurent interminables. Un arbre échoué en travers de la route bloquait l'axe principal, et des départs de feu émaillaient l'itinéraire secondaire. Voitures brûlées, poubelles incendiées, la ville s'embrasait de la main de l'homme qui trouvait un prétexte pour assouvir ses accès de violence. Des groupuscules encagoulés fleurissaient dans les zones pavillonnaires. Ils ne craignaient ni la foudre ni les forces de l'ordre déployées pour contenir leur colère. Little Rock présentait tous les symptômes d'une ville enragée.

Interdit, Dudley observa le même genre d'individus s'agglomérer devant les portes de l'hôpital Saint-Vincent. L'un d'eux le prit à partie :

« Vous devriez avoir honte ! Accuser ce pauvre homme d'avoir commis ces meurtres barbares ! C'est tellement pratique de faire endosser ces horreurs à un Noir ! Regardez autour de vous ! Vous semez le chaos et la destruction ! Savez-vous seulement quel genre de personnes étaient les Appermind ? »

Dudley recula d'un pas tandis que la foule des opposants happait la véhémence du citoyen dans un tourbillon d'insultes. Une poigne solide se referma sur son poignet. Le chef de la police était prêt à en découdre lorsqu'il avisa sa jeune recrue.

« Par là ! Suivez-moi ! » lui enjoignit Barning.

Pendant que les deux hommes contournaient la horde hystérique, le jeune policier l'abreuva d'informations relatives au téléphone portable saisi dans la grange. L'analyse ADN effectuée à partir des traces de sang prélevées sur l'appareil établissait plusieurs correspondances. *Celles du clan Appermind*. Les preuves à charge s'accumulaient à l'encontre de Dan Willow, mais peut-être arrivaient-ils trop tard pour l'interpeller.

L'arrière du bâtiment bénéficiait d'un accès réglementé. Ils s'y engouffrèrent sous la responsabilité du Dr Duke.

« Merde ! Qu'est-ce ce qui se passe au juste ?

— Vous ne lisez pas les journaux, officier Dudley ? s'étonna la psychiatre en lui tendant une fraîche impression de la gazette locale. Un journaliste a mis en ligne un article au sujet – je cite – “du traitement tendancieux réservé à un écrivain noir dans le cadre d’une enquête criminelle”. »

Dudley pesta mentalement contre la fouine en partie responsable des débordements. Certainement l’œuvre du petit nerveux qui lui collait aux basques depuis l’ouverture de l’enquête. Il froissa la feuille de chou et se concentra sur les raisons de son intervention. D’un pas déterminé, Amber Duke ouvrit la marche jusqu’au deuxième étage en ébullition.

Recroquevillé sur lui-même, le policier en faction se préparait intérieurement au deuil de ses états de service. Indifférent à son affliction, Dudley se planta face à lui.

« Expliquez-moi comment une telle chose a pu se produire ? »

L’agent bondit de son siège et se mit au garde-à-vous pour plaider sa cause. L’uniforme dans lequel son corps maigre flottait accentuait ses allures chétives.

« Il y a eu une panne de courant… Le suspect exprimait un besoin urgent, alors, j’ai dû ôter ses menottes… »

La suite des événements, Dudley la connaissait. Dan Willow s’était isolé dans le minuscule cabinet de toilette avec l’intention de se trancher la gorge à l’aide d’un fragment du miroir qu’il venait de briser. Alertée sur la tentative de suicide de son patient, Amber Duke était parvenue à obtenir ses coordonnées personnelles auprès du poste de police de Shannon Hills. Et depuis son appel, Dudley songeait que cette nuit comptait parmi les heures les plus déprimantes de sa vie.

« Cet homme était sous votre surveillance. Il avait envie de pisser ? Vous auriez dû la lui tenir ! »

Amber Duke s’interposa.

« J'aimerais m'entretenir avec vous en privé. »

John Dudley ordonna au jeune Barning d'établir un rapport circonstancié avant d'emboîter le pas à Amber Duke. Les sous-sols de l'hôpital se révélèrent nettement moins engageants que les niveaux supérieurs – par souci d'économie d'électricité, seuls les panneaux de sortie de secours étaient illuminés, réduisant le couloir à un long boyau sans fin – et le bureau d'Amber Duke n'avait rien à envier à l'oppression environnante.

« Il serait préférable de vous asseoir, officier Dudley. Ce que j'ai à vous dire risque fort de vous déconcerter. »

Puis, constatant son air accablé, elle ajouta :

« Dan Willow est hors de danger. On l'a transféré aux urgences, mais l'entaille au niveau de sa gorge est superficielle. En revanche, j'aimerais vous exposer une théorie beaucoup moins réjouissante au sujet de mon patient. Savez-vous ce que signifie le sigle TDI ? »

Étudiant la possibilité de subir actuellement les affres d'un cauchemar ayant débuté au premier jour de l'enquête, Dudley s'enfonça lentement sur son siège. Sa précieuse intuition avait fichu le camp au fil des heures et, à moins que « TDI » ne désignât un cocktail détonant à base de tequila, de Dongdondju et d'Izzara, il n'avait aucune intention d'ingurgiter le jargon psychiatrique qu'Amber Duke s'apprêtait à lui servir.

« Trouble dissociatif de l'identité », lâcha-t-elle sans ménager le suspense.

Dudley se rappelait vaguement l'histoire d'un homme accusé de viols à la fin des années soixante-dix[1]. Il avait

1. William Stanley Milligan, dit Billy Milligan.

été jugé irresponsable de ses crimes sur les bases d'une défense similaire. En dépit d'une invraisemblance communément admise, le syndrome des personnalités multiples était débattu devant les tribunaux et, de toute évidence, Amber Duke se ralliait à ce point de vue discutable.

« Dan Willow a massacré cinq membres d'une même famille, rappela-t-il sombrement. Et quelles que soient vos théories, les preuves matérielles l'attestent. Nous avons découvert son véhicule ainsi que son portable. Celui-ci présentait des traces de sang et les résultats viennent d'être communiqués. L'ADN correspond à celui des victimes. Sans compter les empreintes digitales de votre patient qui maculent l'appareil ! Quant à la disparition manifeste des auteurs ayant séjourné à Crescent House… »

Amber Duke secoua tristement la tête.

« Dan Willow est innocent, coupa-t-elle. Parce que, en réalité, le patient de la chambre 212 se nomme Baidy Ellison. Et jamais vous ne retrouverez ces auteurs, parce qu'ils n'existent pas… Enfin, pas vraiment. Pas plus que l'Empereur Blanc d'ailleurs. »

Abasourdi, Dudley se pencha pour déchiffrer la page Internet affichée à l'écran. Une affreuse migraine menaçait l'ambition d'une fin de nuit paisible dans les bras de Mary. Comment le Dr Duke pouvait-elle avancer des théories pareilles ?

Il plissa les yeux et entreprit de parcourir la définition issue d'un dictionnaire en ligne. Un hoquet stupéfait succéda à la lecture des premiers mots.

« Baidi – Qui signifie l'Empereur Blanc. »

Il se dit que la petite localité située à l'entrée de la gorge de Qutang en Chine ne présentait aucun intérêt dans l'argumentaire d'Amber Duke. Elle tentait manifestement d'établir un parallèle douteux entre le fils Ellison et l'agresseur présumé de Dan Willow – qui, selon elle, n'existait pas *vraiment*.

« Pardonnez-moi, docteur, mais vous m'avez totalement perdu sur ce coup-là…

— Reprenons, voulez-vous ? Le TDI engendre un état de conscience modifié, expliqua-t-elle. Les identités – ou alter – prennent tour à tour le contrôle du sujet – l'hôte. Ce trouble se manifeste en général dans la petite enfance, lorsque l'hôte est exposé à des situations insoutenables comme des violences répétées, des abus sexuels ou des sévices qui le poussent à se dissocier des événements traumatiques. Lorsque la dissociation persiste, on ne parle plus d'état adaptatif, mais d'un trouble pathologique chronique. »

L'officier Dudley hochait la tête, pacifique en apparence, mais titillé par des démangeaisons intérieures permanentes.

« Lors de son admission, j'ai remarqué des mutilations anciennes sur le corps de Dan Willow. Soyons clairs. Cet homme a subi une castration. Une véritable boucherie, ajouta-t-elle en lui tendant le rapport médical du patient. Ensuite, ses brusques sautes d'humeur et ses contradictions ont éveillé mon attention. De prime abord, je penchais pour un cas classique de schizophrénie, mais le croisement avec vos enquêtes m'a alertée au point de remettre en question mes premières déductions. Et sans le savoir, c'est vous qui m'avez fourni la solution. »

Tandis que le chef de la police feuilletait le compte rendu détaillé, Amber Duke fit glisser sur son bureau le dossier étiqueté « B. Ellison » et poursuivit son exposé :

« Tout est là. Entre les lignes. Je suis même parvenue à cartographier les altérations ainsi que leurs fonctions dans le parcours de cet enfant. »

Le cœur soulevé par l'énumération des blessures décrites dans le rapport d'examen, John Dudley se raccrocha aux arguments avancés par la psychiatre.

« J'ai procédé à une étude comparative, reprit-elle. Et les résultats sont troublants. Il est probable que la personnalité dominante ait commis les atrocités liées aux meurtres des Appermind. Dans ce cas précis, la cause des traumatismes étant éliminée, les alter créés pour protéger Baidy Ellison n'avaient plus lieu d'exister. Et je pense donc qu'il les a réunis à Crescent House pour les faire disparaître l'un après l'autre.

— Et la personnalité dominante serait cet Empereur Blanc ?

— Certainement. La toute première. Le socle de son existence. Celle qui est incontestablement à l'origine des dessins. Ils sont antérieurs aux textes, sans doute parce que l'enfant n'était pas encore en âge de verbaliser ses émotions. “Je suis celui qui voit.” Le dessin de l'œil fait référence à la naissance de cet alter. »

Amber Duke marqua une pause. Son regard appuyé jaugeait les réactions de l'officier. Sceptique, Dudley l'invita à poursuivre.

« Plus tard, c'est également cette identité qui s'est exprimée à travers les textes. Regardez la manière dont elle protège l'enfant. Elle en parle avec un recul saisissant et s'adresse constamment à une tierce personne pour combler les manques. »

Dis, tu peux l'aider, toi ?

D'après la psychiatre, la faim était à la base de la création psychique de Dan. Son obésité fantasmée représentait un paradoxe à la dénutrition.

« Selon moi, Dan compte parmi les personnalités les plus anciennes et certainement la plus enracinée. Il était enclin à opposer une résistance plus grande face à la domination de l'Empereur Blanc. Celui-ci a dû se manifester auprès de lui dans le but de l'atteindre plus facilement. »

Fort de ce constat, elle enchaîna sur les trois autres dissociations identifiées.

Dis, tu peux l'aimer, toi ?

Un traumatisme affectif expliquait probablement l'émergence d'une identité féminine. D'après la description que Dan en avait faite, Rachel enchaînait les relations passionnelles. Elle remplissait donc sa mission de *pis-aller* amoureux face au comportement cruel de la fille de « Madame ».

Dis, tu peux l'embellir, toi ?

L'alter Anton semblait tout désigné pour parer à la laideur profondément ancrée dans l'esprit de l'enfant. Le texte daté de 1979 mentionnait la peur ressentie par un « ange blond » lorsque Baidy avait plongé son visage dans les branchages. Un choc violent faisant écho au conditionnement mental exercé par Lydia Appermind.

Dis, tu peux le dorloter, toi ?

Un sentiment de protection s'était développé à la mort de l'animal de compagnie, longuement évoquée dans les textes de l'Empereur Blanc. Un instinct quasi maternel projeté en la personnalité de Sue.

John Dudley s'épongea le front avec le revers de sa manche. Une chaleur insupportable détraquait tous les baromètres de sa vie. Les pièces d'un puzzle insoluble s'emboîtaient timidement, et les bandes de vidéosurveillance visionnées plus tôt traçaient une voie royale aux allégations du Dr Duke.

« Il en manque un, dit-il.

— Steven. En effet. Je n'ai trouvé aucune mention le concernant. "Dan" prétend que ses parents auraient été assassinés alors qu'il n'était encore qu'un bébé. Avec ce type de dissociation, il n'est pas rare que surgissent des souvenirs inadaptés à travers une perception erronée. Une sorte de réalité parallèle. En s'imaginant protégé par un berceau la nuit du drame, Steven s'est contenté d'embellir le scénario d'une vérité insoutenable. »

Dudley hocha une nouvelle fois la tête, à tel point qu'elle semblait disposée à se détacher à tout moment.

« En résumé, docteur, votre diagnostic repose sur des hypothèses. »

Ignorant la pique, Amber Duke conclut sa présentation en exposant sereinement sa version des faits.

« En recoupant les renseignements et témoignages publiés dans la presse entre 1965 et aujourd'hui, je dirais que, sous couvert d'une amitié frelatée, les membres de la famille Appermind ont certainement recueilli Baidy Ellison après le massacre de ses parents. Leur fille Shirley est clairement identifiée dans le texte daté de 1978. Et d'après ce qu'on en lit, ils en ont fait leur esclave. Les maltraitances répétées ont forcé la personnalité dominante à combler les manques au fil des années. Ce type de dissociation touche 1 à 3 % de la population, mais il est très rare que plusieurs alter cohabitent. Généralement, ils n'ont pas conscience de l'existence des autres, mais, dans le cas de Baidy Ellison, une interaction s'est créée entre eux. Bien sûr, chaque alter a développé ses propres caractéristiques physiques, ses propres aptitudes, mais tous en avaient une en commun : l'écriture. Et je parierais que leurs romans respectifs reflètent l'objet du traumatisme dont ils sont issus. »

John Dudley expira profondément. Le minois de Mary, tantôt sombre à l'évocation de ses souvenirs, tantôt exalté à la suite de ses récentes découvertes, coupa court à sa défiance.

« Donc, selon vous, il ne s'agit pas seulement d'un auteur ayant publié sous cinq alias différents, mais d'un homme doté de cinq identités distinctes ?

— Six, pour être exacte. Vous oubliez l'Empereur Blanc. Il est également probable qu'un événement marquant ait contraint Baidy Ellison à se dissocier de ses propres écrits. De toute évidence, cet enfant a été rabaissé au point qu'il ne s'estime pas être à la hauteur. On lui a rabâché qu'il subirait le même sort que son père. Qu'un "nègre" intelligent et cultivé n'avait pas sa place dans la société. Comment aurait-il pu se construire après tout cela ? »

La savante analyse du Dr Duke touchait à sa fin. Ou presque.

« Avez-vous trouvé des miroirs brisés au domicile de la famille ? demanda-t-elle, intriguée.

— Je confirme.

— Voilà un aspect intéressant qui nous renvoie à l'image qu'il a de lui. Je pense que son propre reflet représentait une menace pour les alter. Vous avez pu constater la réaction de Dan Willow lorsque je l'ai confronté à son visage… Il ne l'a pas reconnu. Évidemment, puisque, à ses yeux, ce n'était pas le sien. »

La psychiatre enchaîna :

« Détrompez-moi, mais le Monstre de Shannon Hills n'aurait-il pas dressé la table pour toute la famille, s'est-il attelé aux fourneaux, et tout cela sans que vous releviez la moindre empreinte ?

— Une vraie fée du logis, en effet. À croire que vous y étiez, docteur Duke !

— Pour rien au monde ! Mais son mode opératoire n'a rien d'étonnant. Il a reproduit ce qu'il a subi en tant qu'esclave domestique. Une rigueur excessive, une forme de lubie maniaque enseignée par la force.

— Il a déchiqueté leurs lèvres avec une lame de rasoir », précisa sèchement Dudley.

Nullement décontenancée, Amber Duke s'abîma un instant dans la contemplation des notes éparpillées sur son bureau.

« Je présume que cette signature symbolise les violences verbales ou encore les mensonges dont il a été victime. Une sorte de fantasme morbide nourri depuis longtemps. Le dessin représentant les cinq silhouettes barbouillées au feutre rouge en est la preuve. C'est une manière d'illustrer le silence.

— Et pourquoi est-il resté aussi longtemps auprès des cadavres ?

— Je n'ai pas toutes les réponses, officier Dudley ! Mais l'Empereur Blanc est une personnalité narcissique, attaché au contrôle et à la parfaite maîtrise des événements. Sans doute se pense-t-il intouchable. C'est en tout cas l'impression qu'il m'a donnée en émergeant au beau milieu d'une séance. Le vocable de Dan s'était soudainement mué en agressivité, et un tic nerveux agitait constamment sa paupière. Même l'intensité de son regard avait changé. C'est là que j'ai compris que je m'adressais à *quelqu'un d'autre*... Cependant, un détail me chiffonne. Éliminer les membres de cette famille représentait la première étape d'un processus visant à libérer totalement Baidy de son passé. Ensuite, il lui fallait faire disparaître les alter puisqu'ils n'avaient plus lieu d'exister, mais...

— Quoi encore ?

— Ça n'a pas de sens... Dans son schéma, tout ce qui a fait souffrir l'enfant était voué à disparaître. Et Crescent House est précisément là où tout a commencé.

— L'incendie..., en déduisit Dudley.

— Oui, je suppose que votre venue impromptue a contrarié ses plans. Aucun d'eux ne s'attendait à ce que vous débarquiez dans *leur vie*.

— C'est une histoire de fou. Vous êtes en train de me dire que Dan Willow n'a pas torturé, défiguré et abattu la famille Appermind, mais qu'une sorte de double maléfique s'en est chargé ?

— Vous n'écoutez pas. Dan Willow est le produit psychique d'un traumatisme. Tout comme l'Empereur Blanc, Sue, Anton, Rachel et certainement Steven. Vous-même avez constaté une ressemblance frappante entre Dan et Anton... Alors oui, je vous explique que d'un point de vue psychiatrique, le patient de la chambre 212 n'a pas commis ces crimes. Vous cherchiez un coupable ? Nous l'avons trouvé. Mais si je suis amenée à témoigner au procès, croyez bien que je ferai mon possible pour convaincre les jurés que cet homme ne mérite pas de croupir dans le couloir de la mort. »

L'officier Dudley abdiqua. Ses fameuses intuitions l'avaient conduit sur la bonne route, mais pas pour les bonnes raisons. Il réfléchit aux menus détails ayant échappé à sa vigilance. Pour commencer, la copie conforme des deux auteurs croisés à Crescent House – et pour cause. Puis la façon dont Anton s'était adressé à lui comme s'il voulait épater un auditoire depuis le perron pourtant tristement vide. L'absence d'effets personnels sur les lieux, l'étrange vidéo postée par Sue signalant la disparition de « deux d'entre eux », l'inexistence de photographies sur le Net, les pseudonymes, le lien malsain entre la famille Appermind et le couple Ellison, les enregistrements de surveillance montrant un homme agité. Tout concourait à corroborer la thèse d'Amber Duke.

Que s'était-il réellement passé dans cette maison durant ces quatre jours à huis clos ? Sans doute ne le sauraient-ils jamais. Dans un roman policier – le genre de fiction que Mary affectionnait –, l'auteur aurait sans doute disséminé des indices un peu partout à l'intention du lecteur, et Dudley regrettait qu'il n'en soit pas ainsi dans la vie réelle. Cependant, l'incompréhension subsistait sur un point.

« Docteur, si tous ces alter ont *disparu* à Crescent House, excepté Dan et l'Empereur Blanc, lequel des deux a tenté de se trancher la gorge ? Et quel rôle détient Steven dans son histoire ? »

Une vague incertitude flotta sur le visage d'Amber Duke.

« Ça, je l'ignore encore… Mais je ne vous ai pas encore tout dit, John… Vous permettez que je vous appelle John ? »

Plus préoccupé par l'intonation de sa voix que par ses velléités de créer des liens familiers, Dudley acquiesça machinalement.

« Seule une biopsie permettrait d'entériner le diagnostic, mais mon patient souffre d'une tumeur inopérable localisée dans le lobe occipital, dit-elle en pointant du doigt la zone atteinte. Cet homme est condamné. »

Ce simple geste projeta mentalement Dudley dans la salle à manger du couple Appermind. Cinq cadavres. Des trous béants à l'arrière du crâne. Une signature criminelle intimement liée à l'auteur du massacre. *Un lien physique entre les bourreaux et leur victime.*

« Il est fort probable que l'évolution de la maladie ait aggravé son trouble dissociatif, précisa Amber Duke. Ce qui expliquerait également la prédominance de sa personnalité protectrice…

— … l'Empereur Blanc », termina Dudley.

La conversation s'achevait sur un sentiment de malaise. L'officier s'apprêtait à quitter la fournaise du bureau quand il demanda :

« Et Baidy Ellison, dans tout ça ? A-t-il seulement conscience de son état ?

— Les alter ont littéralement écrasé leur hôte. Une sorte de cannibalisme psychique… Cet enfant n'a jamais trouvé sa place parmi eux. Je crois que ça fait longtemps qu'il n'existe plus, John. »

21

En ce vendredi naissant, le chant d'un oiseau perché sur le rebord de la fenêtre tira John Dudley d'un sommeil chaotique. Le réveil affichait 8 h 40. Il avait dormi quatre heures – moins, si l'on déduisait le temps passé à repousser les visions terrifiantes qui hantaient ses cauchemars. Il roula sur lui-même, s'attendant à découvrir sur l'oreiller le doux visage de Mary patiné de ses éternelles mimiques. Mais un vide immense remplaça ce rituel quotidien. Le cœur battant frénétiquement, il s'extirpa des draps froids et dévala l'escalier jusqu'à la cuisine.

Mary se profilait dans le jour brumeux. Elle retirait le bacon frit de la poêle et le faisait glisser dans une assiette déjà garnie d'œufs brouillés.

« Seigneur ! John ! J'ai failli avoir une attaque ! dit-elle en avisant sa présence.

— Pardon, ma chérie. Je ne voulais pas t'effrayer. »

Les dernières heures passées en compagnie du Dr Duke avaient mis ses nerfs à rude épreuve. Une sourde inquiétude entachait le parfait tableau familial et ses craintes quant à la sécurité de Mary prenaient des proportions délirantes. Pourtant, il savait la menace désormais écartée. Le Monstre de Shannon Hills ne frapperait plus. Jamais.

Comme tous les matins, ils s'attablèrent, discutèrent des exceptionnelles conditions météorologiques des derniers jours et autres banalités censées rythmer une vie équilibrée. John fuyait ce regard insistant grâce auquel sa femme espérait le voir s'épancher. Dans les situations délicates, les interrogations frontales le bloquaient. Elle le savait. Alors, généralement, Mary usait de maintes ruses pour l'amener à se confier par lui-même. Mais les derniers rebondissements de l'enquête étaient trop frais pour qu'il se décide à aborder le sujet. John n'aurait pas su par quel bout commencer. *Hé, ma chérie ! Tu connais la dernière ? Ton écrivain préféré a tenté de se trancher la gorge ! Enfin, lui ou l'une des cinq autres personnalités enfermées dans le corps de Baidy Ellison ! Ben oui, tu avais vu juste au sujet du gamin séquestré par la famille Appermind ! Ils lui ont tellement bousillé la cervelle et la chair que ce môme a littéralement disjoncté ! Et tout ça, à quelques centaines de mètres de la maison de ton enfance ! Non contente de son sort, la vie s'est également chargée de lui loger un mal incurable dans la tête ! Mais ne t'en fais pas, l'enquête est bouclée maintenant ! On pourra enfin dormir sur nos deux oreilles !*

Décidément, non. Aborder posément un dénouement si tragique se révélait strictement impossible et, pour le moment, John ne trouvait pas de meilleure approche pour formuler la colère qui bouillonnait en lui.

Trop de questions restaient en suspens. Parmi les textes retrouvés à Crescent House, le plus récent datait de 1982. Baidy Ellison devait avoir dix-sept ans à l'époque. Ce qui suggérait que la piste de son calvaire s'arrêtait là… Mais que s'était-il passé ensuite ? Comment ce gamin était-il parvenu à fuir cet enfer ? Lui avait-on rendu sa liberté ? L'avait-on jugé déjà trop abîmé par l'esclavage ?

Dudley soupira. Un profond sentiment d'impuissance lui fit baisser les yeux sur ses tranches de lard fumé. Le monde était fou. Rien de bien nouveau. Mais quand une communauté entière prenait les rênes de l'insanité, la justice vacillait inexorablement. Certains connaissaient depuis toujours les horreurs commises dans le comté de Saline. Mais la lâcheté achetait le silence au prix de leur conscience. Mieux valait enfouir la culpabilité sous le tissu des rumeurs plutôt que de s'avouer complice d'une société façonnée par le racisme et la cruauté.

Mary apprendrait bien assez tôt les tenants et les aboutissants de l'enquête. La presse se chargerait de galvaniser la population avec force détails.

Une tension inhabituelle planait dans la cuisine tandis qu'ils mastiquaient le contenu de leurs assiettes. Dehors, le vent faiblissait, balayant doucement les débris abandonnés par l'orage.

L'appel téléphonique arriva *deus ex machina*.

Dudley attrapa son portable comme un précieux sésame.

La voix d'Amber Duke résonnait en écho derrière chacun de ses mots.

« Bonjour, John. Je tenais à vous prévenir personnellement. Le directeur de l'hôpital a demandé le transfert de Baidy Ellison au Pinnacle Pointe Hospital. D'un commun accord, nous avons jugé qu'un placement en établissement psychiatrique serait plus adapté à son état de santé. Nous venons d'obtenir l'autorisation.

— Quand ? s'enquit Dudley, conscient que la garde à vue prenait officiellement fin ce matin.

— Le transfert est prévu à dix-sept heures. »

Dès qu'il eut raccroché, Mary s'empressa de recouvrer un air détaché.

« Qui était-ce, John ?

— Le Dr Duke. Elle voulait m'avertir du départ de son patient vers une structure spécialisée.

— Dan Willow ? »

Il cligna des yeux à plusieurs reprises, hésitant finalement à lui révéler la vérité au sujet du Monstre de Shannon Hills. Il choisit le mensonge par omission.

« Il y a eu un incident la nuit dernière. Dan Willow s'est infligé des blessures nécessitant une prise en charge psychiatrique.

— Seigneur ! Et tu le suspectes toujours ?

— Nous détenons de nouvelles preuves circonstancielles… C'est compliqué à expliquer.

— Ah…, fit-elle, déçue. J'étais pourtant persuadée que… »

Mary laissa sa phrase en suspens comme une idée s'envole au vent.

« Que va-t-il lui arriver ?

— Il sera mis en examen et restera probablement en internement psychiatrique jusqu'à son procès… Allez, je dois filer au poste, ma chérie. Je ferai sans doute un détour par l'hôpital avant de rentrer. Et toi, qu'as-tu prévu aujourd'hui ?

— Je pensais profiter de l'accalmie pour m'aérer un peu, faire du shopping. Des trucs de fille, quoi… »

Une étreinte. Un baiser. L'instant présent recouvra un semblant de normalité.

Une demi-heure plus tard, le jeune Barning accueillait son supérieur, un café à la main, un dossier dans l'autre. L'enchaînement des permanences affaissait ses traits au point d'esquisser une étrange grimace sur son visage poupin.

« La scientifique nous a transmis les dernières photographies prises au domicile des Appermind, dit-il. J'espère que vous n'avez pas trop forcé sur le bacon, chef… »

L'avertissement intrigua Dudley. Il lui fit signe de le suivre jusqu'à son bureau et déploya l'éventail des clichés à verser au dossier. De prime abord, les épreuves semblaient isoler des détails sans importance et la reproduction des couleurs était dégradée par les jeux d'ombre. Dudley identifia un mur fissuré envahi de moisissures. Des lambeaux de tapisserie pendaient mollement au-dessus d'un tas d'immondices. Il avait connu pire en matière de scènes insoutenables.

« Les gars ont découvert une trappe au sous-sol, expliqua Barning. Ils avaient tellement de boulot à l'étage que les investigations ont tardé… Bref, un cadenas scellait l'accès au niveau inférieur. Une véritable expédition spéléologique… »

Dudley sentait les battements de son cœur s'accélérer.

« Dix marches plus bas, ils ont débouché sur une pièce insalubre d'environ neuf mètres carrés, aménagée en véritable chambre de torture. »

Des chaînes rouillées fixées au mur se détachaient dans la pénombre malsaine, et le squelette d'un lit en fer occupait la majeure partie de l'espace.

« Un cachot », lâcha Dudley.

Barning acquiesça mollement avant de se focaliser sur l'un des clichés.

« Ils ont également trouvé ça… »

Le chef de la police tentait d'interpréter la forme cylindrique à l'origine de la pâleur soudaine du jeune policier, mais son esprit bloquait toutes les issues analytiques.

« Barning, que suis-je censé voir ?

— Un bocal. Et le truc qui flotte, là… Ce sont les testicules d'un garçon de race noire conservés dans du formol. »

Une odeur aigre flottait autour d'eux comme s'ils se trouvaient propulsés dans ce trou infâme, prisonniers à leur tour d'un calvaire sans fin.

Ils t'ont castré le soir de tes treize ans, songea Dudley en parcourant mentalement la somme des sévices infligés par une famille de dégénérés. *Tu n'étais qu'un objet pour eux. Une chose indigne de procréer, une menace au sang pur qu'ils défendaient. Ils t'ont forcé à revivre chaque jour les fruits de leurs humiliations en les exposant comme des trophées…*

« Le maire exigeait un compte rendu de l'enquête, Barning ? Balance-lui l'ensemble du dossier ! Ça devrait le calmer pour un moment. »

Les heures suivantes furent ponctuées d'échanges téléphoniques houleux avec les journalistes de tout bord en quête de sensationnel. Dudley en profita pour reporter allègrement son dégoût sur ces gratte-papier avides de décrocher l'exclusivité. Il éplucha à nouveau les rapports du légiste sans éprouver une once d'empathie à l'égard des victimes et remisa le tout dans un classeur métallique qu'il verrouilla d'un tour de clef. S'il avait pu jeter le trousseau tout entier pour occulter définitivement les images insoutenables qui l'assaillaient, sans doute l'aurait-il balancé depuis les montagnes d'Ouachita.

Il consulta ensuite le rapport établi sur la chronologie des meurtres. L'hypothèse tendait vers une préméditation de longue date. D'après les témoignages des voisins, les enfants Appermind rendaient visite à leurs parents une fois l'an. Toujours à la même période. Sans doute une date anniversaire. L'Empereur Blanc n'avait probablement jamais cessé de surveiller leurs agissements. Jusqu'à ce que l'annonce d'une maladie au pronostic létal déclenche son passage à l'acte. Les gens font toutes sortes de choses quand ils apprennent que l'heure est proche. Certains relèvent de grands défis, se réconcilient avec la nature, tentent d'obtenir le pardon pour le mal qu'ils ont fait, expient leurs péchés dans l'espoir de partir en paix. Et d'autres n'ont plus qu'une idée en tête : rendre justice.

Maîtriser cinq personnes nécessitait une planification minutieuse. Il avait dû les menacer avec l'arme à feu retrouvée sur Dan Willow. Lydia et Karl Appermind étaient des proies faciles à immobiliser en raison de leur âge. Quant à Shirley, à Brandon et à Will Appermind, le rapport indiquait des plaies au niveau de l'os temporal, causées par un objet contondant. Assommés. Attablés. Inconscients. Les mains clouées. L'Empereur Blanc en avait fait ses jouets.

Les épreuves endurcissaient les cœurs et cloisonnaient les esprits. À défaut d'être pénalement coupable, Baidy Ellison pouvait en témoigner.

*

À seize heures, l'officier Dudley quitta le poste de Shannon Hills pour rallier Little Rock. Les pelleteuses finissaient de déblayer les routes et l'axe principal était à nouveau praticable. Devant l'hôpital, la foule se réduisait à une dizaine de contestataires brandissant fièrement le drapeau confédéré.

L'intolérance regagnait du terrain à la moindre occasion.

Amber Duke s'attendait manifestement à le voir débarquer peu avant le transfert. L'épuisement creusait des cernes profonds sous ses yeux ternes et un teint froissé atténuait son insolente assurance.

« L'infirmière Pug m'a dit que je vous trouverais au deuxième étage…

— L'infirmière Pug vous a à la bonne, tout compte fait. »

Ils se sourirent mutuellement. Comme deux frères d'armes engagés dans le même combat.

« Puis-je le voir seul un instant ?

— Son état est stable et je préférerais qu'il le reste, John.

— Je comprends… », fit Dudley en tournant les talons.

Après un moment d'hésitation, Amber Duke le retint par la manche et lui souffla à l'oreille :

« Il a réintégré sa chambre. Vous avez cinq minutes. »

Reconnaissant, Dudley s'engagea dans le couloir. Puis il se retourna, hésitant.

« Comment dois-je l'appeler ? »

La psychiatre haussa les épaules.

« C’est à lui de vous le dire… »

Le chef de la police pénétra pour la dernière fois dans la chambre 212. L’homme étendu sur le lit bougea à peine, puis il esquissa un vague sourire courtois. Une compresse courait autour de son cou à la manière d’un col blanc d’une étrange élégance.

« Bonjour, Dan. »

Une lueur d’incompréhension traversa le regard rivé au sien.

« Qui est Dan ? »

Sa voix éraillée frôlant les aigus soulignait une prononciation laborieuse. Décontenancé, Dudley observa une main noueuse s’enfoncer dans une chevelure imaginaire pour replacer des mèches tout aussi abstraites.

« Pardon…, fit Dudley. Rappelez-moi votre nom ?

— Je m’appelle Rachel. Nous nous sommes déjà rencontrés ?

— Non… Non, je ne crois pas…

— Pouvez-vous me dire ce que je fais ici ? C’est pénible, je ne me rappelle pas… »

Les yeux pétillants braqués sur lui cherchaient à le charmer, et cette vaine tentative de séduction lui fit perdre pied. Le Dr Duke avait-elle pu commettre une erreur grossière en occultant la survie de cet alter ? Sa théorie sur la disparition progressive des personnalités développées par Baidy Ellison s’effondrait comme un château de cartes. Incertain sur la conduite à tenir en de telles circonstances, Dudley reprit ses vieilles habitudes de flic et mena son interrogatoire.

« Quels sont vos derniers souvenirs… Rachel ?

— Eh bien… J’ouvre une fenêtre dans cette baraque flippante perdue au milieu de nulle part. Le vent s'engouffre et les feuilles tourbillonnent autour de moi. C'est là que j'ai su ce que je devais faire…

— Que deviez-vous faire ?

— Me cacher d'eux ! »

La vidéo postée sur le Net, se rappela Dudley. *Quand cinq auteurs s'exilent pour écrire dans un trou perdu de l'Arkansas, que deux d'entre eux disparaissent et que les trois autres reçoivent ça…*

Les trois autres alter avaient-ils vu Rachel « disparaître », comme le sous-entendait le troublant statut publié par Sue ?

« Pourquoi estimiez-vous devoir vous cacher, Rachel ?

— Quelqu'un me voulait du mal… Je me souviens qu'un peu avant cela mes confrères et moi étions réunis dans un salon sinistre. Une expérience d'écriture collective, vous voyez ? L'un des participants – Steven, pour ne pas le nommer – me provoquait constamment. Je crois qu'il me déteste, vous savez… Bref, en dépit des règles établies, il s'est penché sur mon écran… J'entends encore son satané rire résonner dans la pièce quand il a découvert que je tuais mon personnage principal dès le chapitre 13 ! Je ne me sentais pas à l'aise en sa présence. Alors, j'ai répliqué qu'il comprendrait à la fin du livre… Mais bien entendu, Steven n'aura plus jamais l'occasion de le lire…

— Qu'avez-vous dit ?

— J'ai dit que Steven n'aurait jamais eu l'intention de le lire.

— Non, vous avez dit autre chose… »

Un bruit métallique résonna dans le couloir. L'instant d'après, deux brancardiers s'engouffraient dans la chambre sans prêter la moindre attention au visiteur en uniforme. *Deux robots parfaitement synchronisés*, songea Dudley.

L'agent de police missionné pour le convoi les talonnait. Son appartenance à l'unité de Little Rock semblait lui conférer une autorité supérieure.

« Attendez…

— Désolé, nous avons reçu l'ordre de procéder immédiatement au transfert de ce patient.

— Dans quelques heures, cet homme sera inculpé d'un quintuple meurtre, insista Dudley. Alors, dans son intérêt, je vous ordonne d'avertir le Dr Duke. Quelque chose ne va pas…

— Laissez-nous faire notre boulot, officier. »

Dudley observa leurs gestes précis et efficaces tandis que les ambulanciers basculaient le corps inerte sur une civière. Quelle que fût l'identité endossée par Baidy Ellison à cet instant, elle paraissait à présent dormir profondément.

Cinq minutes plus tard, la chambre 212 disposait d'un lit vacant.

22

Son haleine chaude exhalait une odeur nauséabonde. L'ambulancier penché sur lui ne semblait nullement incommodé par la pestilence de ce souffle silencieux. Il ne se préoccupait pas davantage de la terreur éprouvée par son patient, sanglé comme un animal dangereux voué à l'abattoir.

C'était ainsi depuis toujours. Il ne se rappelait jamais rien. Ses yeux s'ouvraient subitement sur un monde inconnu. Puis il disparaissait à nouveau dans le gouffre profond de l'oubli. À peine avait-il le temps de s'attacher à la réalité que Baidy s'éveillait autre part. Une cave infâme. Une clairière ensoleillée. Un banc isolé. Une rue déserte. Une terrasse animée. Une maison étrangère. Le jour se confondait perpétuellement avec la nuit, et ces lieux de passage ressemblaient à des cartes postales figeant un instant de vie si vite balayé.

Baidy aurait parcouru le monde entier qu'il n'en garderait que les couleurs ternes d'un souvenir éloigné. Une sacrée collection d'images, tout de même.

Il existait bien un endroit récurrent dans cet étrange pèlerinage. Un petit appartement dont les fenêtres s'ouvraient sur un monument, une sorte d'arche déployée vers le ciel comme une passerelle vers un monde libre. Dans cet antre exigu, les murs tapissés de livres le fascinaient. Baidy s'enivrait de l'odeur d'encre qui l'enveloppait d'une étreinte rassurante. Autour de lui, des manuscrits s'empilaient sur des étagères intégrées au décor un peu désuet. Par-dessus tout, il chérissait les milliers de mots qu'ils renfermaient. À commencer par le verbe « aimer ». Là-bas, il ne se sentait jamais seul… Peut-être y retournerait-il un jour ? Mais en attendant…

Il s'imprégna des sensations éphémères que lui procurait ce voyage insolite dans l'instant présent. Il perçut le ronronnement du moteur. Visualisa mentalement la route défoncée malmenant les roues d'un cachot sur mesure. Son attention se porta sur un bout de ciel bleu défilant au-delà des vitres arrière comme deux lucarnes ouvertes sur un monde inaccessible. *Un monde parfait.*

Subitement, sa vision se brouilla sous l'effet pervers de la douleur, tel un monstre se réveillant après un long sommeil. Sa trachée s'enflamma et des tiraillements désagréables tendirent la peau de son visage. Il aurait voulu en griffer l'épiderme jusqu'au sang, éteindre l'incendie déclaré dans sa gorge, contenir le sourire dessiné de part en part, mais ses liens le rendaient impuissant. Que lui était-il arrivé ? Pourquoi les souvenirs s'enfuyaient-ils toujours avant de donner un sens à ce qu'il endurait ? Baidy connaissait la souffrance plus qu'aucun autre mot. Les brûlures, les coupures, les ongles arrachés, les os brisés, et même la souffrance intérieure, invisible et pourtant si prégnante. Au fond, Madame avait raison. Le monde d'en haut n'était qu'une sphère cruelle. Elle l'avait si bien préparé à l'affronter…

Un brutal coup de frein déstabilisa le véhicule comme un bateau ballotté par la tempête. Projeté contre la cabine située à l'avant, l'homme en blouse blanche s'écroula sans un cri ni même un râle. *Tout ce sang craché par sa tête !*

Un deuxième choc lui succéda. Plus violent encore. Et Baidy eut soudain l'impression de basculer lourdement dans un précipice. Quand l'ambulance s'immobilisa enfin, il ne broncha pas, espérant se rendre invisible, comme il l'avait toujours fait.

Puis vint le temps de l'attente. Le silence implacable. La terreur muette logée dans son ventre.

Les yeux baignés de larmes, Baidy fixa la lucarne contre laquelle un oiseau se heurta avant de disparaître dans un battement d'ailes. Cette image lui sembla étrangement familière. Garnissait-elle l'éventail des cartes postales accumulées depuis tant d'années ?

Et maintenant ? Madame allait-elle dévaler le talus en écrasant d'un pas lourd ses derniers espoirs ?

Baidy hésita à fermer les yeux. En faisant cela, il disparaîtrait jusqu'au prochain voyage. Mais il était fatigué. Fatigué de ne s'attacher à rien. De ne ressentir qu'une indélogeable douleur à la place du cœur.

Subitement, un bruit sourd raviva ses paupières.

Les portes arrière s'écartèrent pour laisser entrer la moiteur d'un lendemain de tempête. Le ciel s'étendait sur une banderole infinie.

Baidy sentit l'air tiède pénétrer dans l'habitacle. Il aimerait tant respirer le parfum des roses, courir à travers les grands espaces verdoyants d'une saison en perpétuelle renaissance ! Il n'aspirait qu'à l'embrasser de tout son être, à trébucher sur l'herbe fraîche et à fusionner avec une nature si belle qu'elle en devenait irréelle. Cavaler tel un fou, les pieds griffés par les orties et le cœur vaillant d'un homme éprouvant dans sa chair toutes les souffrances de sa race. Déchirer définitivement les cartes postales de sa vie et s'asseoir en homme libre où bon lui semblerait.

Il n'existait pas plus belle souffrance que celle d'un bonheur caressé avant qu'il ne vous soit ôté.

Mais alors qu'il s'apprêtait à renoncer aux attraits providentiels de la liberté, un visage d'ange se pencha au-dessus de lui. Défaisant les sangles qui le maintenaient prisonnier, l'improbable apparition lui murmura à l'oreille :

« Cours, Baidy ! Cours ! »

Alors, comme il l'avait toujours fait, Baidy obéit.

23

« Il s'est présenté sous l'identité de Rachel », répéta Dudley avec une pointe d'agacement.

Assise à son bureau, Amber Duke consulta machinalement sa montre. *17 h 40*. Autant d'heures sans dormir et une furieuse envie d'entrer en phase de décompression. Personne ne l'attendait plus sur le pas de la porte depuis longtemps. Un divorce à l'amiable conférait à ses jours de repos une totale absence d'obligations. Excepté ceux qu'elle réservait à ses petits-enfants et que l'admission d'un patient hors normes venait de sacrifier.

« C'est curieux, dit-elle enfin. Rachel ne s'est jamais manifestée en ma présence. Mais qu'y a-t-il d'aussi alarmant ?

— Il… Plutôt, *elle* a prétendu s'être "cachée" par crainte d'un danger. Ce qui expliquerait qu'elle n'ait pas "disparu" comme les autres. Mais, plus tard, elle m'a parlé d'un personnage assassiné au début de son roman. Apparemment, Steven se serait moqué vertement. Ensuite, elle a ajouté un truc curieux du genre "*Évidemment, Steven n'aura plus jamais l'occasion de le lire*". Elle paraissait se délecter à cette idée ! Et quand je l'ai priée de répéter, Rachel a totalement renversé le sens de ses propos.

— Je ne comprends pas où vous voulez en venir, John.

— Je ne sais pas… J'ai eu l'impression qu'elle s'amusait avec moi. Un côté fourbe à la Nelly Olson, vous voyez ?

— Pourquoi agirait-elle ainsi ? »

Gêné par ses propres déductions, Dudley se tortilla sur son siège.

« Est-il envisageable que deux alter s'associent pour commettre un crime, docteur ?

— Un tandem de personnalités meurtrières ? Et pour quelle raison l'Empereur Blanc aurait-il laissé Rachel prendre part à ses exactions ? Même le plus audacieux des auteurs de polars ne se risquerait pas à pousser le vice aussi loin… Non, d'après mon analyse, se sachant condamné, il a assassiné cette famille dans le seul but de rendre justice et de protéger Baidy. Ses motivations ne relevaient pas de l'assouvissement d'un plaisir, mais d'une volonté de libérer l'enfant des causes de son trauma. De toute façon, cette personnalité est désormais hors d'état de nuire. »

Dudley approuva d'un signe de tête. Au même instant, la sonnerie du téléphone retentit dans la pièce souterraine. Amber Duke fit signe à Dudley de patienter tandis qu'elle prenait l'appel.

Deux grosses artères se mirent à palpiter à son cou, et sa bouche tenta désespérément d'aspirer l'air. Le portable de Dudley vibra de concert, mais, avant qu'il ait eu le temps de décrocher, la psychiatre lâcha d'un ton empreint de gravité :

« Un accident est survenu au croisement de Warkam Street et University Avenue. Les secours sont sur place. »

L'officier s'accrochait si bien aux mouvements de ses lèvres qu'il aurait pu déchiffrer chaque mot sans avoir recours au son.

« Deux ambulanciers et un agent de police sont légèrement blessés », ajouta-t-elle en écho aux informations reçues.

Des fourmillements s'amusaient au sommet de son crâne. Sa précieuse intuition anticipait déjà la suite. Et le Dr Duke confirma ses craintes.

« Aucune trace du patient qu'ils transportaient. À croire que Baidy Ellison s'est tout simplement volatilisé… »

*

Une heure plus tard, l'ensemble des forces actives se déploya pour localiser le fugitif. La nouvelle s'était répandue en ville comme une traînée de poudre, amenant un nombre croissant d'habitants à participer aux recherches. Certains s'armaient de battes de base-ball quand d'autres brandissaient leur bible en guise de bouclier. Les chaînes de télévision diffusèrent le portrait-robot d'un homme noir suspecté dans l'affaire du quintuple meurtre perpétré à Shannon Hills. Il n'en fallait pas davantage pour attiser la violence d'une civilisation à la dérive.

En collaboration avec le département de police de Little Rock, l'officier Dudley chargea Barning de coordonner les équipes en place. Le périmètre élargi des recherches s'étendait des rivières de Little Rock aux vastes forêts de Devil Town. Mais il faudrait gérer bien plus qu'un déplacement tactique. Les échauffourées éclataient déjà entre les forces de l'ordre et les habitants du comté de Pulaski qui se mobilisaient par petits groupes pour organiser une battue sauvage. Il se murmurait entre eux que le *nègre* ne pourrait pas courir bien loin. Tôt ou tard, on finirait par l'appréhender.

Et probablement par le lyncher, songea Dudley. *À moins que Baidy Ellison ait choisi de se planquer là où personne ne le chercherait par excès d'évidence.*

Rattrapé par ses intuitions, le chef de la police se précipita vers son véhicule. Dans l'effervescence, aucun confrère ne remarquerait sa disparition. Pas même Barning qui suait sang et eau pour calmer la vindicte populaire.

Quand il atteignit le 33, Bird Road, un coucher de soleil flamboyant s'accrochait aux collines surplombant Crescent House. Il franchit le portail et coupa le moteur. Sous les lueurs orangées, la maison se parait d'un halo étincelant, et ses allures de vieille borgne malfaisante embrasaient le paysage. Dudley sonda la profondeur des bois frémissant sous la brise, puis il fonça droit vers le monstre érigé dans la pierre. Dans l'entrée, les innombrables traces de pas attestaient l'activité survenue depuis sa dernière perquisition. Experts, agents d'assurances, ouvriers, tous avaient piétiné la poussière de leurs semelles crasseuses.

L'officier braqua sa lampe torche. Celle-ci montrait des signes de faiblesse, mais peu importait, il ne comptait nullement s'attarder. Un rapide balayage sur les rangées de livres orphelins, le canapé abandonné aux punaises, le bar convoité par une armée de rongeurs, avant d'emprunter la volée de marches menant à l'étage. Un courant d'air froid l'effleura, sifflant à son oreille comme une âme égarée. Au-delà, l'obscurité semblait se déverser des murs dans un étrange jeu d'ombres. Une vague de frissons le submergea. La triste légende du lieu affectait son pragmatisme et semait le doute dans son esprit cartésien.

Parvenu en haut de l'escalier, John marqua un temps d'arrêt. Le faisceau de sa lampe dévia lentement à hauteur d'homme jusqu'à… *Bordel !* Aveuglés par un éclat foudroyant, ses yeux mirent quelques secondes à cerner la difformité de son propre reflet, sévèrement découpé par un miroir brisé.

Il y a eu ce reflet aveuglant.

C'est alors qu'il comprit la vision à laquelle Dan avait été confronté avant de « disparaître » pour laisser émerger les personnalités rappelées par l'Empereur Blanc.

Entouré de grincements sinistres, Dudley s'engagea dans le couloir biscornu aux proportions étouffantes. Il écarta la bâche censée délimiter la zone de travaux, puis avisa la porte condamnée. Autour de lui, des outils jonchaient le sol – forets à métaux, marteaux, scies –, une batterie d'armes potentiellement mortelles qu'il enjamba les unes après les autres.

Derrière le fatras se détachait un rectangle blanc positionné à la verticale contre une plinthe. Quelqu'un l'avait manifestement déposé là avec la volonté de le rendre visible. John se baissa pour ramasser le cliché. Cinq visages mutilés au feutre rouge s'étalaient sur papier glacé tandis qu'au verso l'inscription « Séparés, mais égaux » prenait désormais tout son sens. Qu'importait l'identité des sujets présents sur la photo, seul le message comptait. Il évoquait cinq personnalités distinctes unifiées par un même corps, une même passion.

Sa détermination cédant du terrain à l'épuisement, Dudley se redressa péniblement. Au même instant, un voyant rouge se mit à clignoter dans l'angle du plafond en une parodie hypnotique.

Un détecteur de mouvements.

Le mécanisme s'enclencha aussitôt, actionnant l'ouverture poussive de la porte métallique. *Rien n'est dû au hasard*, songea-t-il. Le positionnement du capteur avait été calculé au centimètre près pour qui saisirait le cliché, morbide à bien des égards.

Tandis que le battant pivotait sur ses gonds, John se glissa dans l'entrebâillement. Dix secondes plus tard, le dispositif d'automatisation généra l'action inverse. Jusqu'à présent, la notion d'enfermement lui échappait totalement. Plus maintenant.

Une odeur terreuse accompagnait sa progression lente et mesurée dans les hauteurs de Crescent House. Dudley s'aventura sous les toits que le jour déclinant enflammait à leur tour à travers une étroite lucarne. Lampe torche dirigée vers le sol, il remarqua un orifice creusé dans le plancher offrant une vue plongeante sur l'une des chambres. Et reconnut immédiatement l'angle utilisé pour filmer la vidéo postée sur le Net. *Un poste d'observation focalisé sur Rachel.* Il s'en désintéressa pour cheminer dans la pénombre écrasante. Attentif aux formes tapies dans l'ombre, John se préparait à voir surgir Baidy Ellison – ou l'un de ses acolytes –, mais redoutait davantage la présence d'un charnier aux émanations significatives.

Disposés en quinconce, de vieux meubles en bois formaient un étonnant parcours d'obstacles établi sur une trentaine de mètres. Il déjoua ce dédale inquiétant en longeant le mur interminable et déboucha vainqueur dans la zone la plus reculée. En revanche, il aurait volontiers renoncé au trophée qui l'attendait au fond du grenier.

Une main ferme plaquée sur la bouche, John avisa deux squelettes enlacés veillant sur la quiétude des combles. Les ossements exhumés de Myra et Bill Ellison grouillaient d'insectes que la terre avait ramenés. Les deux croix plantées à l'entrée de Devil Town surplombaient manifestement des linceuls vides. Avec une autorisation en règle, il serait facile de vérifier. Dans son imaginaire, les hurlements enflaient encore sous les cages thoraciques décharnées. Glissé entre deux phalanges, un morceau de papier parachevait le tableau macabre. Forçant la monstrueuse rigidité, il s'en saisit et déplia la missive comme si le fardeau du monde reposait sur ses épaules.

C'est alors que le pinceau lumineux auréola l'épilogue d'un calvaire qui avait duré presque vingt ans.

Arkansas, 1985.

Ils prétendent que l'enfant est trop grand à présent. Qu'il pourrait se rebeller. Qu'il vaudrait mieux le tuer une bonne fois pour toutes et l'enterrer près du chat. Monsieur dit qu'il s'en occupera demain après la messe. Madame répond qu'elle préparera une tarte aux pommes pour le déjeuner.

Ils discutent comme si Baidi n'entendait pas. Comme si ses oreilles sales recrachaient tous les sons provenant de la pièce adjacente, où, les genoux criblés d'échardes, il s'échine encore et toujours à cirer les parquets.

Alors le lendemain, l'homme-enfant guette les vibrations dans les murs de sa geôle puante. Quand le silence s'installe enfin, il se dit que l'heure de la messe a sonné.

Ses jambes malingres gravissent les marches, mais la porte de la cave est incontestablement verrouillée. Il lui faudrait une force herculéenne pour la faire céder ! Pourtant, ivre de liberté, il s'élance contre l'obstacle. Se heurte à une issue inviolable. Ses os saillent sous la peau et se brisent dès la première tentative.

Baidi a besoin d'*eux* pour survivre. Depuis toujours. Et il n'existe qu'un seul être capable de forcer l'accès…

À TOI DE JOUER, DAN !

Son torse se bombe étrangement. Ses yeux déterminés jaugent l'obstacle et, soudain, le bois explose sous l'impact du bélier lancé à pleine puissance.

En haut, la demeure est si calme, si propre et récurée qu'elle ressemble à une maison de poupée. Mais, par malheur, Monsieur, Madame et leurs trois monstres ont cadenassé la porte d'entrée. Les vitres le narguent par leur étroitesse. Il faut briser celle située à l'arrière et se tortiller au milieu des éclats coupants.

À TOI DE SORTIR, SUE !

Et le corps chétif s'écorche en se faufilant parmi les bris de verre.

Au fond du jardin, la sépulture du chat montre la voie, mais Monsieur a obstrué l'issue à l'aide d'une plaque en métal et la porte résiste à leurs tentatives désespérées. Il ne subsiste qu'une option. Escalader le mur.

À TOI DE GRIMPER, ANTON !

Et le poids bascule dans un enchevêtrement de barbelés avant de s'écraser de l'autre côté.

Tous les habitants ont déserté les rues pour confesser leurs péchés et prier un Dieu dont ils bafouent les enseignements. Tous, sauf ce garçon blanc perché sur une bicyclette inadaptée à son jeune âge. Ses yeux s'arrondissent tandis que l'homme-enfant s'approche pour l'amadouer. Il n'a aucune raison d'avoir peur ! Pourquoi se met-il à crier comme un damné ? Il faut l'obliger à se taire pour que nos efforts ne soient pas vains.

À TOI DE LE CALMER, RACHEL !

Une grosse pierre creuse s'élève vers les cieux et fracasse le crâne du malheureux. Le gamin gît inconscient sur un bout de trottoir. Sa cervelle dégouline le long du caniveau et sombre dans les égouts de la ville comme une ultime offrande à l'injustice.

Baidi voudrait tant pleurer pour noyer tout ce sang ! Mais il y a bien longtemps qu'il n'a plus de larmes à verser. Paralysé, il surplombe l'enfant mort en se disant que ça aurait pu être lui. Ça aurait dû être lui ! Et le temps file sous le clocher de l'église. Les fidèles se saluent déjà d'une poignée de main, affichant une mine grave tandis que leurs doigts s'écartent dans un geste symbolique.

Il faut abandonner la petite chose écrasée sur le pavé, sinon Baidi mourra.

DIS, TU PEUX LE RESSUSCITER, TOI ?

Les mains tremblantes, Dudley replia la feuille et la glissa dans sa poche. Il étouffait dans un grenier insalubre, et personne ne remédierait jamais à l'atrocité des visions qui l'assaillaient. Mary avait mentionné le meurtre impuni d'un jeune orphelin perpétré à Shannon Hills dans des conditions similaires, au milieu des années quatre-vingt. La période correspondait. De toute évidence, cet épisode tragique était à l'origine de la création psychique de Steven. Car John était convaincu de détenir la page manquante du dossier étiqueté « B. Ellison » : la retranscription de son évasion. L'affection psychologique dont souffrait Baidy l'avait conduit à matérialiser sa culpabilité à travers une nouvelle personnalité incarnant « l'orphelin ressuscité ». Le Dr Amber Duke le lui avait confirmé en évoquant le passé fantasmé, construit autour de Steven Dawson. Toutefois, elle reconsidérerait peut-être son analyse au sujet de la « gentille » Rachel…

Soudain, une série de craquements sinistres résonnèrent à l'étage inférieur.

Quelqu'un s'est introduit dans la maison, s'alarma Dudley en libérant l'arme de son étui. Il contourna une antique commode pourvue de dizaines de tiroirs et s'engagea dans l'étrange labyrinthe aménagé sur toute la surface du grenier. Les meubles à hauteur d'appui offraient une protection remarquable sans altérer le point de vue vers la trappe d'entrée. À l'affût des bruits engendrés par les déplacements intrusifs, il slaloma méthodiquement.

Avant de stopper net.

Une résistance au niveau de la cheville entravait le pas suivant. L'officier baissa les yeux sur le fil de cuivre tendu sur son passage.

Ça n'a pas de sens... Dans son schéma, tout ce qui a fait souffrir l'enfant était voué à disparaître. Et Crescent House est précisément là où tout a commencé.

L'information transmise à son cerveau créa un état d'alerte différé d'une seconde.

Une seconde durant laquelle il relâcha la pression.

Entendit un clic.

Une détonation.

Fin de l'histoire.

24

On raconte que durant les instants précédant notre décès, le film de notre vie défile avec l'effet rétro d'une séquence tournée en super-8. Certains parlent d'un tunnel nimbé d'une clarté magnifique guidant l'âme égarée dans le plan astral. D'autres, d'une chute vertigineuse dans un puits sombre et sans fond. On dit un tas de choses à propos de la mort. Mais ce qu'on oublie de mentionner, c'est qu'aucun médecin n'a jamais ressuscité personne pour confirmer.

Il n'est pas de havre moins rassurant que la mort.

Surtout pour un flic athée soufflé par un engin explosif.

Pourtant, John entrevoyait bel et bien un faisceau lumineux, agressif et brutal. Il devinait même une voix bourdonner à son oreille comme un appel lancinant à réintégrer le monde des vivants. Et la douleur cuisante dans ses jambes… Punaise ! Souffre-t-on *aussi* de l'autre côté ?

« John, vous m'entendez ? »

Éblouis par la forte luminosité, ses yeux s'ouvrirent péniblement. Mais en lieu et place d'un ange apparut le visage amical d'Amber Duke.

« Heureux de vous revoir, docteur », bredouilla-t-il.

La lumière des néons perdait en intensité et l'environnement familier se dessinait progressivement.

« Depuis quand suis-je ici ?

— Vous avez été admis il y a tout juste quinze heures.

— Mes jambes me font un mal de chien…

— C'est bon signe, assura-t-elle. Ça signifie que vous les avez encore… Mon confrère est plutôt optimiste. Hormis les lésions musculaires liées à la projection d'éclats et l'apparition de légers acouphènes, vous devriez être rapidement sur pied. »

John releva légèrement la tête pour examiner les bandages enroulés des chevilles aux cuisses. Mieux valait vérifier par soi-même.

« Vous aviez raison sur un point. Dans son schéma, tout ce qui a fait souffrir l'enfant est voué à disparaître. Et Crescent House est précisément là où tout a commencé. Il a piégé le grenier avec l'intention de détruire la maison.

— À l'aide d'une grenade, exactement. Mais votre sauveur vous expliquera la situation mieux que moi. Une sacrée veine que Barning vous ait filé ! La véritable question est de savoir ce que vous faisiez à Crescent House…

— J'espérais coincer notre suspect dans son refuge. Au lieu de cela, deux squelettes m'ont tenu compagnie pendant que je lisais la page manquante relative à la naissance de Steven. Regardez dans la poche de mon pantalon…

— Les urgentistes ont dû découper votre uniforme pour libérer vos jambes. Je crains qu'ils n'aient pas eu la délicatesse de l'épargner. »

Qu'à cela ne tienne. La destruction du texte original n'altérait nullement sa capacité à en réciter le contenu. Mot pour mot. Dudley lui narra donc le tragique épisode de l'année 1985 durant lequel Baidy Ellison était parvenu à s'échapper avec l'aide de ses alter. Quand il eut achevé son récit, il ajouta :

« Rachel a fracassé la tête d'un gamin. Vous pensez toujours qu'elle est inoffensive ?

— Il est possible que l'Empereur Blanc ait malencontreusement engendré une personnalité psychopathique. N'oubliez pas que chacune d'entre elles a développé des caractéristiques proprement incontrôlables.

— Ils ne l'ont pas trouvé, n'est-ce pas ? » s'enquit John.

Navrée, Amber Duke secoua la tête.

Puis, dans une flagrante tentative de détendre l'atmosphère, elle ajouta :

« Deux visiteurs attendent ardemment de vous revoir, John. »

L'instant d'après, Mary pénétrait dans la chambre, le visage bouffi par le chagrin.

« Seigneur, John ! J'ai eu si peur ! »

Sa main s'aimanta à la sienne comme une attraction vitale qu'on ne peut réprimer. Elle considéra les bandages comprimant ses membres inférieurs et se mit à pleurer à chaudes larmes.

« J'ai cru que j'allais te perdre… Si cet accident ne s'était pas produit sur la route du Pinnacle Pointe Hospital, jamais tu ne serais retourné à Crescent House… »

Dudley tiqua.

« Comment sais-tu que Dan Willow était transféré là-bas ?

— Tu as dû m'en parler…

— Non, Mary. Je n'ai jamais mentionné le nom de l'établissement.

— Alors, je l'ai entendu de la bouche de Barning ! Quelle importance ? »

Elle avait raison.

Rien n'était plus important à cet instant que sourire à la vie.

Un peu plus tard, le jeune Barning prit le relais au chevet du patient.

« Je préfère vous laisser entre hommes », minauda Mary avant de quitter la chambre.

Barning contenait son émotion. Mais ses joues pourpres le trahissaient.

« Alors, comme ça, gamin, on joue les sauveurs ?

— N'exagérons rien, répondit-il avec une sincère modestie. Mais qu'est-ce qui vous a pris d'aller là-bas sans renforts ? Inutile de répondre, quelle qu'en soit la raison, elle est mauvaise ! »

Dudley éclata de rire. Et tant pis pour la douleur occasionnée.

« Et toi, que faisais-tu là-bas ?

— J'ai suivi mon intuition, chef. Quand je vous ai vu quitter précipitamment les lieux, j'ai compris que vous exploriez une piste. Vous ne pensiez pas vous défaire de moi si facilement ?

— Quand j'étais là-haut, j'ai cru à la présence d'un rôdeur. Mais c'était toi… Sans ton initiative, j'agoniserais encore dans cette fichue baraque. Tu as pu recueillir des éléments ?

— Les démineurs ont détecté l'engin explosif au milieu d'un tas d'ossements pulvérisés. Une grenade de type M67. Celui qui a trafiqué l'installation a relié un fil à la goupille située à vingt mètres du déclencheur. Il a tiré le câble le long des murs en attachant l'autre extrémité au pied d'une armoire. Par chance, les meubles ont absorbé une partie de l'onde de choc... »

Dudley retraça mentalement le cheminement parcouru sous les combles. Les probabilités de percuter le fil étaient très aléatoires. L'Empereur Blanc n'avait pas eu l'intention de tuer, mais bien de détruire symboliquement les reliques à l'origine du mal.

« Et les recherches ? s'enquit Dudley.

— Aucun résultat pour le moment. Les appels de signalements saturent les standards et, croyez-le ou pas, Baidy Ellison aurait été aperçu dans trois États différents ! Autant dire que nous pataugeons totalement... Allez, vous devriez vous reposer, à présent.

— Attends... As-tu parlé à Mary du transfert de notre suspect vers le Pinnacle Pointe Hospital ? »

Embarrassé, Barning gratta le duvet sous son menton.

« Non... Elle m'a appelé hier juste après votre départ pour Saint-Vincent. Elle s'inquiétait pour vous... Nous avons brièvement échangé sur les avancées de l'enquête... J'ai commis une erreur en lâchant que notre suspect souffrait de dissociation de l'identité et que, pénalement, Baidy Ellison – de son vrai nom – n'était pas responsable des meurtres. Pourquoi, il y a un problème ?

— Non, aucun problème, Barning. »

Soudain, le couinement de la porte annonça une quatrième visite. La silhouette évolua d'un pas déterminé dans le dos du jeune policier.

« C'est l'heure d'exhiber votre joli postérieur, monsieur Dudley ! »

Une seringue coincée entre ses doigts boudinés, l'infirmière Pug retroussa les babines sur un sourire comblé.

25

Trois mois plus tard...

La petite ville de Shannon Hills guérissait mal des récents événements. Derrière les palissades si parfaitement entretenues, les habitants s'abîmaient dans une routine rassurante prompte à l'oubli. On taisait le nom des Appermind, redoutant de voir surgir le spectre de Baidy Ellison. On se réfugiait à l'église pour confesser quelques péchés avant d'en commettre d'autres. Dans la douceur de l'été, les rires sonnaient faux, les pleurs s'amenuisaient, mais c'était un début...

Assis à l'ombre d'un pommier, Dudley observait ses invités déambuler dans le jardin chauffé par un soleil radieux. Exalté, Barning enseignait au Dr Duke les rudiments du jardinage, et celle-ci l'abreuvait de questions pertinentes tout en sirotant un cocktail. D'un air sévère, l'infirmière Pug se concentrait sur la cuisson des saucisses traitées avec le même égard que celui réservé à ses patients. Autant dire que le gril s'enflammait à chacun de ses gestes.

« Eh bien, John ! Ne restez pas dans votre coin ! »

S'aidant d'une canne, il rallia la table dressée sous la forme d'un buffet. Mary s'était attelée aux fourneaux avec une joie non dissimulée.

« Alors, votre décision est prise ? interrogea Amber.

— Oui, je passe le flambeau pour une retraite bien méritée. »

Mary rapporta un panier garni de petits pains chauds. L'infirmière Pug louchait sur les miches fondantes quand elle demanda :

« Vous croyez qu'ils l'attraperont un jour ?

— Je l'ignore… Compte tenu de l'ampleur médiatique de cette affaire et de l'état de santé de Baidy Ellison, il aurait déjà dû être appréhendé. Certains préfèrent croire qu'il s'est noyé dans le fleuve Missouri ou qu'il croupit dans un fossé, dévoré par le cancer. D'autres illuminés évoquent la malédiction de Crescent House.

— À ce propos, intervint Barning, j'ai entendu dire que le maire projetait d'en faire un musée retraçant l'histoire du comté.

— Faudrait-il encore que la commune acquière un titre de propriété en bonne et due forme. À ce jour, la maison appartient toujours à Baidy Ellison…

— Plus précisément à Anton, rectifia Amber Duke.

— Pourrait-on changer de sujet ? supplia Mary. C'est une magnifique journée, et je ne voudrais pas que mon cher époux soit tenté de rempiler… »

Ils acquiescèrent tous en chœur.

L'infirmière Pug enchaîna sur une actualité musclée qui lui tenait à cœur : la saison de base-ball.

« Quelqu'un veut une autre bière ? » demanda Dudley.

À l'approbation générale, John boitilla jusqu'à la cuisine. Penchée au-dessus du plan de travail, Mary apposait la touche finale sur un gâteau composé d'une pyramide de fruits frais.

« Tout va bien, mon chéri ?

— J'ai peur que nous soyons à court de bières…

— Je te connais, John. Quelque chose te tracasse… Tu penses toujours à cette affaire ? »

Après un moment d'hésitation, Dudley trouva le courage d'aborder la question qui le taraudait depuis des mois.

« Un détail me perturbe, Mary. Le jour du transfert, une femme a signalé l'accident depuis une cabine téléphonique. Mais elle a refusé de communiquer son identité. Dommage, j'aurais bien aimé lui parler… »

Son regard pétillant s'ancra au sien.

Dans le halo de lumière, Mary ressemblait à un ange. Il aurait voulu rappeler que, si cette femme avait contribué à l'évasion de Baidy Ellison, elle s'exposait à de lourdes sanctions pénales. Et si cette femme avait contesté, peut-être se serait-il résigné à admettre que la vérité finit toujours par trouver sa place dans nos mensonges.

Tandis que les mots se bousculaient dans sa tête, un klaxon retentit.

« Tiens ! Le facteur est en avance ! » s'exclama-t-elle au moment de quitter la cuisine.

Près du buffet, le téléviseur portatif diffusait en sourdine un flash spécial au sujet d'un meurtre sordide perpétré en Louisiane. La victime, Jerry Carlson, avait été découverte émasculée dans une vieille ferme abandonnée située près de Mansfield. Un bandeau titrait : « Crime passionnel ou règlement de comptes ? »

Dudley éteignit le poste et se dirigea vers le portillon. Le monde était fou. Depuis la nuit des temps. Mais avant l'apparition des médias, on le savait juste un peu moins.

« Bonjour, monsieur Dudley ! C'est une belle journée, n'est-ce pas ? fit le préposé des postes avant de lui tendre son courrier.

— Magnifique, en effet… »

Les éclats de rire derrière lui le confirmaient. Un moment de convivialité que rien n'était censé perturber. Dudley décacheta l'enveloppe blanche libellée à son nom. Des fourmillements s'amusèrent au sommet de son crâne comme autant de lutins farceurs. *Comme à la lecture d'un chapitre où tout s'éclaire à la fin.*

Louisiane, 2019
Il y a quelqu'un de mauvais en lui…
Il faut soigner la petite chose tapie
dans l'ombre d'une ferme sinon d'autres gens
mourront…
DIS, TU PEUX L'ARRÊTER, TOI ?

Note des auteurs

Notre séjour en Arkansas nous a permis de découvrir un lieu propice à l'inspiration. Bien que la légende autour de Crescent House soit le fruit de notre imaginaire, il existe bien un Crescent Hotel, perché sur la crête d'une montagne surplombant le village d'Eureka Springs. Ce vieux bâtiment est d'ailleurs réputé pour ses phénomènes surnaturels.

Nous avons également pris la liberté de nous installer à Devil Town. Ne cherchez pas, cette ville ne figure sur aucune carte. Mais peut-être qu'une part de vérité a fini par trouver sa place dans nos mensonges…

REMERCIEMENTS

Sue, Rachel, Anton, Dan, Steven et moi-même tenons à remercier chaleureusement Éléonore Delair pour avoir porté ce projet avec confiance et enthousiasme.

Merci à Adrien qui, dans les moments de doute, nous rappelait combien le plaisir d'écrire devance la crainte des attentes.

Merci à Sébastien qui nous a soutenus par un long travail de recherches, à Corinne L.C., notre première lectrice, à Carole et Lisa pour leur amitié et à Gaëlle et Claude, nos deux tourtereaux du Net.

Nous n'existerions pas non plus sans vous, lecteurs, lectrices, dont le soutien indéfectible s'apparente à un acte d'amour. Alors, merci.

Et même si (selon Dan) l'existence est accrochée à un fil de soie, friable et méchamment instable, nous espérons la poursuivre longtemps à vos côtés.

De la même autrice :

Criminal Loft, Bragelonne, 2016
Majestic Murder, Bragelonne, 2018
Sinestra, Ring, 2018

PAPIER À BASE DE FIBRES CERTIFIÉES

Le Livre de Poche s'engage pour l'environnement en réduisant l'empreinte carbone de ses livres. Celle de cet exemplaire est de :
450 g ég. CO_2
Rendez-vous sur www.livredepoche-durable.fr

Composition réalisée par Belle Page

Achevé d'imprimer en février 2022 en Espagne par
Liberdúplex - 08791 Sant Llorenç d'Hortons
Dépôt légal 1re publication : mars 2022
LIBRAIRIE GÉNÉRALE FRANÇAISE
21, rue du Montparnasse – 75298 Paris Cedex 06

70/3968/4